青 少 年 必 读 经 典 书 系

# 寓言故事

## 一生必读的经典

文思哲◎编著

中国華僑出版社
·北 京·

**图书在版编目（CIP）数据**

一生必读的经典寓言故事 / 文思哲编著. — 北京 ：
中国华侨出版社，2021.2
ISBN 978-7-5113-8255-9

Ⅰ. ①一… Ⅱ. ①文… Ⅲ. ①寓言—作品集—中国—古代 Ⅳ. ①I276.4

中国版本图书馆 CIP 数据核字（2020）第 123618 号

● **一生必读的经典寓言故事**

编　　著 / 文思哲
责任编辑 / 刘雪涛
责任校对 / 孙　丽
封面设计 / 环球设计
经　　销 / 新华书店
开　　本 / 670 毫米×960 毫米 1/16　印张 /20.5　　字数 /296 千字
印　　刷 / 香河利华文化发展有限公司
版　　次 / 2021 年 2 月第 1 版　2021 年 2 月第 1 次印刷
书　　号 / ISBN 978-7-5113-8255-9
定　　价 / 59.80 元

中国华侨出版社　北京市朝阳区西坝河东里 77 号楼底商 5 号　邮编：100028
法律顾问：陈鹰律师事务所　　编辑部：（010）64443056　　64443979
发行部：（010）64443051　　传　真：（010）64439708
网　址：www.oveaschin.com　　E-mail：oveaschin@sina.com

# 前言

寓言，是一种历史悠久的文学体裁，特点在于篇幅短小，语言精炼，结构虽然简单，却极富表现力。在写作手法上，寓言通过比喻、夸张、象征、拟人等手法来讲述故事，蕴含意味深长的道理，给人许多启示。这也是它被称为“世界上最具有智慧的文字”的原因。因此寓言看似简短，却蕴意深刻。

比起其他文学体裁，寓言的受众极其广泛，不论是成人还是小孩，都可以从阅读中领悟到许多道理。它篇幅短小而故事精彩，读来不费力气又富有乐趣。尽管在情节安排和人物形象的塑造上，寓言比起童话要相对简略，但在本质上，它仍然是一篇完整的故事。这就使它充满魅力，深受读者的喜爱。

我国有许多脍炙人口的寓言故事，国外也有许多著名的寓言。比如世界上最早的寓言集《伊索寓言》，以及比较著名的《克雷洛夫寓言》《拉封丹寓言》等。这些都是不朽的经典，深受世界人民的喜爱。

说起寓言，许多读者总是下意识地想到西方的经典寓言故事，却忽略了我们自己的寓言故事，我国寓言故事历史悠久，寓意深刻。早在我国的春秋战国时期，著名道家先贤庄周就在其著作《庄子》中，首次提出了“寓言”二字，称得上是我国寓言故事的源头了。

当时，寓言被各家学派的人物用作辩论的手段；为了更好地阐述自己的思想观点，他们借助一定的故事，生动形象地进行说明。而在内容上，古代寓言的取材也极为广泛，历史、神话、传说、民间故事无不可用。因此，在我国的寓言中，既包含有历代以来口口相传的古老故事，也蕴含着各家学派的观点精粹，其文学价值与思想价值，都是无与伦比的。

为了让不同年龄段的读者们，更加了解中国的文化，我们特意编著了这本《一生必读的经典寓言故事》。本书内容丰富，不但收录了古代典籍当中那些耳熟能详的寓言故事；同时还收录了许多相对陌生但寓意深刻、生动有趣的寓言故事。根据不同的主题，我们将这些寓言故事分为八类，力求使读者能够更好地把握其微言大义，做到一目了然。相信在阅读本书之后，读者一定会被先贤笔下的精彩故事、辛辣讽喻、深刻道理所折服，同时也为古人的深邃智慧、奇思妙想拍案叫绝。

# 目录

## 第一章

### 明察慎思，明辨真假，方能笃行致远

## 第二章

### 知善识恶，分清美丑，方能行为有度，决胜千里



## 第三章

### 推诚不欺，守信不疑，方能立身立世，行得长远

## 第四章

### 增"智"开"慧"，行事有方，才能顺遂通透，屹立不倒

## 第五章

### 心存大勇，心智强大，方能无所畏惧，把握机会



## 第六章

### 顺应时势，懂得变通，方能事半功倍，以奇制胜

## 第七章

## 成功"勤"中得，功业"恒"中求——劳动者可敬，专注者可畏



## 第八章

## 福祸无门，趋利避害——修身克己能养德，谨言慎行能避祸

# 第一章

## 明察慎思，明辨真假，方能笃行致远

# 澄子夺黑衣

出自《吕氏春秋·审应览·淫辞》，用来讽刺那些犯错后还诡辩的人。

**原文**

《吕氏春秋·审应览·淫辞》有语：

宋有澄子者，亡缁衣①，求之涂②。见妇人衣缁衣，援而弗舍③，欲取其衣，曰："今者我亡缁衣。"

妇人曰："公虽亡缁衣，此实吾所自为也。"

澄子曰："子不如速与我衣。昔吾所亡者，纺④缁也；今子之衣，禅⑤缁也，以禅缁当⑥纺缁，子岂不得⑦哉？"

**释义**

① 亡缁衣：亡，丢失。缁，用黑色帛所做的朝服，也用以指黑色的衣服。

② 涂：通"途"。

③ 援而弗舍：援，拉。弗，不。

④ 纺：里子，指有夹层。

⑤ 禅：通"单"，没有里子的单衣。

⑥ 当：抵偿。

⑦ 得：占便宜。

**故事延伸**

宋国人澄子有一件十分喜爱的黑布夹层上衣，然而有一天这件衣服却不翼而飞。澄子得知后十分着急，当即跑到大街上四处寻找。

他找了很久，始终找不到这件衣服，澄子想着想着，心中不由得愈发气愤。想到做这件衣服花的钱，澄子的心更是一阵滴血，他恶狠狠地发誓：今天无论如何，一定要挽回自己的损失。

就在这时，澄子看到一位穿着黑色上衣的人迎面走来，而且这人还是一位看起来弱不禁风的妇女。澄子积蓄多时的怒气顿时爆发，他大踏步地走上前去，一把拽住那位妇女，然后拼命地撕扯着她的黑色外衣，一边扯一边狠狠地说："我刚才丢了一件黑色的外衣，原来是被你穿在身上了！你还不把它赶紧脱下来还给我！"

这位妇人原本十分害怕，得知澄子只是想要衣服后，这才稍微放下心来，急忙解释说："这件衣裳是我亲手纺的线、织的布，亲手剪裁、缝制而成的。它的长短、大小正合我身。虽然您说您丢失了一件黑衣，但是并不是这一件呀！"听到这里，原本气势汹汹的澄子猛然惊觉。他想：如果我把一件女人的衣服说成是自己的穿在身上，岂不是天大的笑话了吗？

但一想到自己丢的衣服，澄子就气不打一处来，于是他再一次拉住妇人，撕扯着她的衣服，并气势汹汹地说："我丢失的是一件带夹层的黑衣，而你现在穿的只不过是一件黑色单衣。你用一件单衣抵我一件夹衣，难道还不知足吗？"

**寓意**

犯了错后不应该诡辩，应该坦然承认自己的错误，并改正。

## 曾参杀人

出自《战国策·秦策二》，用来形容那些听风就是雨的人。

**原文**

《战国策·秦策二》有语：

人告曾子母曰："曾参杀人！"曾子之母曰："吾子不杀人。"织自若。有顷焉，人又曰："曾参杀人！"其母尚织自若也。顷之，一人又告之曰："曾参杀人！"其母惧，投杼逾墙[①]而走。夫以曾参之贤与母之信也，而三人疑之，则慈母不能信也。

**释　义**

① 投杼逾墙：扔掉手中的梭子，端起梯子，越过墙壁。

**故事延伸**

曾参是孔子的弟子，他的家乡在费邑。在他的老家有一个与他同名同姓的人，这个人有一天在外犯下了杀人之罪。这一消息传到费邑后，“孔子的弟子曾参杀了人”的风闻，顿时传遍了整个乡下。

得知这一消息之后，曾家的一位邻居当即急匆匆地赶去向曾母报信。但这位邻居并没有亲眼看到凶手，只是从目击者那里听到了“曾参”的名字。因此当他把这一消息告知曾母后，曾母丝毫不惊慌，依旧慢条斯理、不急不火地织着布。她对这位好心的邻居说：“我儿曾参是著名大儒孔子的学生，向来知书达礼，修养仁德，怎么会做出害人性命的坏事呢?”那人见曾母如此淡定，也不由得放下心来。

没过多久，又有一位同乡从别人口中，听到了这一风言风语，于是他也急匆匆地跑到曾母面前，高声地呼喊：“不好啦！不好啦！您家儿子曾参在外面杀了人!”曾母听到这个消息后，仍然面不改色，坐在那里不慌不忙地穿梭引线，照常织着自己的布。

又过了一会儿，又有一个人慌慌张张地跑到曾母面前，上气不接下气地说：“不好啦！现在外面议论纷纷，大家都说您家曾参杀了人。”听到这番话，饶是向来相信儿子的曾母，心里也不由得骤然紧张起来。她连打听儿子的下落都顾不上，就急忙扔掉手中的梭子，关紧院门，架起梯子，翻过高墙从僻静的地方逃走了。

**寓　意**

面对小道消息，我们应该保持理智，冷静分析。

# 献鸠放生

出自《列子·说符》，用来讽刺那些搞形式主义、自我标榜的人。

## 原文

《列子·说符》有语：

邯郸之民，以正月之旦献鸠[1]于简子。简子大悦，厚赏之。客问其故。简子曰："正旦放生，示有恩也。"客曰："民知君之欲放之，故竞而捕之，死者众矣。君如欲生之，不若禁民勿捕。捕而放之，恩过不相补矣。"简子曰："然。"

## 释义

① 鸠：一种野鸡。

## 故事延伸

春秋时期，晋国有一个势焰熏天的大臣，他的名字叫赵简子。每年过年时，赵简子都会下令，由国中的老百姓为他捕捉鸠鸟送入府中，然后再由自己亲手将其一一放生，美其名曰"仁爱生灵"。

有一年大年初一，邯郸的老百姓又特意捕捉了许多鸠鸟，送到赵简子的府上。赵简子对此十分高兴，乐得合不上嘴，于是下令对所有进献的人，都逐一赐以丰厚的财物。这一天里，赵简子府上不断有人进进出出，进献斑鸠的人络绎不绝。

赵简子门下有一位刚来不久的门客，对此毫不知情，他站在一旁好奇地观察了很久，最后还是忍不住问赵简子为什么要这样做。赵简子得意扬扬地回答说："在大年初一这天放生，正好显示出我对生灵的爱护，表明我有仁慈之心！"门客这才明白过来。

这位门客对赵简子的做法十分不认可，于是他又接着说："您对生灵有如此的仁慈之心，这实在是国家之幸、百姓之幸啊！可是不知大人您想过没有：如果全国的老百姓知道大人您要拿斑鸠去放生，从而对斑鸠争先恐后地你追我捕，那么在这个过程中，肯定有许多的斑鸠会受到伤害，甚至因此死去啊！您如果真的要放生，想救斑鸠一命，不如下道命令，禁止捕捉。像现在，您奖励老百姓捕捉这许多的斑鸠送给您，您再放生，那么大人您对斑鸠的仁慈，只怕还不能抵偿您对它们人为地造成的灾祸呢！”

赵简子听了门客的一席话，不由得猛然一惊。他背着双手在府门里踱来踱去，仔细地思考了一阵子，最终默默地点了点头说：“你说的是对的。”

**寓 意**

做事要明察慎思，不要流于形式。

## 三人成虎

出自《战国策·魏策二》，用来形容假话传得太盛，也会被人当真。

**原 文**

《战国策·魏策二》有语：

庞葱与太子质[①]于邯郸，谓魏王曰：“今一人言市有虎，王信之乎？”王曰：“否。”“二人言市有虎，王信之乎？”王曰：“寡人疑之矣。”“三人言市有虎，王信之乎？”王曰：“寡人信之矣。”庞葱曰：“夫市之无虎明矣，然而三人言而成虎。今邯郸去大梁也远于市，而议臣者过于三人矣。愿王察之。”王曰：“寡人自为知。”于是辞行，而谗言先至。后太子罢质，果不得见。

**释 义**

① 质：做人质。

**故事延伸**

战国时期，魏国太子被作为人质送往赵国都城邯郸，另有一位大臣庞葱奉命随行。庞葱深知魏王昏庸，担心日后回国会被猜忌，于是特意在临行前入宫觐见，向魏王陈述自己的心意。

入宫之后，庞葱向魏王问了一个问题，说：“大王，假如现在有一个人对您说，‘我看见闹市熙熙攘攘的人群中有一只老虎’，大王您会相信他吗？”魏王说：“这种话我怎么可能信呢？”庞葱于是又问：“如果又有一个人对您说同样的话呢？”魏王说：“即便如此我还是不能相信。”庞葱点了点头，然后紧接着又问：“如果第三个人也来到您的面前，说出同样的话，大王您是否还不相信？”听到这里，魏王沉默了片刻说道：“如果真的有这么多人都说看见了老虎，那么肯定确有其事，所以我不能不信。”

听了魏王的话以后，庞葱深有感触地说：“果然不出我的所料，问题就出在这里！事实上，人固然会害怕老虎，但老虎有时候也会害怕人呀！具体地说，某一次究竟是人怕虎还是虎怕人，要根据力量对比来论。闹市之中人来人往、熙熙攘攘，一只老虎再怎么大胆，也不敢轻易闯入闹市，这本是很明显的道理啊！可是如今大王您不亲自进行调查，也不深思其中道理，只凭借着三个人的一面之词，就轻易地相信了这些谎话。赵都邯郸与您的距离，远远超过了闹市；在我和太子走后，暗中进谗的人，也远远不止三人。这样一来，只怕我很快就会被您视为奸恶之徒了。我在走之前特意说出这番话，就是希望大王您能够相信我，不要被别人的谗言蒙蔽啊！”魏王听后有所触动，于是说：“你的这番话我已经记下了。”

等到庞葱和太子走后，一些平时对庞葱心怀不满的人，果然在魏王面前说他的坏话。最初，魏王并没有放在心上，但时间一天天过去，他也不得不产生了动摇。等到太子结束了在赵国的人质生涯，与庞葱一同返回魏国后，魏王果然再也不愿意召见庞葱了。

**寓　意**

对任何信息，我们都应该冷静、客观地分析，明辨真假。

# 狐假虎威

出自《战国策·楚策一》，用来告诉我们，眼见的不一定为实。

## 原文

《战国策·楚策一》有语：

荆宣王问群臣曰："吾闻北方之畏昭奚恤①也，果诚②何如③？"群臣莫对。

江一对曰："虎求百兽而食之，得狐。狐曰：'子无敢食我也！天帝使我长④百兽，今子食我，是逆天帝之命也。子以我为⑤不信⑥，吾为子先行，子随我后，观百兽之见我而敢不走乎？'虎以为然，故遂与之行；兽见之皆走。虎不知兽畏己而走也，以为畏狐也。今王之地方⑦五千里，带甲百万，而专⑧属⑨之于昭奚恤。故北方之畏昭奚恤也，其实畏王之甲也，犹如百兽之畏虎也。"

## 释义

① 昭奚恤：楚宣王麾下大臣。

② 果诚：果真。

③ 何如：是这样的吗？

④ 长：统帅。

⑤ 以……为：认为……是。

⑥ 不信：不诚实。

⑦ 方：方圆。

⑧ 专：独自。

⑨ 属：交付给。

## 故事延伸

战国时期，楚宣王麾下有一位大将昭奚恤，他的威名远播北方诸国。

后来就连楚宣王也听说了这个人，不由得感到十分好奇。于是他特意问朝中大臣，这究竟是为什么。对于宣王的问话，朝臣大多嚅嚅嗫嗫，不知从何答起，只有一位名叫江一的大臣，向他叙述了下面这段故事：

“从前在一个山洞中有一只老虎，因为肚子饿了，便跑到外面寻觅食物。当他走到一片茂密的森林时，忽然看到前面有只狐狸在散步。它觉得这是个千载难逢的好机会，于是，便一跃扑过去，毫不费力地将它抓住了。

“可是当它张开嘴巴，正准备把那只狐狸吃进肚子里的时候，狡猾的狐狸突然说话了：‘哼！你不要以为自己是百兽之王，便敢将我吞食掉；你要知道，天帝已经命令我来统帅群兽，无论谁吃了我，都等于是违抗天帝的命令，必将遭到他严厉的制裁与惩罚！’老虎听了狐狸的话半信半疑，可是当它斜过头去，看到狐狸那副镇定的样子，心里不觉一惊：我是百兽之王，所以天底下的野兽见了我都会害怕。而它，竟然是奉天帝之命来统治我们的！

“这时，狐狸见老虎迟疑着不敢吃它，知道它对自己的那一番说辞已经有几分相信了，于是便更加神气十足地挺起胸膛，然后指着老虎的鼻子说：‘怎么，难道你不相信我说的话吗？那么你现在就跟我来，走在我后面，看看所有野兽见了我，是不是都吓得魂不附体，抱头鼠窜。’老虎觉得这个主意不错，便照着去做了。于是，狐狸就大模大样地在前面开路，而老虎则小心翼翼地在后面跟着。森林里有许多小动物正在觅食，当它们发现走在狐狸后面的老虎时，不禁大惊失色，四散狂奔。这时，狐狸很得意地掉过头去看老虎。老虎目睹这种情形，不禁也有一些心惊，但它并不知道那些动物怕的是自己，而以为它们真是怕狐狸呢！因此，北方各国其实并不是畏惧昭奚恤，而是畏惧大王您啊！”

**寓 意**

有时，眼睛所见的并非事实，我们一定要明察慎思。

# 穿井得一人

出自《吕氏春秋·慎行论·察传》，用来形容消息传的过程中完全走样。

## 原文

《吕氏春秋·慎行论·察传》有语：

宋之丁氏，家无井而出溉汲①，常一人居外。及其家穿井，告人曰："吾穿井得一人。"有闻而传之者曰："丁氏穿井得一人。"国人道之，闻之于宋君。宋君令人问之于丁氏。丁氏对曰："得一人之使，非得一人于井中也。"求闻之若此，不若无闻也。

## 释义

① 溉汲：打水浇地。

## 故事延伸

宋国有一户姓丁的农家，种了一些旱地。由于自家的地里没有水井，他们都要专门用马和驴子从很远的河道运水来灌溉。为此，他家里经常要派一个人住在地头用茅草搭的窝棚里，一天到晚专门干这种提水、运水和浇地的农活。日子一久，凡是在这家住过庄稼地、成天取水浇地的人都感到有些劳累和厌倦。

与家人商议之后，丁氏决定在附近打一口水井，来解决这个困扰他们多年的灌溉难题。虽然只是开挖一口十多米深、直径不到一米的水井，但是在地下掘土、取土和进行井壁加固并不是一件容易的事。丁氏一家人起早摸黑，辛辛苦苦干了半个多月，才把水井打成。第一次取水的那天，丁氏家的人激动得就像过节一样。当丁氏从井里提起第一桶水时，全家人欢天喜地，高兴得合不上嘴。从此以后，他们家再也用不着总是派一个人风餐露宿、为运水浇地而劳苦奔波了。兴奋的丁氏逢人便说：

“我家里打了一口井，就等于得到了一个人啊！”

村里的人听了丁氏的话以后，有向他道喜的，也有因无关其痛痒并不在意的。然而谁也没有想到的是，不知是哪个好事之徒在传播消息的时候故意耸人听闻，竟然说：“丁家在打井的时候，从地底下挖出了一个大活人！”结果，一个小小的宋国竟被这彻头彻尾的谣传搞得沸沸扬扬，甚至连国君也被惊动了。国君想：“假如真是从地底下挖出了一个活人，那不是神仙便是妖精。非打听个水落石出才行。”为了查明事实真相，他特地派人去问丁氏。丁氏回答说：“我家打的那口井给浇地带来了很大方便。过去总要派一个人常年在外搞农田灌溉，现在可以不用了，从此相当于家里多了一个干活的人手，并不是说从井里挖出来一个活人。”

像这种荒诞的消息，还不如一开始就没有听到。

**寓意**

消息在传播的过程中会“走样”，不可轻信，我们应该明察。

## 弥子瑕有宠

出自《韩非子·说难》，用来讽刺根据表面现象而决定好恶的人。

**原文**

《韩非子·说难》有语：

昔者弥子瑕有宠于卫君。卫国之法，窃驾君车者罪刖。弥子瑕母病，人间[①]往夜告弥子，弥子矫[②]驾君车以出。君闻而贤之，曰：“孝哉！为母之故，忘其犯刖罪。”异日，与君游于果园，食桃而甘。不尽，以其半啖君。君曰：“爱我哉！忘其口味以啖寡人。”及弥子色衰爱弛，得罪于君，君曰：“是固尝矫驾吾车，又尝啖我以余桃。”

**释义**

① 间：抄小路。

② 矫：假托旨令。

## 故事延伸

弥子瑕是卫国的一名美男子，同时也是卫灵公的一名心腹。在当时的卫国中，除了夫人南子之外，再没有哪个人能像弥子瑕一样，得到卫灵公的宠爱了。

有一次，弥子瑕的母亲突然生病了，传递消息的人当即抄小路赶去报信，好不容易才在当晚把消息告知了弥子瑕。得知这一消息之后，弥子瑕急得如同热锅上的蚂蚁团团直转。出于忧虑，弥子瑕十分想尽快回家，但京城和老家的距离实在太远，而他也没有马车。最终，弥子瑕作出了一个大胆的决定：假传君令，坐着灵公的马车赶回家中。按照当时卫国的刑律，任何人只要私自乘坐君王的马车，都要判处砍脚的刖刑。但卫灵公得知后，不仅没有下令严惩弥子瑕，反而高兴地称赞他说："弥子瑕真是一个孝子啊！为了能够尽快赶回去侍奉母亲，竟然连刑律也不顾了。"

又有一次，弥子瑕与卫灵公一起到果园游览。当时正值蜜桃成熟的季节，弥子瑕伸手随便摘了一个蜜桃，尝了一口觉得十分甘甜。就在这时，他想到了对自己恩宠有加的卫灵公，于是当即把这个咬过的桃子献给灵公。卫灵公不仅对此毫不在意，反而感动地称赞说："弥子瑕真的很爱我啊！明明是自己喜欢吃的东西，还要忍着不吃，专门留给我来品尝。"

然而等到弥子瑕年老色衰后，卫灵公的态度却来了个180°大转弯。有一次弥子瑕无意间冒犯了灵公，灵公当即愤怒地斥责他，甚至还翻起了陈年老账。他气愤地说："你这个家伙之前就假传命令，擅自乘坐我的车子，后来还把自己吃剩一半的桃子给我，根本就是目无君上！这就罢了，你到现在还在做冒犯我的事情，简直是不知悔改啊！"

## 寓意

判断一件事或一个人，不能只看表面现象，应该慎思，透过现象看本质。

# 画鬼最易

出自《韩非子·外储说左上》，用来说明要正确认识事物，不要弄虚作假。

**原文**

《韩非子·外储说左上》有语：

客有为齐王画①者，齐王问曰："画，孰最难者？"

曰："犬马最难。"

"孰最易者？"

曰："鬼魅②最易。夫犬马，人所知也，旦暮③罄于前，不可类④之，故难；鬼魅无形者，不罄⑤于前，故易之也。"

**释义**

① 画：动词，指绘画。

② 鬼魅：鬼怪。

③ 旦暮：早晚，引申为每天从早到晚。

④ 类：似，像。

⑤ 罄：显现，出现。

**故事延伸**

春秋时期，有一个画技十分高明的画家，齐王得知后，便将他请入王宫为自己画像。画像过程中，齐王随口问画家："相比之下，什么东西最难画呢？"

画家回答说："会动的狗与马等是最难画的一类东西，其实我画得也不怎么好。"

齐王点了点头，问道："那什么东西最容易画呢？"

画家回答说："画鬼最容易。"

"为什么呢？"齐王不解地问。

"因为狗与马这些东西，经常出现在人们的眼前，大家都对它们十分熟悉。因此，只要画错哪怕一点点，都很容易被人们发现并挑出毛病；尤其是那些处于动态的狗与马，既有形又不定形，就显得尤其难画。至于鬼呢，谁也没见过，既不能确定它的形体，也不能明确它的相貌，那就可以想怎样画就怎样画；画出来后，谁也不能证明它不像鬼，所以画鬼是很容易的，不费什么神。"

**寓　意**

不管做人还是做事，我们都应该明辨是非。

## 鲁国少儒士

出自《庄子·外篇·田子方》，用来说明表象不能取代事实的道理。

**原　文**

《庄子·外篇·田子方》有语：

庄子见鲁哀公，哀公曰："鲁多儒士，少为先生方者。"庄子曰："鲁少儒。"哀公曰："举鲁国而儒服，何谓少乎？"庄子曰："周闻之：儒者冠圜冠①者，知天时；履句履②者，知地形；缓佩玦者，事至而断。君子有其道者，未必为其服也；为其服者，未必知其道也。公固以为不然，何不号于国中曰：'无此道而为此服者，其罪死！'"于是哀公号之五日，而鲁国无敢儒服者。独有一丈夫，儒服而立乎公门。公即召而问以国事，千转万变而不穷。庄子曰："以鲁国而儒者一人耳，可谓多乎？"

**释　义**

① 圜冠：圆形的帽子。

② 句履：方正的鞋子。

**故事延伸**

有一次，庄子去鲁国拜见鲁哀公。鲁哀公见到庄子后，一面热情地欢迎他，一面又感叹说：“我们鲁国有许许多多的儒士，可崇尚您的学说之人，却少得可怜。”

庄子听懂了鲁哀公的话外音，丝毫不觉得生气，反而对鲁哀公的话提出了反对意见：“在我看来，鲁国固然缺乏崇尚道学之人，但真心信奉儒学的读书人，其实也没有几个。”

鲁哀公一听这话就急了：“先生您来到鲁国的时候，难道没有发现吗？我们鲁国到处都是穿着儒服、气度不凡的读书人啊，这怎么能说是缺少儒士呢？”

庄子对此微微一笑，继而直言不讳地说：“我曾经听说过：儒士之所以头戴圆形礼帽，是为了表示通晓天义；之所以穿方形鞋子，是为了表示精通地理；之所以佩戴五彩丝带系的玉玦，是为了表示遇事清醒果断。”顿了顿他又说道：“其实那些造诣很深的儒士，平日不一定穿儒服；而那些穿着儒装看似渊博的人，未必就有真才实学。”

眼见哀公对自己的话还有些疑虑，庄子又向他建议说：“您如果认为我的话不正确，可以在全国范围宣布旨意，就说：‘国内凡没有真才实学，却又喜欢穿儒服的冒牌儒士，一律以死罪问斩！’这样一来，就可以知道我说得对不对了。”

鲁哀公采纳了庄子的谏言，在全国张贴命令。不出庄子所料，仅仅过了五天之后，平日里那些穿着儒服、气度非凡的“渊博之士”，就从鲁国销声匿迹了。唯独一个男人，仍旧穿着儒服立于国宫门前。鲁哀公闻讯立即传旨召见。鲁哀公见来者仪态不俗，用国家大事考问他，提出的问题五花八门，对方对答如流，思维敏捷，果然是位饱学之士。

庄子很快就得知了这一情况，于是笑着对鲁哀公说：“以鲁国之大，举国上下却只有一人称得上真正的儒士，能说人才济济吗？”鲁哀公不得不点头认同。

**寓 意**

判断一个人，不能只看其外表，否则就会犯下许多错误。

# 涸泽之蛇

出自《韩非子·说林上》，告诉我们，不要被表象迷惑。

## 原文

《韩非子·说林上》有语：

泽涸[①]，蛇将徙[②]。有小蛇谓大蛇曰："子行而我随之，人以为蛇之行者耳，必有杀子者；不如相衔，负[③]我以行，人以我为神君也。"乃相衔负以越公道[④]，人皆避之，曰："神君也！"

## 释义

① 涸：干涸。

② 徙：迁走。

③ 负：背着。

④ 公道：大路。

## 故事延伸

有年夏天大旱，土地裂开一道道又宽又深的口子，甚至一些沼泽也都干涸了。原来栖息在水沼中的一些虫、鱼、蟹、蛙，能够逃走的都逃走了，最后只剩下一大一小两条蛇。眼看池沼边的杂草全部枯槁，它俩已经无法容身，只得另找一处安身之地。

临走之前，小蛇突然忧心地对大蛇说："你体格比我大，走得也快。如果你走在前面，我跟在后头，这样太过明显，很容易就被人们发现，受到他们的捕杀。因此，我们应该考虑换一种方式，由你背着我走。人们从来没有见过哪一类蛇是这种模样，也从来没有看到哪一条蛇以这种方式爬行，所以一定会感到疑惑。如果他们把我们看作是神灵，对我们敬而远之，我们不就可以蒙混过关，安全抵达目的地了吗？"

大蛇听后觉得很有道理，于是背起小蛇明目张胆地爬上大路，毫不掩饰地扬长而去。大路上来来往往的人们，突然发现两条蛇上下重叠着蜿蜒游走，果然都觉得十分奇怪、恐惧，也不敢靠近它们。不仅如此，一些人在回去以后，还煞有介事地向亲友描述自己所见到的情景，表示自己刚刚看到了“蛇神”。而那一大一小两条蛇，此时早已安然抵达了新的地方。

**寓　意**

生活中，我们应该学会仔细观察，透过现象看本质。

## 锟铻之剑，火浣之布

出自《列子·汤问》，用来说明不曾亲眼看到，便不可妄自定论。

**原　文**

《列子·汤问》有语：

周穆王大征西戎，西戎献锟铻①之剑，火浣②之布。其剑长尺有咫，练钢赤刃，用之切玉如切泥焉。

火浣之布，浣之必投于火，布则火色，垢则布色，出火而振之，皓然疑乎雪。皇子以为无此物，传之者妄。萧叔曰：“皇子果于自信，果于诬理哉!”

**释　义**

① 锟铻：又名“昆吾”，宝剑名。

② 火浣：石棉布。浣，洗。

**故事延伸**

周穆王时期，曾经发兵征讨过西部的少数民族西戎。当时的西戎首领自知难以抵御周王室的大军，只得想尽办法议和。为了讨好穆王、平息战祸，西戎首领最终决定献上族内的稀世之宝——锟铻剑和火浣布。

锟铻剑是用锟铻山所产的矿石反复锻造而成，剑长 1 尺 8 寸，剑刃放射红光，锐利非常。用锟铻剑来削玉石，就像削泥土一样，毫不费力。

比锟铻剑还要神奇的则是火浣布。一般衣服穿脏了之后，都要用水进行清洗，然而用这种布料缝制的衣服却恰恰相反。当衣服穿脏之后，人们不必用水清洗，只需将它投进熊熊燃烧的大火中，那些脏的地方就会还原成布的本色。之后只要将衣服从火中取出一抖，整件衣服就洁白如雪，十分干净。

当这两样贡品从遥远的西戎送进王宫后，宫中诸人无不啧啧称奇，赞叹不已。只有太子对此不以为然。他认为，世间根本就不存在什么削铁如泥的宝剑、不怕火烧的布料，凡是说这种话的人都是在弄虚作假，根本不值得信任。

尽管太子一口咬定宝物不存在，一位名叫萧叔的大臣还是亲自前去观看，最终确信了世间的确有这样的宝物。同时他又摇着头叹息说："可惜太子过于自信和武断，他的结论有些蛮不讲理啊！"

**寓 意**

天地之间万事万物，自己不了解的，不要妄自下结论。

## 浴矢避鬼

出自《韩非子》，用来说明不要轻信他人之言。

**原 文**

《韩非子》有语：

燕人李季好远出，其妻私有通于士，季突至，士在内中，妻患[①]之。其室妇曰："令公子裸而解发，直出门，吾属佯不见也。"于是公子从其计，疾走出门。季曰："是何人也？"家室皆曰："无有。"季曰："吾见鬼乎？"妇人曰："然。""为之奈何？"曰："取五牲之矢浴之。"季曰："诺。"乃浴以矢。

**释　义**

①患：担心。

**故事延伸**

燕国人李季的妻子和小妾都十分漂亮，然而他却不懂得珍爱她们。李季常常让妻妾在家守着空荡荡的屋子，自己却带着行李独自远出、云游四方。久而久之，他的妻子开始和另外的男人私通，就连另一名小妾也卷进了这桩桃色旋涡。

这天，刚刚出门不久的李季突然从外地归来，当时他的妻妾正在屋里与那个男人寻欢作乐。听到李季的敲门声后，李季的妻子想到事情一旦败露后，丈夫必然不会原谅自己，顿时急得如同热锅上的蚂蚁，转来转去。李季的妾却因自己身份低微而不甚在意，于是便给两人出主意："等一会儿我们把门打开时，就让这个公子赤身裸体、披头散发地冲出去。自家的男人要是问起这件事来，我们就说什么都没有看见好了。"两人虽然觉得荒诞，却又想不出更好的办法，只得照此行事。

等到妻子打开大门，那个男人当即抢在李季进屋之前，光着身子冲了出去。李季顿时被这突如其来的一幕搞蒙了。他怎么也想不明白，大白天的怎么会突然冒出这么一个一丝不挂、不知羞耻的人，于是急忙进屋里去问妻妾："怎么会有一个不穿衣服的男人在家里？这究竟是怎么一回事呢？"听了丈夫的询问，妻妾两人当即异口同声地说："您在说什么？我们怎么什么都没看到呢？"

听了妻妾二人的话，李季更加困惑了。他不解地说："如果你们刚才真的什么都没有看到，难道是我大白天撞见鬼了？"他的妻子见丈夫这么好骗，当即打蛇随棍上，点点头附和说："我们确实什么都没有看到。如果您刚才真的看到什么光着身子的男人，想来肯定是个鬼了。"

此时李季已经完全相信了那个光身子的男人是鬼的说法，心中顿时万分惶恐。他害怕地对自己的妻妾说："大白天就撞见鬼，我该怎么办才好呢？"他的妻子说："据说牛、羊、猪、鸡、狗的排泄物可以辟邪驱秽，您不如去收集这些东西，用它们来洗澡沐浴吧！"李季也点点头说："没有比这更好的办法了！”于是，他真的急匆匆地去寻找动物的排泄物了。

**寓意**

悠悠众口不可轻信，我们应该明察慎思，明辨真假。

## 赵伯公肥大

出自《太平御览》，用来阐述遇事不能急于下结论，应该仔细分辨的道理。

**原文**

《太平御览》有语：

赵伯公为人肥大，夏日醉卧。有数岁孙儿缘[①]其肚上戏，因以李子内[②]其脐中，累七八枚。既醉，了[③]不觉。数日后，乃知痛。李大烂，汁出，以为脐穴，惧死，乃命妻子处分家事，乃泣谓家人曰：“我肠烂将死。”明日，李核出，乃知是孙儿所内李子也。

**释义**

① 缘：沿着。

② 内：放入。

③ 了：一点儿也……

**故事延伸**

从前，有个叫赵伯公的人长得特别肥胖，肚子圆得裤带都几乎兜不住了，肚脐眼又大又深。夏天一个闷热的中午，赵伯公坐在树荫下，一边乘凉一边喝酒，还吃了好多西瓜和李子当下酒菜，十分惬意。不知不觉地，赵伯公多喝了几杯，头昏昏沉沉的，就一头躺在床上睡起觉来。

赵伯公有个顽皮的小孙子，趁机爬到爷爷身上，骑在他的肚皮上玩。此时赵伯公睡得正香，鼾声如雷，一点也没有察觉。小孙子把爷爷当了一会儿马骑，觉得没意思了。再玩点什么好呢？他一眼瞧见赵伯公的肚脐眼，眼珠一转就有了主意。调皮的小孙子抓起桌上的李子，一个一个往赵伯公的肚脐眼里塞。赵伯公的肚脐眼也真够大的，竟然装下了七八个李子，可他自己还是睡得死死的，丝毫没有觉察到小孙子的恶作剧。

过了几天，肚脐里的李子全都腐烂了，流出汁来。赵伯公这才觉得肚脐有点疼，他低头一看，呀，不得了，只见红红的李子汁流得满肚子都是。赵伯公大惊失色，以为是肚子那儿烂了一个大窟窿，自言自语地说道："完了完了，肠子烂了，这回是非死不可了！"他把妻子和家人都叫到一起，痛哭流涕地说："我的肠子烂了，把肚子都烂穿了一个洞，看来我是活不了了。我实在舍不得你们，但是没有办法，我自己福薄命短，不得不先去了。我死后你们要好自为之，相亲相爱，不要吵闹斗气。"赵伯公说完，又向妻子交代怎样操办葬礼的事，把他认为该办的事全都办好了以后，就开始一心一意地等待死神降临了。

一天过去了，什么事也没发生；两天过去了，赵伯公还好好地活着。三天以后，李子全烂光了，李子核从赵伯公的肚脐里滚了出来。赵伯公奇怪极了，碰到家人就说："也不知是怎么回事，从我的肚脐里滚出来好几个李子核。"小孙子在一边听到了，拍手笑着说："爷爷，那是你睡着的时候，我塞进去的李子呀！"赵伯公听了恍然大悟：原来前几天流的是李子汁呀！这下，赵伯公顿时转悲为喜。

**寓　意**

遇到事情，我们应当仔细探究，分辨真假是非。这样一来，许多看似无解的难题，也会迎刃而解了。

# 失金钗

出自《辍耕录》，用来说明遇到问题应当慎思，不可急于问责。

## 原文

《辍耕录》有语：

木八剌，字西瑛，西域人，其躯干魁伟，故人咸曰“长西瑛”云。一日，方与妻对饭，妻以小金锟[①]刺脔肉[②]，将入口，门外有客至，西瑛出肃客，妻不及啖，且置器中，起去治茶。比回，无觅金锟处。时一小婢在侧执作，意其窃取，拷问万端，终无认辞，竟至陨命。

岁余，召匠者整屋，扫瓦瓴积垢，忽一物落石上，有声，取视之，乃向所失金锟也，与朽骨一块同坠。原[③]其所以，必是猫来偷肉，故带而去，婢偶不及见，而含冤以死。

## 释义

① 金锟：金钗。

② 脔肉：切成小块的肉。

③ 原：推求。

## 故事延伸

从前，有个西域人名叫木八剌。这天，他正和妻子吃饭，婢女端上来一盘肉。木八剌的妻子取下头上的小金钗从盘子里穿起一块肉，正要吃时，门外有客人求见。木八剌起身去迎客人，他妻子也赶紧放下串着肉的金钗，起身去为客人沏茶。待客人走后，他们夫妻二人重新回到餐桌旁，却发现那支金钗不见了。

当时，屋子里除了木八剌夫妻外，就只有一个婢女忙进忙出，于是，木八剌夫妇二人都一口咬定是婢女偷了金钗。他们逼婢女跪下，要她将金钗交出来。婢女哭着说她根本就没有偷。木八剌的妻子非常生气，便拿来棍棒，一次次逼问拷打这个可怜的小婢女。小婢女始终坚持说她没有偷金钗，最后，竟被木八剌夫妇拷打致死，金钗也还是没有找到。

一年以后，木八剌请工匠修理房屋。工匠在房顶上清理瓦沟里的脏物时，忽然有一件东西掉到地上，发出金属的响声。木八剌在一旁看到，赶紧拾起来一看，原来是他妻子一年前丢失的那支小金钗，同时还有一块朽骨头同金钗一同落下来。

木八剌连忙把妻子叫来，夫妻二人这才恍然大悟，想必是猫乘主人不注意偷肉吃，把小金钗一同叼到房顶上，当时谁也没注意，连小婢女也没看到，以致含冤而死，实在令人叹息。木八剌夫妇也深感愧疚，可惜后悔晚矣。

**寓 意**

当我们遇到问题时，应当仔细探究，不要急于下结论。

## 盲人失坠

出自《应谐录》，用来说明做人要善于听取正确意见。

**原 文**

《应谐录》有语：

有盲子道涸溪，桥上失坠，两手攀楯①，兢兢握固，自分失手必坠深渊矣。过者告之曰："毋②怖，第放下，即实地也。"盲子不信，握楯长号。久之，力惫，失手坠地。乃自哂三声，曰："嘻！早知即实地，何久自苦耶？"

**释 义**

① 楯：栏杆上的横木。

② 毋：通"勿"。

**故事延伸**

一个瞎子过桥的时候不慎把脚踩出了桥面。他身体一倾，几乎掉下去。幸好桥栏杆上的横木挡了他一下，于是他用双手死死抓住栏杆，就这样悬在半空中。

瞎子以前不止一次在这座桥上走过，经常听到哗哗的流水声，因此他认为桥下必定是水流湍急。因此，他使出了浑身的力气抓住桥栏杆不放，一边奋力挣扎着试图爬上桥去；一边又急切地希望得到他人的救助。

此时有个人正好从桥上经过，看到瞎子抓着桥栏杆的情景，既好笑又怜悯地指点他说："用不着害怕，你双脚离地不远，松手就可以着地。"瞎子听后却不相信，心想："不肯拉我上去，反而唆使我掉下去，这不是存心害人吗?"想到这里，他不禁绝望地大哭起来。

不一会儿，瞎子力气耗尽，两手一滑坠了下去。出乎意料的是，他还没有来得及感受空中失重、丧魂落魄的投河悲哀，顷刻之间双脚就触到了地，以致打了一个踉跄才站稳了脚跟。原来这桥真如那路人说的一样，根本就不高。瞎子这时才松了一口气。他有点不好意思地笑着说："早知道这桥不高，下面没有水，我就不会吊在栏杆上吃苦头了。"

**寓 意**

遇到困难时，要学会听取别人正确的意见，才能击败困难，克服危机。

## 不死药

出自《韩非子·说林上》，告诉我们应学会辨别真假。

**原 文**

《韩非子·说林上》有语：

有献不死之药于荆王者，谒者操[①]之以入。中射之士问曰："可食乎?"曰："可。"因夺而食之。王大怒，使人杀中射之士。中射之士使人说王曰："臣问谒者，谒者曰'可食'，臣故食之。是臣无罪，而罪在谒者也。且客献不死之药，臣食之而王杀臣，是死药也，是客欺王也。夫杀无罪之臣，而明人之欺王，不如释臣。"王乃不杀。

**释 义**

① 操：拿着。

**故事延伸**

有一个人自称有长生不死药，要敬献给楚王。

宫廷的守门官捧着药进宫时，碰上宫中的卫士。卫士问：“你拿的是什么好东西?”

守门官说：“是不死的药。”

卫士说：“是可以吃的吗?”

守门官说：“当然啦!”

于是卫士从守门官手里夺过药就把它吃下去了。

楚王知道后非常生气，立即派人去将卫士抓来，要治他死罪。可是卫士却不慌不忙地对楚王说：

“大王先息怒，请听我说。我曾问过守门官这药能不能吃，他说可以吃，我才吃的。因此就算要问罪，有罪的也不是我，而是守门官。再说回来，如果那人献给大王您的真是不死之药，您就不该杀我，因为如果您把我杀了，那药岂不是死药吗？这么看来，那人把送给您的死药说成是不死之药，分明是在欺骗您。大王您如果杀了我一个无罪的小臣，等于是向世人宣布您被人欺骗的丑闻，大王您这样贤明的君主怎么也会被人欺骗呢？您倒不如饶恕我，把我放了，这么一来，世人将会称颂您的英明和大度。”

楚王听了卫士的一番话，觉得很有道理，就下令把他给放了。

**寓 意**

假话都有漏洞，只要抓住其矛盾之处，就能分辨真假。

# 击邻家之子

出自《墨子·鲁问》，用来讽刺那些为自己的行为找借口的人。

## 原文

《墨子·鲁问》有语：

子墨子曰："郑人三世杀其父，而天加诛焉，使三年不全，天诛足矣，今又举兵将以攻郑，曰'吾攻郑也，顺于天之志'。譬有人于此，其子强梁[①]不材，故其父笞之，其邻家之父举木而击之，曰'吾击之也，顺于其父之志'，则岂不悖哉？"

## 释义

① 强梁：强悍不听话。

## 故事延伸

鲁阳文君将要攻打郑国，墨子知道后特意前去劝阻。他对鲁阳文君说："上天兼有天下，就像您统治鲁国一样。现在您举兵将要攻打郑国，上天的诛伐难道就不会到来吗？"

鲁阳文君说："先生为什么阻止我进攻郑国呢？我进攻郑国，正是顺应上天的意志啊！郑人数代残杀他们的君主，上天降给他们惩罚，使三年不顺利。我正是要顺应上天对他们加以诛伐。"

墨子摇摇头说："郑国人数代残杀他们的君主，上天已经给了惩罚，使它三年不顺利，上天的诛伐已经够了！现在您又举兵将要攻打郑国，说：'我进攻郑国，是顺应上天的意志。'这就好像有一个人，他的儿子凶暴、强横，不成器，所以他父亲鞭打他。邻居家的父亲，也举起木棒击打他，说：'我打他，是顺应了他父亲的意志。'这难道不荒谬吗？"

鲁阳文君听后无言以对。

## 寓意

我们做事应三思，不要为自己的无理行为找借口，这样是不会成功的。

# 艾子求官

出自《艾子杂说》，用来讽刺那些对朋友虚假的人。

## 原文

《艾子杂说》有语：

秦既并灭六国，专有天下，罢侯置守。艾子当是时，与秦之相有旧，喜以趣之，欲求一佳郡守。秦相见艾子，甚笃故情，日延饮食，皆玉醴珍馔。数日，以情白[①]之。相欣然谓曰："细事，可，必副所欲。"又数日，乃曰："欲以一寸原。"艾子曰："吾见丞相望之，然又日享甘旨，必谓甚有筹画，原来只有生得耀州知白。"

## 释义

① 白：说明。

## 故事延伸

秦朝灭六国完成统一之后，废除了原来的封侯制度，实行郡县制度。艾子早年曾与秦朝的丞相李斯有很好的交情，是老朋友，于是就非常高兴地去找李斯，想到一个好点的郡去当太守。

艾子前来拜访后，李斯非常热情地接见了他，谈起过去的事情时，也非常动情。为了表示热忱，李斯每天都要摆下丰厚的宴席招待艾子。

过了几天，艾子把来意告诉李斯，李斯很爽快地答应了，说："嗨，我还以为你有什么难事呢，原来就是这么一桩小事啊！放心吧，以咱俩的交情，我一定能够让你满意！"艾子听后也十分高兴，于是就耐心地等着。

又过了几天，李斯兴冲冲地跑来告诉艾子："我已经和大王商量好了，给你一个一寸原的郡守吧！"艾子听后愣了半晌，才苦笑着说："我一开始拜见您时，是抱有很大希望的，何况您又天天让我享受美好的食物，因此我想您必定会有极好的筹划。可是闹了半天，我空欢喜一场呀！"

**寓意**

交朋友一定要慎重，慧眼才能识友。

## 周人怀璞

出自《尹文子·大道》，用来阐述遇到事情不要只看表面。

**原文**

《尹文子·大道》有语：

郑人谓玉未理①者为璞，周人谓鼠未腊②者为璞。周人怀璞，谓郑贾曰："欲买璞乎？"郑贾曰："欲之。"出其璞，视之，乃鼠也。因谢不取。

**释义**

① 理：雕琢。

② 腊：腌制。

**故事延伸**

春秋时期，各诸侯国的语言有着很大的不同。当时在郑国，人们习惯于将没有经过雕琢的玉石称为"璞"；而在周王室的领土内，人们则将没有经过腌制的老鼠肉也称为"璞"。

有一天，一位来自周王室领地的人去别国做生意，他带的商品正是老鼠肉。正在这时，他看到集市的不远处有一位郑国人正在晃悠，一边走还一边向人打听，走近之后才得知那人是在问哪里有卖"璞"的。周人顿时十分高兴，走上去喊住那郑国人说："这位老兄，我这里有'璞'，您要买吗？"

这位郑人在集市上走了半天，十分疲劳却一无所获，眼见主顾自己找上门来，自然十分惊喜。于是他也高兴地点点头说："要，要，你快拿出来让我看看货。"眼见对方把手伸入领口里，慢慢地准备掏出一个东西，这位郑人惊喜地想，莫非自己还真遇到宝了？

就在他凑过去准备“鉴赏”时，却冷不防看到那人掏摸出一只死老鼠，顿时吓了一跳，感到十分恶心。而那位周人还在喜滋滋地推荐自己的商品。直到这时，郑人才知道自己闹了个误会，急忙走开了。

**寓意**

对于一件事情，不能仅关注其表面，还应当深入思考背后的意义。

## 疑邻盗斧

出自《吕氏春秋·有始览·去尤》，用来说明遇事不可妄加猜测。

**原文**

《吕氏春秋·有始览·去尤》有语：

人有亡𫓧[①]者，意者邻之子，视其行步，窃𫓧也；颜色，窃𫓧也；言语，窃𫓧也；动作态度，无为而不窃𫓧也。俄而抇[②]其谷而得其𫓧，他日复见其邻人之子，动作态度，无似窃𫓧者。

**释义**

① 𫓧：通“斧”。

② 抇：搅乱。

**故事延伸**

一天，有个乡下人早上起来进山砍柴，却发现自己家中唯一的一柄斧头不见了。他左思右想，就是想不出自己把斧头放在了哪里。

就在他手足无措时，突然想到邻居家的儿子一向调皮，于是便开始怀疑他。就在这时，邻居家的儿子正好出门，与他对视了一眼，这人敏锐地察觉到对方的眼神中，似有几分“慌乱”。

察觉到这一点后，这人立即一路偷偷尾随，观察邻居儿子的一言一行。他越观察越觉得对方就是偷斧子的人，却苦于拿不出证据。无奈之下，他只好暂时停止跟踪，先去收拾前些日子晾晒在自家后院的谷子。

就在他翻动谷子的时候，却无意间触碰到一个硬邦邦的东西，他拿出来一看，正是自己找了整整一早上的斧头！这时他才猛然想起，自己昨天砍完柴后，由于太累就随手将斧头丢在了后院，根本就没有在意。

第二天早上这人再次出门，又看到了邻居家的儿子。但这一次不管怎么瞧，他都不觉得对方像是偷斧子的人了。

**寓 意**

遇到问题，我们应慎思，不能主观臆断。

## 姜从树生

出自《雪涛小说》，用来讽刺那些明知自己犯错却不愿承认的人。

**原 文**

《雪涛小说》有语：

楚人有生而不识姜者，曰："此从树上结成。"或[①]曰："从土地生成。"其人固执己见，曰："请与子以十人为质[②]，以所乘驴为赌。"已而遍问十人，皆曰："土里出也。"其人哑然失色，曰："驴则付汝，姜还树生。"

**释 义**

① 或：有人。

② 质：询问。

**故事延伸**

从前，有个楚国人从未见过生姜。某次他得到了一块生姜，却不知这是何物、从何而来，于是逢人便说这是从树上长出来的。

有一天，楚人遇到了一位明白事理的人，这人看到楚人在那里胡说八道，当即上前纠正他的错误，说："你搞错了，这是生姜，是从土里长出来的。"

楚人听后却十分不满，他瞪着眼睛不满地说："你才胡说八道！要不，我们就打个赌，寻找十个人来一一询问；我要是错了，就把现在骑着的驴给你！"

于是这两人便开始沿途找人询问。他们一连询问了十个人，结果每个人都大笑楚人愚昧，指出姜是从土里长出来的。直到这时，楚人才感到很没面子，但又不肯承认自己错了。

无奈之下，楚人只好把缰绳硬塞到那人手中，气呼呼地说："好吧好吧，这头驴子归你了！但是有一件事得说好：这头驴虽然是你的，可这姜，还是从树上长出来的！"

**寓意**

发现自己的错误，要及时改正，这样我们才能成长得更快、走得更远。

## 荆人畏鬼

出自《郁离子》，用来形容做事钻角尖，就很容易罔顾真相。

**原文**

《郁离子》有语：

荆人有畏鬼者，闻槁叶之落与蛇鼠之行，莫不以为鬼也。盗知之，于是宵窥其垣，作鬼音，惴弗敢睨也。若是者四五，然后入其室，空其藏焉。或佾[①]之曰："鬼实取之也。"中心惑而[②]阴然之。无何，其宅果有鬼。由是，物出于盗所，终以为鬼窃而与之，弗信其人盗也。

**释义**

① 佾：欺骗。

② 而：然而。

**故事延伸**

楚国有个人十分胆小怕鬼，以至于听到叶子凋零、蛇鼠爬行的声音，都会吓得以为是鬼。有一个小偷得知后，决定趁机盗窃他的财产。

一天夜里，小偷偷偷爬到他家的屋顶上，一边窥视屋子里的动静，一边故意发出一些奇怪的声音。楚人在屋子里听到动静后，当即吓得魂不附体，匆忙跳到床上，牢牢地把自己整个人都盖在被子里。小偷暗自发笑，十分轻松地把屋子里所有值钱的东西统统偷走了。

第二天天亮后，楚人发现家中值钱的东西全数不翼而飞，更是吓了一大跳。他的邻居戏弄他说："这就是鬼干的。"楚人原本还暗自怀疑，听到这话顿时信以为真，从此之后，他的屋子里果然开始闹鬼了。

一段时间过后，那个小偷被抓捕了，从他的居所也搜出了楚人失窃的财物。然而这个楚人早已被吓破了胆，无论如何都不相信是小偷偷走了东西，只认为是鬼偷走后又送给了小偷。

### 寓意

遇事不可钻牛角尖，应保持清醒的头脑，冷静分析，才能解决问题。

## 良桐为琴

出自《郁离子》，用来讥讽那些只重虚名、不重实际的人。

### 原文

《郁离子》有语：

工之侨得良桐焉，斫而为琴，弦而鼓之，金声而玉应，自以为天下之美也。献之太常，使国工视之，曰："弗古。"还之。工之侨以归，谋诸漆工，作断纹焉；又谋诸篆工，作古款[①]焉；匣而埋诸土。期年出之，抱以适市。贵人过而见之，易之以百金，献之朝。乐官传视，皆曰："希世之珍也！"工之侨闻之，叹曰："悲哉世也！岂独一琴哉？莫不然矣。而不早图之，其与亡矣。"遂去，入于宕冥之山，不知所终。

### 释义

① 款：钟鼎上的文字或字画上的题名。

**故事延伸**

有个叫侨的工匠得到了一块很好的桐木。经过一番思虑，他最终将其削砍成琴的形状，并为其安上琴弦。他试着演奏这琴，只听到一阵美妙动听的金玉之声，比起天下名琴也毫不逊色。侨大喜之下，便将其献给了国家主管音乐的官员。

官员让御用的高级乐师来鉴定，不料乐师却说："这东西不是古物，没什么价值可言。"于是，这位官员又把琴退还给了工匠侨。

工匠侨抱琴而回，跟漆工商量之后，便在琴上画了许多呈断裂状的花纹；接着他又和雕工商量，刻上足以以假乱真的古代名人题词。然后他又把琴装到匣子中埋进土里，整整一年之后挖出，抱到市场上去卖。有一位富豪路过看中此琴，并花大价钱将琴买了下来，当作古琴献给朝廷。各位乐官一起传看后都连连称赞说："这真是一件稀世珍宝啊！"

工匠侨听说了这一消息后叹息着说："这个世道实在是太悲哀了啊！岂止一张琴如此，这个世道不都是这个样子吗？我要是不早些考虑，只怕免不了要跟着他们遭殃了！"于是他就离开了，跑到大山里面，此后，世人再也没有听说过他的下落。

**寓　意**

如果只重虚名不重实际，就很容易导致真假不辨、是非不分，对人和事物产生错误的判断。因此当我们对某人某事下论断时，应当从其本质出发，而非外表。

# 蟾蜍游于泱瀼

出自《郁离子》，用来说明事物即使表象一致，内容也会迥然不同的道理。

## 原文

《郁离子》有语：

蟾蜍游于泱瀼之泽，蚵蚾以其族见，喜其类己也，欲与俱入月，使鼀蝤呼之。问曰：“彼何食?”曰：“彼宅于月中，身栖桂树之阴，餐泰和之淳精，吸风露之华滋，他无所食也。”蚵蚾曰：“若是，则予不能从矣。予处泱瀼之中，一日而三饱，予焉能从彼单栖于泬寥，枵其胃肠而吸饮风露乎?”问其食，不对。鼀蝤复命，使返而窥之。是方据溷[1]而食其蛆，盬[2]粪汁而饮之，满腹然后出，肭肭然。鼀蝤返曰：“彼之食，溷蛆与粪汁也，不可一日无也，而焉能从子?”蟾蜍蹙额而咍曰：“呜呼！予何罪乎，而生与此物类也!”

## 释义

① 溷：厕所。

② 盬：吸饮。

## 故事延伸

一天，月宫里的蟾蜍来到沼泽中游玩，蚵蚾带领它的全族一起来见。蟾蜍看到蚵蚾们长得跟自已很像，非常喜欢，便打算带它们到月宫里去。回到月宫后，蟾蜍就派鼀蝤去召唤它们。

蚵蚾问：“蟾蜍在月宫吃什么?”回答说：“它住在桂树的树荫下，吃的是阴阳二气的精英，吸的是风露中的精华，别的什么也不用吃了。”

蚵蚾说：“如果是那样的话，那么我就不能随它去了。我生活在小水流动的地方，一日三餐都吃得饱饱的，怎么能到那种单调空旷清冷的地方，整天饿肚子呢？”鼋蝤问它吃的是什么，它不回答。于是蟾蜍又派鼋蝤偷偷观察它的实际生活。鼋蝤这时才发现，蚵蚾吃饭的地点原来是厕所。

鼋蝤回去后便对蟾蜍说：“它吃的是厕所里的脏东西，怎么能随你到这里来呢？”蟾蜍皱着眉头深深地叹息了一声：“唉，我究竟做了什么孽呀，竟然让我长得和这种肮脏的东西一个样！”

**寓　意**

不要以外表来判断一个人。

## 田父得玉

出自《尹文子·大道上》，用来说明遇事要有主见。

**原　文**

《尹文子·大道上》有语：

魏田父有耕于野者，得宝玉径尺[①]，弗知其玉也，以告邻人。邻人阴欲图之，谓之曰：“此怪石也。畜之，弗利其家，弗如复之。”

田父虽疑，犹录以归，置于庑[②]下。其夜玉明，光照一室。田父称家大怖，复以告邻人。邻人曰：“此怪之征，遄[③]弃，殃可销。”于是遽而弃于远野。

邻人无何盗之，以献魏王。魏王召玉工相之。玉工望之，再拜却立，曰：“敢贺大王得此天下之宝，臣未尝见。”

王问价。玉工曰：“此玉无价以当之。五城之都，仅可一观。”魏王立赐献玉者千金，长食上大夫禄。

**释　义**

① 径尺：直径一尺。

② 庑：厢房。

③ 遄：快速。

**故事延伸**

魏国一位农夫在犁田时，突然听到土里传来一声怪响，他当即将耕牛喝住，小心翼翼地刨开土层仔细检查。这时他才发现，原来是自家的犁撞上了一块“怪石”。只见那块石头直径一尺，水润光泽，分明是一块价值连城的宝玉。然而这位农夫素来孤陋寡闻，竟不知这是玉，于是便跑到附近的田里，请自己的邻居前来观看。那邻居是个识货的，一眼就看出这块宝玉价值不菲，顿时起了贪念。于是他故意欺骗农夫说：“这块石头是不祥之物，如果把它留下必然会引发大祸。照我看来，你还是赶紧将它扔掉得了。”农夫听得胆战心惊，但看到这块石头的美丽外表，心中又有几分不舍。他想：这块石头这么美丽，倘若不是不祥之物，扔掉岂不是太可惜了吗？于是他决定先把它带回家中，仔细地观察一下。

回家之后，农夫想起邻居的话，心中有些害怕，于是便将宝玉放到了厢房里。就在那天晚上，这块意外出土的宝玉光芒四射，把整个屋子照得如同白昼，农夫全家人都被这种奇异景象惊呆了。想到邻居之前的告诫，农夫一阵头皮发麻，赶紧又跑去向邻居询问。邻居趁机再次吓唬他说：“我不是早就告诉你这块石头不祥了吗？现在就是这块石头在作怪，你如果不赶紧把它扔掉，家里很快就会发生大祸!”

听了这番话，农夫再也没有任何想法，匆匆跑回家中，把那块宝玉扔到荒野上。然而那位邻居一直偷偷跟随他，等他走后又偷偷捡起了那块宝玉，并带回了家中。

第二天天刚亮，那位邻居就怀揣宝玉匆匆出门，打算将它献给魏王。魏王特意召来玉匠评鉴。玉匠见到这块宝玉，品鉴一番后，他朝魏王跪下，连连叩头，然后恭敬地对魏王说：“恭喜大王贺喜大王，这是一块稀世珍宝啊！我当了这么多年玉匠，也是直到今天才见到这样大、这样好的玉石。”魏王一听也十分高兴，又问：“那这块玉石值多少钱呢?”玉匠摇摇头说：“如此稀世珍宝，已经难以用金钱衡量，即便世上各种美玉无数，也没有哪块能够与之媲美。即便是以五座城池作为交换，也只能换来匆匆一瞥罢了。”

听了玉匠的陈述，魏王心中大喜。于是他当即下令，赐予献玉者一千两黄金，同时还允许他终生享用大夫的俸禄。

**寓意**

遇到事情，要认真思考，要有主见。

## 蛇雾

出自《郁离子》，用来说明不可人云亦云。

**原文**

《郁离子》有语：

冥谷之人畏日，恒穴土而居。阴有蛇焉，能作雾，谨事之，出入凭焉，于是其国昼夜雾。巫绐之曰：“吾神已食日矣，日亡矣。”遂信以为天无日也，乃尽废其穴之居而处垲[1]。

羲和氏之子之崦嵫过焉，谓之曰：“日不亡也，今子之所翳者，雾也。雾之氛，可以晦日景，而焉能亡日？日与天同其久者也，恶乎亡？吾闻之，阴不胜阳，妖不胜正，蛇，阴妖也，鬼神之所诘，雷霆之所射也。今乘天之用否而逞其奸，又因人之讹以凭其妖，妖其能久乎？夫穴子之常居也，今以讹致妖而弃其尝居，蛇死雾必散，日之赫其可当乎？”

国人谋诸巫，巫恐泄其绐，遂沮之。未期月，雷杀其蛇，蛇殆而雾散，冥谷之人相呴[2]而槁。

**释义**

① 垲：地势高而干燥之处。

② 呴：慢慢呼气。

**故事延伸**

从前，在一处幽谷中居住着一些畏惧阳光的人。为了躲避阳光，他们一直都住在洞穴里。有一天，幽谷中来了一条能喷雾的蛇。这些人恭谨地侍奉它，将它视为自己的依靠，于是这条蛇便展示神通，使得这里昼夜大雾，就连阳光也被遮蔽。一个巫师趁机欺骗他们说："我侍奉的神灵已经把太阳吃了，太阳已经没有了。"这些人都信以为真，大喜之下纷纷从洞穴里爬出，就此在地势高处安家。

不久后，太阳神的儿子在前往崦嵫山时路过这里，得知情况后便劝阻他们说："太阳并没有死啊，只是被你们这里的雾所遮蔽了而已。雾的水汽可以暂时遮蔽阳光，但哪里能够让太阳消亡呢？太阳的寿命与天同样长久，又怎么会死呢？我听说，阴气不能战胜阳气，妖邪不能战胜正气。蛇是阴暗的妖物，历来受到鬼神的不满、雷霆的击打。现在它趁着阳光一时不能照射就施展奸诈的伎俩，又因为巫师的谣言而展示自己的妖术，这样的妖邪又岂能长久呢？洞穴本是你们一向的居处，现在只因谣言招来的妖邪就轻易抛弃，等到蛇死后雾气消散，你们又该怎么去抵挡阳光的炙烤呢？"

大家对这番话将信将疑，便聚集到巫师那里商量对策。巫师害怕欺诈泄露，就极力诋毁这个说法，大家也就听信了他。结果还没过一个月，天上就降下雷霆劈死了那条蛇，蛇一死雾气果然消散，阳光再次普照大地。那些幽谷里的人无法抵御阳光，连爬回洞穴的力气都没有了，一个个只能艰难地喘着气，直到被太阳晒死。

**寓 意**

任何时候，我们都应该保持清醒的头脑，不可人云亦云。

# 第二章

## 知善识恶，分清美丑，方能行为有度，决胜千里

# 中山之狼

出自《东田集》，用来讽刺那些善恶不分、是非不辨之人。

## 原文

《东田集》有语：

赵简子大猎于中山，虞人[①]道[②]前，鹰犬罗后。捷禽鸷兽应弦而倒者不可胜数。有狼当道，人立而啼。简子垂手登车，援乌号之弓，挟肃慎之矢，一发饮羽[③]，狼失声而逋[④]。简子怒，驱车逐之。惊尘蔽天，足音鸣雷，十步之外不辨人马。时墨者东郭先生将北适[⑤]中山以干仕[⑥]，策[⑦]蹇[⑧]驴，囊图书，夙行失道[⑨]，望尘惊悸。狼奄[⑩]至，引首顾曰："先生岂有志于济物哉？昔毛宝放龟而得渡，随侯救蛇而获珠，蛇龟固弗灵于狼也。今日之事，何不使我得早处囊中，以苟延残喘乎？异时倘得脱颖而出，先生之恩，生死而肉骨也。敢不努力以效龟蛇之诚！"

先生曰："嘻！私[⑪]汝狼以犯世卿，忤权贵，祸且不测，敢望报乎？然墨之道，'兼爱'为本，吾终当有以活汝，脱有祸，固所不辞也。"乃出图书，空囊橐，徐徐焉实狼其中，前虞跋胡[⑫]，后恐疐[⑬]尾，三纳之而未克。徘徊容与，追者益近。狼请曰："事急矣，先生果将揖逊[⑭]救焚溺，而鸣銮避寇盗耶？惟先生速图！"乃中踢蹐四足[⑮]，引绳而束缚之，下首至尾，曲脊掩胡，猬缩蠖屈，蛇盘龟息，以听命先生。先生如其指，内[⑯]狼于囊，遂括囊口，肩举驴上，引避道左以待赵人之过。

已而简子至，求狼弗得。盛怒，拔剑斩辕端示先生，骂曰："敢讳狼方向者，有如此辕！"先生伏踬[⑰]就地，匍匐以进，跽而言曰："鄙人不慧，将有志于世，奔走遐方，自迷正途，又安能发狼踪以指示夫子之鹰犬也？然尝闻之，'大道以多歧亡羊'。夫羊，一童子可制之，如是其驯也，尚以多歧而亡；狼非羊比，而中山之歧可以亡羊者何限？乃区区循大道以求之，不几于守株缘木乎？况田猎，虞人之所事也，君请问诸皮冠。行道之人何罪哉？且鄙人虽愚，独不知夫狼乎；性贪而狠，党豺为虐，君能除之，固当窥左足以效微劳，又肯讳之而不言哉？”简子默然，回车就道，先生亦驱驴兼程前进。

良久，羽旄之影渐没，车马之音不闻。狼度简子之去远，而作声囊中曰：“先生可留意矣。出我囊，解我缚，拔矢我臂，我将逝[18]矣。”先生举手出狼，狼咆哮谓先生曰：“适为虞人逐其来甚速，幸先生生我。我馁甚，馁不得食，亦终必亡而已。与其饥死道路，为群兽食，毋宁毙于虞人，以俎豆于贵家。先生既墨者，摩顶放踵思一利天下，又何吝一躯啖我而全微命乎？”遂鼓吻奋爪，以向先生。

先生仓卒以手搏之，且搏且却，引蔽驴后，便旋而走，狼终不得有加于先生，先生亦竭力拒，彼此俱倦，隔驴喘息。先生曰：“狼负我，狼负我！”狼曰：“吾非固欲负汝，天生汝辈，固需吾辈食也。”相持既久，日晷渐移。先生窃念：天色向晚，狼复群至，吾死矣夫！因绐狼曰：“民俗，事疑必询三老。第行矣，求三老而问之，苟谓我可食即食，不可即已。”狼大喜，即与偕行。

逾时，道无行人，狼馋甚，望老木僵立路侧，谓先生曰：“可问是老。”先生曰：“草木无知，叩焉何益？”狼曰：“第[19]问之，彼当有言矣。”先生不得已，揖老木具述始末，问曰：“若然，狼当食我耶？”木中轰轰有声，谓先生曰：“我杏也。往年老圃种我时，费一核耳，逾年华，再逾年实，三年拱把，十年合抱，至于今二十年矣。老圃食我，老圃之妻食我，外至宾客，下至于仆，皆食我；又复鬻实于市以规利，我其有功于老圃甚巨。今老矣，不得敛华就实，贾[20]老圃怒，伐我条枚，芟我枝叶，且将售我工师之肆取直焉。噫！樗朽之材，桑榆之景，求免于斧钺之诛而不可得。汝何德于狼，乃觊免乎？是固当食汝。”

言下，狼复鼓吻奋爪，以向先生。先生曰：“狼爽盟矣。矢询三老，今值一杏，何遽见迫耶？”复与偕行。

狼愈急，望见老牸[21]曝日败垣，谓先生曰：“可问是老。”先生曰：“向者草木无知，谬言害事。今牛，禽兽耳，更何问为？”狼曰：“第问之，不问将咥汝。”

先生不得已，揖老牸，再述始末以问，牛皱眉瞪目，舐鼻张口，向先生曰："老杏之言不谬矣。老牸茧栗少年时，筋力颇健，老农卖一刀以易我，使我贰群牛，事南亩。既壮，群牛日益老惫，凡事我都任之。彼将驰驱，我伏田车择便途以急左趋；彼将躬耕，我脱辐衡，走郊去以辟榛荆。老农亲我犹左右手。衣食仰我而给，婚姻仰我而毕，赋税仰我而输，仓庾仰我而实。我亦自说，可得帷席之蔽如马狗也。往年家储无儋石，今麦收多十斛矣；往年穷居无顾借，今掉臂行村社矣，往年尘卮罂，涸唇吻，盛酒瓦盆半生未接，今酝黍稷，据尊罍，骄妻妾矣；往年衣短褐，侣木石，手不知揖，心不知学，今持兔园册，戴笠子，腰韦带，衣宽博矣。一比一粟，皆我力也。顾欺我老弱，逐我荒野；酸风射眸，寒日吊影；瘦骨如山，老泪如雨；涎垂而不可收，足挛而不可举；皮毛具亡，疮痍未瘥。老农之妻妒且悍，朝夕进说曰：'牛之一身无废物也：肉可脯，皮可鞟，骨角且切磋为器。'指大儿曰：'汝受业庖丁之门有年矣，胡不砺刃于硎以待?'迹是观之，是将不利于我，我不知死所矣！夫我有功，彼无情，乃若是行将蒙祸。汝何德于狼，觊幸免乎?"言下，狼又鼓吻奋爪以向先生，先生曰："毋欲速。"

遥望老子杖藜而来，须眉皓然，衣冠闲雅，盖有道者也。先生且喜且愕。舍狼而前，拜跪啼泣，致辞曰："乞丈人一言而生。"丈人问故，先生曰："是狼为虞人所窘，求救于我，我实生之。今反欲咥我，力求不免，我又当死之。欲少延于片时，誓定是于三老。初逢老杏，强我问之，草木无知几杀我；次逢老牸，强我问之，禽兽无知，又将杀我；今逢丈人，岂天之未丧斯文也！敢乞一言而生。"因顿首杖下，俯伏听命。

丈人闻之，欷歔再三，以杖叩狼曰："汝误矣。夫人有恩而背之，不祥莫大焉。儒谓受人恩而不忍者，其为子必孝；又谓虎狼知父子。今汝背恩如是，则并父子亦无矣。"乃厉声曰："狼速去，不然，将杖杀汝。"

狼曰："丈人知其一，未知其二，请愬[22]之，愿丈人垂听！初，先生救我时，束缚我足，闭我囊中，压以诗书，我鞠躬不敢息，又蔓词以说简子，其意盖将死我于囊而独窃其利也。是安可不咥?"丈人顾先生曰："果如是，是羿亦有罪焉。"先生不平，具状其囊狼怜惜之意。狼亦巧辩不已以求胜。丈人曰："是皆不足以执信也。试再囊之，吾观其状，果困苦否。"狼欣然从之，信足先生。先生复缚置囊中，肩举驴上，而狼未知也。丈人附耳谓先生曰："有匕首否?"先生曰："有。"于是出匕。丈人目先生使引匕刺狼。先生曰："不害狼乎?"丈人笑曰："禽兽负恩如是，而犹不忍杀，子固仁者，然愚亦甚矣。从井以救人，解衣以活友，于彼计则得，其如就死地何?先生其此类乎！仁陷于愚，固君子之所不与也。"言已大笑，先生亦笑，遂举手且先生操刃区殪，弃道上而去。

**释 义**

① 虞：负责狩猎的官员。

② 道：通"导"。

③ 饮羽：饮，吞没。形容箭射进肉中很深，连箭末的羽毛都看不见了。

④ 逋：逃。

⑤ 适：到。

⑥ 干仕：谋求官位。

⑦ 策：赶。

⑧ 蹇：行动缓慢。

⑨ 失道：迷路。

⑩ 奄：突然。

⑪ 私：包庇。

⑫ 胡：嘴下的垂肉。

⑬ 疐：跌倒。

⑭ 揖逊：打恭作揖地讲究客套。

⑮ 跼蹐四足：缩作一团的样子。

⑯ 内：通“纳”。

⑰ 伏蹶：趴下。

⑱ 逝：走了。

⑲ 第：只管。

⑳贾：博得。

㉑牸：母牛。

㉒ 愬：通“诉”。

**故事延伸**

赵简子在中山大张旗鼓地打猎，看山的官吏们在前面引路，老鹰和猎狗排在后面，不论是敏捷的禽鸟还是凶猛的走兽，应声而死的不计其数。就在这时，赵简子看见道中有只狼，像人一样站在那里嚎叫。简子当即跳上车子弯弓搭箭，一箭射中狼的身躯，连箭末端的羽毛，都陷到了狼的肉中。狼受痛之下只好仓皇逃跑。赵简子一怒之下，当即驱赶着车子追赶，扬起的尘土遮天蔽日，马蹄之声如同鸣雷，以至十步之外根本就看不清人马。

当时墨家的著名学者东郭先生，正好要来北方的中山谋官。他赶着缓慢的驴子，袋子里装着图书，不料走着走着却迷了路，望见扬起的尘埃非常害怕。这个时候狼突然来到，伸着脑袋看着他说：“先生一定有志于救天下之物吧？从前毛宝放生小白龟，而在兵败落江时得白龟相助，得以渡江活命；隋侯救了条蛇而得到宝珠。龟蛇的灵性本就不能和狼相比，您何不让我赶紧藏在袋子里呢？到那时，先生您的恩德无异于救活死人，使骨生肉，我又怎么会不努力效仿龟蛇的诚心相报呢？”

先生说：“私藏你就等于冒犯公卿、忤逆权贵，连命都未必能保全，还说什么报答呢！然而墨家的宗旨以博爱为本，救你本是我之本分。即使有祸，我也绝不回避。”于是他把所有图书从袋子里倒出，慢慢地将狼装入其中。由于小心谨慎，先生既担心踩着它的下巴，又担心压着它的尾巴，再三装它都没成功。眼瞅着追赶的人就要到了，狼着急地请求道：“事急啊！您当真要这么斯文有礼地救水火之灾，摇响车铃躲避盗贼吗？

还是请您赶紧动手吧！”说着便蜷起四肢，拿绳子给先生绑起袋子，低下头弯着尾巴，弓起背埋起下巴，像刺猬和蛾蛹一样蜷缩曲身，像龟蛇一样屏息盘曲，听凭先生处置。于是先生便把它装在袋子中，拴紧袋口，扛上驴背，退避到路旁，等候赵简子的人过去。

赵简子很快就赶到了。他找了半天都没有找到狼，感到十分恼怒。于是他拔出长剑砍断车辕，对着先生气愤地说道：“敢隐瞒狼的方向的人，有如这车辕！”先生将身体趴到了地上，匍匐着前进，一直跪着说：“鄙人虽然不是很聪明，但一直都希望有利于天下，为此奔走远方，结果却迷失了道路。我又怎么能发现狼的踪迹，来指示给你的鹰犬呢？然而我曾经听说：‘大道因为岔道多而丢失羊。’羊，一个孩童就可以制服它，像羊这么驯服，还因为岔道多而丢失；狼不是羊可以比的，而中山上的岔道更是要多出许多，若只是沿着大路找它，不是正如守株待兔、缘木求鱼吗？何况这狩猎，是看山人的事，您即便要追究，也该去问看山人，我这过路的人又有什么罪啊？何况我虽然愚钝，却也知道狼生性贪婪凶狠，和豺为伍作恶，您能除掉它，我本就应当贡献一份力量，又怎么会包庇它呢！”赵简子听后无言以对，便继续上车追赶。先生也赶着驴子以加倍的速度赶路。

过了很久，扎着牦牛尾巴的旗子渐渐消失了，车马的声音听不见了。狼估摸着简子等人已经远去，就在袋子里面发出声音说：“先生可以考虑把我放出来，解掉绳子，拔掉箭矢，我还要走啊！”先生动手放出狼，狼咆哮着，对先生说：“刚才被看山人追赶，他们来得太快，所幸先生救了我；可现在我非常饿，若不进食还是不免一死。与其饿死在路上，被众野兽吃掉，不如死在看山人手里，成为贵人家的盘中物。先生既然是墨家学士，累得从头到脚都是伤也要为天下作贡献，又何必吝惜一副身躯让我吃而保全我的命呢？”说着它便伸嘴舞爪，向先生进攻。

眼见狼突然变了嘴脸，先生慌忙用手和它搏斗，边反抗边退，躲避在驴子后面绕着圈跑。狼始终不能加害先生，先生也极力抗拒着，直到彼此都累了，隔着驴喘息。先生说：“你背叛我！你背叛我！”狼说：“我并非有意背叛，只是天生人类，本来就是给我们吃的啊！”眼看天色渐晚，先生心想：

"一旦狼群来袭，我岂不是死定了！"于是他骗狼说："按照民俗，事情有疑问必定问三位老人。咱们只管走，找三个老人问他们，如果说我应当被吃就给你吃，不该吃就算了。"狼大喜，就和他一起前行。

过了一会儿，路上没有行人，狼非常馋，望见老树直立在路旁，对先生说："可以问这老树。"先生说："草木无知，问它有什么用？"狼说："只管问它，它会有话说的。"先生不得已，向老树作揖，详细叙述事情经过，然后问道："如此，狼应当吃我吗？"树中轰轰响发出声音，对先生说："我是杏树，当年老农种我时，只费一颗果核。过了一年开花，再过一年结果，三年有合掌那么粗，十年有合抱粗，到今天已经过了20年了。老农和他的老婆和孩子都吃我的果实，还到市场里售卖我的果实谋利。我对老农的贡献这么大，可等到我老了无法花谢结果，老农却丝毫不念旧情，并且恼怒地砍伐我的枝条、剪除我的枝叶，还要把我卖给木匠店换钱。唉！我这不成材的朽木到了老年，就连免除斧凿的杀戮都不行，你对狼有什么功德，就指望免死啊？它本来就应当吃你。"听到这里，狼立即打算动手。先生说："你这是出尔反尔！之前约定好问三人，现在只问了一棵杏树，何必马上就动手呢？"于是又一起前行。

这时，狼又望见一头老母牛躺在断墙之下晒太阳，便对先生说："可以问老牛。"先生说："之前草木无知，胡说坏事。现在又是牛这样一头牲口，问它干什么？"狼说："只管问它就是，不问就吃了你。"先生不得已，只得向老母牛作揖并再次询问。牛听后皱眉瞪眼，舔鼻子张嘴，向先生说："老杏树的话不错啊！当我的牛角还是如蚕茧栗子一般的时候，筋骨颇为健壮有力，老农卖一把刀就换到了我，让我和群牛一起耕种田地；等到我长壮了，群牛衰老无力，凡事更是要靠我。他要奔驰驱使，我便拉着车子在便利的道路上急速奔驰；他要亲自耕种，我便卸下车梁走在郊野开辟荆棘。那时老农对待我犹如左右手。他的衣食仰仗我供给、嫁娶仰仗我完成、赋税仰仗我交付、粮囤仰仗我装满。我也自信老后能够得到帷幄席子遮蔽风雨，就像马、狗一样。原来他家没有半点余粮，如今麦子的收成有十斛那么多；从前他穷得无人问津，如今整天甩着膀子在村社行走；往年他的酒具积满灰尘，嘴唇干裂，盛酒的瓦盆半辈子没装过酒；如今用粮食酿着酒，拿着酒杯，养着好几位妻妾；往年他穿着粗布衣服，和树木石头为伴，不知礼仪、不通学问，如今手持书本戴着帽子，用皮带扎着宽松的衣服。他家里的每一根丝、每一粒粟，都是我的功劳啊！如今我老了，他却把我赶到郊野，每天过着冷风吹眼、太阳照射的日子；瘦骨嶙峋如山，老泪直流如雨；涎流得收不住，脚痉挛得抬不起；皮毛早已脱落，伤疤却还未痊愈。不仅如此，老农的老婆还又凶又妒，每天对老农说：'牛的一身没有废物啊：肉可以做脯，皮可以做皮革，骨头和角还能做成器皿。'又指着大儿子说：'你在庖丁门下做学徒好几年了，为什么还不磨好刀等着呢？'照这样的迹象看来，很明显是要对我不利，我都不知道自己会死在哪里啊！我立下这么多功劳，却不能免于灾祸；你对狼有什么恩德，就指望免死呢？"听到这番话，狼又打算动手，先生急忙说道："不要急！"

正在这时，有一位胡子眉毛皆白、衣饰修仙雅致，有如得道之人的老者拄着木杖前来了。先生又喜又惊，当即迎上前去，啼哭着下跪拜倒，说道："乞求老人一句话来救我活命！"老人询问缘故，先生于是说："这狼被看山人逼迫，向我求救，最终是我救了它，它却反而要吃我。因此我们又约定询问三老。最初碰到老杏树，这狼强迫我问它，草木无知，几乎杀了我；后来遇到老母牛，这狼强迫我问它，禽兽无知，又差点害了我。现在碰上老人，这正是天下斯文人还没有丧尽啊！我斗胆求您救我活命。"因此在手杖之下磕头，趴着听从老人的示意。老人听了，叹息再三，用手杖叩击狼说道："你错啦！世间再没有比恩将仇报更不好的做法了！儒家说，受人恩而不忍心背叛的人，他为人子必定孝顺，又说虎狼也知道父子之情。如今你却忘恩负义至此，就是屏除父子之情也没有如此的啊。"于是便厉声道："你赶快滚，不然我就用杖打死你！"

狼慌忙辩解说："老人您只知其一，不知其二。请让我把它说清楚，希望老人您屈尊听一听。最开始他救我的时候，捆绑我的四肢把我丢在袋子里，还在上面压着沉重的诗书，我曲着身子不敢喘息。后来他又说谎欺骗赵简子，可能是想要让我死在袋子里独吞好处。我怎么能不吃他？"老人看看先生说：

“如果真是如此，就等于是后羿向逢蒙传授箭术那样的罪过啊！”先生立即申冤，表明自己是出于怜惜，狼也巧舌如簧地不停辩驳。老人说：“你们说的话都不足以令人信任。这样吧，现在试着再把狼装到袋子里，让我看看是否真的受到了虐待。”狼欣然从命，先生于是将它再次绑住放进袋子里，扛到驴背上。狼对此毫无察觉，老人趁机趴在先生的耳边对他说：“有匕首没有？”先生说：“有。”于是拿出匕首。老人用眼神示意先生拿匕首刺狼。先生不解地说：“这样做不是害狼吗？”老人笑道：“禽兽如此忘恩负义却不忍加害，您的确是仁者，但同时也够愚蠢啊！跳进井里救人，脱下衣服救活朋友，从对方的角度来看确实好，但对自己而言岂不是寻死吗！先生您要做那样的人吗？人过于仁慈以至愚蠢，本就不是君子所认同的啊！”老人说完便哈哈大笑，先生也一起大笑。于是两人抬手操刀，一起杀死了狼，将狼丢弃在路上后离去。

**寓意**

善良和仁慈是美德，但是也要看对象，不能不辨善恶。

## 韩娥善歌

出自《列子·汤问》，用来说明真正的美的艺术是扎根于人民大众之中的，真正伟大的艺术家是能与大众共悲欢的。

**原文**

《列子·汤问》有语：

昔韩娥东[①]之齐，匮粮。过雍门，鬻歌乞食。既去，而余音绕梁欐[②]，三日不绝，左右以其人弗去。过逆旅[③]，逆旅人辱之。韩娥因曼声[④]哀哭，一里老幼悲愁，垂涕相对，三日不食，遽[⑤]而追之。娥还，复为曼声长歌。十里老幼喜跃抃[⑥]舞，弗能自禁，忘向之悲也。乃厚赂发之。故雍门之人至今善歌哭，仿娥之遗声。

**释义**

① 东：向东去。

② 梁欐：中梁。

③ 逆旅：客店。

④ 曼声：拖长声调。

⑤ 遽：立即。

⑥ 抃：拍掌。

## 故事延伸

春秋时期，韩国（并非战国七雄之一的韩国）有位名叫韩娥的歌唱家。有一次韩娥一路向东而行，本打算要去齐国，不料在半路上遇到意外情况，因此断绝了钱粮。

虽然钱粮都没了，生活也陷入了困境；但自己的唱歌才能还在，因此韩娥并不慌张。经过齐国都城西边的雍门时，韩娥见到当地人口繁多，于是便通过卖唱来换取食物。每次开口唱歌时，韩娥都十分投入，所有听到她歌声的人，都如痴如醉。及至韩娥走后，她那美妙绝伦的余音，还仿佛在城门的梁柱之间缭绕，竟然一连三日都不绝于耳，以至聆听过韩娥歌唱的人，都还沉浸在她所营造的艺术氛围之中，以为她并没有离开。

这天，韩娥来到一家旅店投宿，由于着急赶路风尘仆仆，她看起来不免有几分狼狈。偏偏这家客栈的店小二又是个狗眼看人之辈，只凭外表便断定韩娥是个付不起房钱的穷苦女子，于是便当着店内所有人的面，对她极尽嘲讽之能。韩娥毕竟只是一位弱女子，遭受这番无辜待遇，自然是十分伤心，忍不住就在店里拖着长音痛哭起来。她的哭声远远地传播出去，竟使得方圆一里之内的人们，无论男女老幼都为之动容。人们彼此泪眼相向、愁眉不展，人人都难过得三天吃不下饭。

由于店小二实在过于刻薄，韩娥感到难以忍受，很快便离开了这家旅店。附近的百姓得知了这一消息后，急忙分头去追赶她，并将她请了回来，请求她再为大家纵情高歌一曲。见人们如此热情，韩娥十分感动，于是便转换语调引吭高歌，又引得一里之内的老人和小孩个个欢呼雀跃，鼓掌助兴，大家沉浸在欢乐之中，将悲苦都一扫而光。为了感谢韩娥给他们带来的欢乐，他们送给韩娥许多财物和礼品，使她满载而归。直至今日，雁门一带的百姓都擅长欢歌，这就是因为效仿韩娥的缘故。

**寓意**

只有真心地体谅他人、理解他人，才能创作出最美的艺术。一名优秀的艺术家，也应该学会从劳苦大众中汲取艺术养分。

## 越人遇狗

出自《伯牙琴》，用来说明要认清善良和邪恶，对于恶人和恶势力，绝对不能姑息纵容。

**原文**

《伯牙琴》有语：

越人道上遇狗，狗下首摇尾人言曰："我善猎，与若[①]中分[②]。"越人喜，引而俱归。食以粱肉，待之以人礼。

狗得盛礼，日益倨[③]，猎得兽，必尽啖乃已。或嗤越人曰："尔饮食之，得兽，狗尽啖，将奚以狗为？"越人悟，因与分肉，多自与。狗怒，啮其首，断领足，走而去之。

夫以家人豢狗，而与狗争食，几何不败也！

**释义**

① 若：你。

② 中分：对半平分。

③ 倨：傲慢。

**故事延伸**

越国有一个人出外经商，在回家的路上遇见了一条狗。这条狗跑到越人面前，低着头摇着尾巴逢迎说："我很擅长捕猎野物，只要你肯收留我，我以后每次外出打猎，都会与你平分捕获的猎物。"

越人本就是个做生意的，一看有这样的好事不找自来，顿时觉得自己赚了。于是他兴高采烈地把狗带回了家中，并给以它十分优厚的待遇，这条狗的每日三餐，都是用精米做的饭和肥肉做的菜。越人用款待客人的礼节款待着这条狗，同时也一心指望着狗将来会好好回报自己。

但是这狗却转面忘恩、背信弃义，越人越是这样优厚地对待它，它却反而日益傲慢骄横起来，忘了自己先前的承诺。到了后来，它每次捕猎到野兽，全部独吞，却把越人晾在一边。

一个邻居看到这一幕后，讥笑越人说："亏你还是个生意人，竟然也会做这种亏本生意！你每天都好吃好喝地供着那条狗，客气得不得了，可它眼里何曾有过你？它每次猎获的野物，也从来不肯与你分享，你还养这畜生干吗？"越人听后顿时醒悟，不由得十分气愤，于是等到狗捕猎归来，他主动提出要与其平分兽肉，并且每次都给自己多留一些。

眼见越人对自己的贪婪做法不买账，那狗终于翻脸无情，有一天突然扑到越人身上，咬住他的脑袋、撕断了他的脖子和双腿。越人死后，它也匆忙地逃走了。

**寓　意**

对"恶"的纵容，就是对"善"的践踏和伤害，所以，我们在任何时候都要知善识恶，要弘扬善，更要敢于与"恶"作斗争。

## 阳子之宋

出自《庄子·山木》，用来说明外在的美并不能长久，而善良、谦和、知情达理等内在的美，才具有亘久的魅力。

**原　文**

《庄子·山木》有语：

阳子之宋，宿于逆旅。逆旅者有妾二人，其一人美，其一人恶[①]，恶者贵而美者贱。阳子问其故，逆旅小子[②]对曰："其美者自美，吾不知其美也；其恶者自恶，吾不知其恶也。"阳子曰："弟子记之！行贤而去[③]自贤之行，安[④]往而不爱[⑤]哉！"

**释　义**

① 恶：丑陋。

② 小子：这里指主人。

③ 去：去掉。

④ 安：哪里。

⑤ 爱：受人爱戴。

**故事延伸**

阳子带领弟子们前往宋国，途中在一家客栈投宿。得知阳子是一位著名学者后，店主人热情地招待了他们一行人，甚至还将自己的家人叫出来一一介绍。这位店家有两位小妾，一位长得亭亭玉立、楚楚动人，而另一位却相貌丑陋。最开始时阳子并没有在意，但后来却发现店家对那位丑陋的小妾十分关爱，反倒是对那位美貌的小妾有些冷漠。

俗话说“食色性也”，眼看这位店家如此“反常”，阳子不由得十分奇怪，于是他便找了个机会，私下询问店家。

店家于是解释说：“其实最开始时，我也更喜欢美貌的小妾，但随着时间推移，我却发现她自恃美貌、轻视他人，傲气得不得了，因此越看反而越觉得丑；而那位外表丑陋的小妾却心地善良、待人谦和、知情达理，因此虽然我一开始并不喜欢她，后来却觉得越看越漂亮。”正在这时，那位美丽的小妾搔首弄姿地从他们面前经过。主人连看都不看她一眼，悄悄地对阳子说：“您瞧她这德性和模样，实在是令人作呕，她哪里懂得什么是美、什么是丑啊！”

阳子万万没想到在这种路边小店里，还能听到这样一番高论，不由得对这位店主人肃然起敬。于是，他召来他的弟子们，将店家的话原原本本地讲了一遍，然后又对弟子们感叹道：“你们一定要记住，一个人品德高尚，而又不自以为贤明，这样的人去到哪里不受别人的尊重呢？”

**寓　意**

外在美固然能吸引人，但品行的高尚却能使人折服。所以，生活中，我们注重外在美的同时，更要注重内在的修养。

# 墨子喻巫马子

出自《墨子》，用来阐述以做事的动机来辨善与恶。

## 原文

《墨子》有语：

巫马子谓子墨子曰：“子兼爱天下，未云①利也；我不爱天下，未云贼②也。功皆未至，子何独自是而非我哉？”

子墨子曰：“今有燎者③于此，一人奉水，将灌之；一人掺④火，将益之。功皆未至，子何贵⑤于二人？”巫马子曰：“我是彼奉水者之义，而非夫掺火者之意。”子墨子曰：“吾亦是吾意，而非子之意也。”

## 释义

① 未云：不见得。

② 贼：毁坏。

③ 燎者：纵火之人。

④ 掺：持着。

⑤ 贵：以……贵。

## 故事延伸

战国时有个叫巫马子的学者，他与墨子的观点彼此对立。有一次，两人见面，巫马子便对墨子说：“您提倡兼爱之说，主张世间人人互亲互爱、平等相待，可迄今为止，都没看到给别人带来什么直接的利益；我主张世间自行其是、独来独往，目前也没看到有谁受到什么损失。也就是说，我们两人的观点虽然彼此对立，但目前都还没有造成什么实际影响，为何您老是强调自己的理论正确，却把我的观点彻底否定呢？”

墨子听后微微一笑，他没有正面回答这个问题，而是绕了个圈子，说：“假如现在有人在这里放火，一个人看到后赶紧准备汲水，想要帮忙灭火；而另一个人却拿着几根柴走了过来，想要让火越烧越旺。这两个人现在还只是在心里这样想，还没来得及行动。您觉得这两人哪个好、哪个坏呢？”

巫马子听后不假思索地回答：“当然是那个想要灭火的人善良，而那个想要扩大火势的人则是居心叵测的歹徒。”

墨子于是笑着说：“所以啊，当我们评论一个人或事时，应当从动机出发。我主张兼爱天下，是出于爱护的善意动机，所以我肯定它；而您主张自私自爱的动机则启人疑窦，因此我才会否定它。”

**寓意**

想法尚未付诸实践之前，只要通过其背后的动机，就可以判断其善恶是非。

## 牛缺遇盗

出自《列子》，用来说明对于凶恶之徒，要运用智慧战而胜之。

**原文**

《列子》有语：

牛缺者，上地之大儒也，下之邯郸，遇盗于耦沙之中，尽取其衣装车，牛步而去。视之欢然无忧厷之色。盗追而问其故。曰：“君子不以所养害其所养。”盗曰：“嘻！贤矣夫！”既而相谓曰：“以彼之贤，往见赵君。使以我为，必困我。不如杀之。”乃相与追而杀之。

燕人闻之，聚族相戒①，曰：“遇盗，莫如上地之牛缺也！”皆受教。俄而其弟适秦，至关下，果遇盗；忆其兄之戒，因与盗力争；既而不如，又追而以卑辞请物。盗怒曰：“吾活汝弘矣，而追吾不已，迹将著②焉。既为盗矣，仁将焉在？”遂杀之，又傍害其党四五人焉。

**释义**

① 戒：通“诫”，告诫。

② 著：显露。

**故事延伸**

牛缺是一位来自上地的饱学大儒，在当地享有很高的声誉。这一天牛缺去赵都邯郸觐见国君，其间经过一个名叫耦沙的强盗的地盘。当他走到这里时，一群强盗突然跳了出来，不由分说就将他的牛车和行囊全数夺走。牛缺对此没有丝毫反抗，只是继续步行赶路，脸上也没有丝毫怨恨和忧虑的表情。这伙盗贼十分疑惑，于是便主动追上前去询问。

面对追问的盗贼，牛缺坦然地回答说："修德养性之人重视自己而轻视外物，怎么会为了身外之财而与人争斗，损害自己的身体呢?"强盗们听后纷纷赞叹："真是一位贤德之人啊!"

事情过后不久，强盗们又相互交谈，说："这样一位贤德之人去拜见国君，得到重用是必然之事，假如让国君得知了我们聚众为盗的事情，我们一定会被士兵搜捕。与其如此，我们倒不如先行下手。"于是他们再次快步追了上去，将一头雾水的牛缺当场杀死。

牛缺的惨剧传到燕国后，一个人当即将全家族的人召集起来，告诫他们说："从今以后遇到这种情况，可千万别像牛缺那样迂腐，想着忍让妥协啊!"家人们纷纷表示会牢记教训。

很快，这个燕国人的弟弟与人结伴去往秦国，在走到函谷关时，他们也遇上了强盗。这位弟弟想起了哥哥往日的告诫，不肯轻易舍弃财物，于是立即与他们进行搏斗。由于势单力孤，他很快就被打倒，只得跪在地上，苦苦哀求强盗发发善心，归还自己的行囊。

强盗头子被纠缠得十分不耐烦，忍不住怒骂道："这次我们只是抢劫，没有取你的性命，就已经够宽宏大量了；你现在还对我们纠缠不休，想着拿回财物，万一暴露了我们的行迹又该如何?我们本就是一群不讲道义的盗贼，还谈什么慈悲仁义?"说到这里，他命令下属将这位弟弟一刀砍死，就连与他同行的几位友人也一起惨遭杀害。

**寓意**

对于凶恶之徒，要丢弃幻想，运用智慧与之周旋、斗争，既不教条，也不呆板，才是最佳的选择。

# 以羊替牛

出自《孟子》，用来说明不能推及一切人和事的善，都是虚伪的善。

## 原文

《孟子》有语：

王坐于堂上，有牵牛而过堂下者，王见之，曰："牛何之①？"

对曰："将以衅钟②。"王曰："舍之！吾不忍其觳觫③，若无罪而就死地。"对曰："然则废衅钟与？"曰："何可废也？以羊易之！"

## 释义

① 之：去。

② 衅钟：新钟铸成，取牲畜之血涂抹祭祀。

③ 觳觫：因畏惧而发抖的样子。

## 故事延伸

古时候有一种叫作"钟"的器具，每当人们新铸成一口钟的时候，都要举行一定规模的祭祀仪式，以示对神灵的虔诚与敬畏，乞求得到佑护。这种仪式又被叫作"祭钟"。在举行祭钟大典时，人们依照惯例都要先宰杀一头牛或一只羊，然后用其血来涂抹在钟的表面，这也是仪式的重要步骤之一。

有一天，齐国宫廷的一位侍卫牵着一头牛从大殿前走过，恰好遇到了站在大殿门口的齐宣王。齐宣王见到后，当即叫住那个侍卫询问道："你这是要把这头牛牵到哪里去？"

见宣王发问，那个侍卫当即低下头，恭恭敬敬地回答说："启禀大王，我正打算将这头牛牵去宰杀，以此祭祀新钟。"

齐宣王听了后点点头。就在这时，他看到那头牛不停地发抖，仿佛为自己即将迎来的结局而畏惧，于是又下令说："放了这头牛吧！瞧它吓得浑身哆嗦、战战兢兢的样子，它又有什么罪过呢？我实在是不忍心啊！"

那名侍卫十分为难，但又不好直接表明看法，只得毕恭毕敬地说：“大王您真是一位仁慈的君主！但这样一来，祭钟的仪式也就无法完成，是否也要一并废去呢？”

“祭钟大典事关重要，怎能轻易言废呢？”听了侍卫的话，齐宣王顿时一脸严肃。接着他又说道：“那这样好了：你再另寻一只羊，来代替这头可怜的牛。”

**寓 意**

牛和羊都是生命。对牛的怜悯与对羊的残忍在本质上是一样的，都不能算是真善。

## 韩昭侯醉寝

出自《韩非子·二柄》，用来说明对他人行善是一种美德，但是要以遵守规矩和相应的法律为前提。

**原 文**

《韩非子·二柄》有语：

昔者韩昭侯醉而寝，典冠者见君之寒也，故加衣于君之上，觉寝而说[①]，问左右曰：“谁加衣者？”左右对曰：“典冠。”君因兼罪典衣与典冠。其罪典衣，以为失其事也；其罪典冠，以为越其职也。非不恶寒也，以为侵官之害甚于寒。

**释 义**

① 说：通“悦”。

**故事延伸**

有一次，韩昭侯因饮酒过量而醉卧在床上，酣睡半晌都不曾清醒。当时正好天气寒冷，他手下的官吏典冠担心君王着凉，便找掌管衣物的典衣要了一件袍子，盖在韩昭侯身上。

几个时辰之后，韩昭侯悠悠转醒，他在睡梦中就觉得很暖和，睡得特别舒服。醒来后发现，不知是谁给他盖了一件袍子。他打算表扬一下给他盖衣服的人，于是便问身边的侍从说："是谁替我盖的衣服？"

侍从回答说："是典冠。"

不料韩昭侯听到之后，脸色反而沉了下来，看起来十分不满。他把典冠找来，问道："是你给我盖的衣服吗？"典冠说："正是小人。"韩昭侯又问："你是从哪里拿来的袍子？"典冠回答说："是从典衣那里索取的。"韩昭侯又派人把典衣找来，问道："是你把袍子给了典冠的吗？"典衣回答说："是的。"韩昭侯于是严厉地批评典衣和典冠道："你们两人今天都犯了大错，知道吗？"

听了主上的这番话，典冠、典衣两个人面面相觑，都不明白是怎么一回事。这时，韩昭侯又指着他们说："典冠，你并不是寡人身边的侍从，为何要擅自离开岗位，来干自己职权范围以外的事呢？而典衣，你作为掌管衣物的官员，怎么能随便利用职权将衣服给别人呢？你这种行为是明显的失职。今天，你们一个越权，一个失职，如果大家都像你们这样随心所欲，各行其是，整个朝堂不是乱了套吗？因此，寡人今天必须重罚你们，让你们接受教训，也好让大家都引以为戒。"

于是，韩昭侯把典冠、典衣二人一起降了职。

**寓意**

违反规矩甚至法律的善是不妥当的。

## 公植责元子

出自《唐文粹》，用来讽刺那些小题大做之人。

**原文**

《唐文粹》有语：

元子家有乳母为圆转之器，以悦婴儿，婴儿喜之，母聚孩孺助婴儿之乐。友人公植者，闻有戏儿之器，请见之。及见之，趋焚之。责元子曰："吾闻古之恶圆之士歌曰：'宁方为皂[1]，不圆为卿；宁方为污辱，不圆为显荣。’……次山奈何任造圆转之器，恣令悦媚婴儿？少喜之，长必好之。教儿学圆且陷不义，躬自戏圆又失方正。嗟！嗟！次山入门爱婴儿之乐圆，出门当爱小人之趋圆，吾安知次山异日不言圆、行圆，以终身乎？吾岂次山之友也！”

元子召季川谓曰：“吾自婴儿戏圆，公植尚辱我，言绝忽乎。吾与汝圆以应物，圆以趋时，非圆不预②，非圆不为，公植其操矛戟刑我乎！”

**释 义**

① 皂：从事低贱的行业。

② 预：参与。

**故事延伸**

有户人家的奶妈做了一个可以旋转的圆形玩具来取乐婴儿，婴儿很喜欢。奶妈经常拿它转动，吸引来许多小孩子与婴儿一起玩乐。

这家主人有位朋友叫公植，听说有这个玩具，就请主人拿出来一看。等到主人拿出来之后，他一看就急忙把玩具烧了，还责怪主人说：“古代讨厌圆形的君子歌吟道：‘宁可方正而为奴仆，不可圆滑而为大官；宁可方正而受到污辱，也不可圆滑取得荣耀。’其中有特别固执的君子还终生不抬头看天，只因讨厌天是圆的。有人解释说：‘天大无比，难以看清，所以说天是圆的，实际上它不是圆的。’可君子回答说：‘天即使不圆，但人们已称它为圆，所以我还是讨厌它。’您家为什么要造出这旋转的圆器，放肆地让它来取乐儿童呢？儿童小时候喜欢它，长大后必然偏爱圆东西。引导小孩子喜欢圆东西已是一种不义之举，又亲自玩弄圆东西，则更有失方正之道。可叹啊！您在家里宠爱圆形的东西，出门在外一定会喜欢小人的趋附圆滑之风。我又怎知您以后会不会说话、行事都十分圆滑，终了一生呢？我又怎能放心做您的朋友呢？”

这家主人听后，哭笑不得地说道：“仅仅因为婴儿有了一个圆形玩具，您便如此责怪于我；假如我真的以圆滑的态度来对待外物、以圆滑的品性来趋炎附势，不是圆滑的事不参与、不是圆滑的事不去做，那么公植您岂不是要抄起刀剑把来刺杀我?”

**寓意**

对于一些无关紧要的琐事，不必苛责求全。

## 侏儒梦灶

出自《韩非子》，用来说明领导者只有多方听取意见，才能辨明善恶，不被奸佞所蒙蔽，害己误国。

**原文**

《韩非子》有语：

卫灵公之时，弥子瑕有宠，专于卫国。侏儒有见公者曰：“臣之梦践①矣。”公曰：“何梦?”对曰：“梦见灶，为见公也。”公怒曰：“吾闻见人主者梦见日，奚为见寡人而梦见灶?”对曰：“夫日兼烛②天下，一物不能当也；人君兼烛一国，一人不能拥也。故将见人主者梦见日。夫灶，一人炀③焉，则后人无从见矣。今或者一人有炀君者乎？则臣虽梦见灶，不亦可乎!”

**释义**

① 践：实现。

② 烛：照射。

③ 炀：烤火。

**故事延伸**

卫灵公在位时，弥子瑕用献媚的手段取悦他，从而换取他的宠信，使得卫灵公对自己言听计从。弥子瑕趁机把持了朝政大权，大肆为非作歹，灵公对此却从不过问，因此很多人都十分痛恨弥子瑕。

有一次，一个侏儒求见灵公。进殿后，他兴冲冲地朝灵公走去。到了灵公面前，他神秘地说：“我昨天做的一个梦已经应验了！”灵公好奇地问：“是怎样的一个梦？”侏儒说：“我梦见了一口灶。它预示我能见君王。现在我不是见到君王您了吗？这就说明我的梦已经应验。”灵公一听很生气，他愤愤地说：“人们都把国君比作太阳，你却把梦见灶与求见我联系在一起，岂有此理！岂有此理！”侏儒说道：“请君王息怒。我这样讲是有道理的：大家都知道太阳的光芒普照天下，地上没有哪一件东西能遮挡其光辉；君王的仁德荫庇全国，没有哪一个人能够取而代之。然而灶却不一样。如果有一个人坐在灶前烧火，就能把灶口完全遮住，他身后的人哪里还能看到灶膛里的光亮呢？现在君王身边不是经常只有一个人在那里‘烤火’吗？既然如此，我见您之前没有梦见太阳而是梦见了灶，难道有什么不对吗？”

**寓　意**

古语说：“偏听则暗，兼听则明”，这就是告诫我们不能听信片面之词，只有广泛听取别人的意见，才能更准确地辨别善恶。

## 齐宣王问獬豸

出自《艾子杂说》，是借能辨是非曲直、识善恶忠奸的獬豸（神兽）来讽刺邪恶之徒。

**原　文**

《艾子杂说》有语：

齐宣王问艾子曰：“吾闻古有獬豸①，何物也？”艾子对曰：“尧之时，有神兽曰獬豸，处廷中，辨群臣之邪僻者，触而食之。”艾子对已，复进曰：“使今有此兽，料不乞食矣。”

**释　义**

① 獬豸：古代传说的一种神兽。

**故事延伸**

战国时期，齐国的齐威王是一位雄才大略的君主，在他励精图治下，齐国逐渐强大起来。然而齐威王死后，他的儿子齐宣王即位，却先后做出了一系列错误决策。此后，齐国的庙堂上充斥着奸臣，有识之士因此十分忧虑。

有一天，齐宣王不知从何处听说了一种名为獬豸的神兽，一时来了兴趣，于是便问艾子说："听说古时候有一种动物叫獬豸，你知道吗？"

艾子话里有话地答道："确实是有的。相传尧统治天下时，就将獬豸饲养在宫廷里。它能分辨好坏，一旦发现奸邪的官员，就用角把他触倒，然后吃下肚。"

齐宣王听后只是点点头，似乎没有明白艾子话里的意思。

艾子见状后停了停，不无深意地继续说道："可惜这种神兽如今已经绝迹了啊！否则，如果今天朝廷里还有这种神兽的话，我想它怎么都不用发愁饿肚子了！"

**寓　意**

朝堂之上一旦充斥奸邪之人，必然会给国中百姓带来巨大的灾厄。身为正义之士，在认清和辨明这种奸邪之人后，要勇于与他们做斗争。

## 蹊田夺牛

出自《左传·宣公十一年》，用来讽喻那些打着正义的旗号，而行恶之人。

**原　文**

《左传·宣公十一年》有语：

抑人亦有言曰："牵牛以蹊①人之田，而夺之牛。"牵牛以蹊者，信有罪矣，而夺之牛，罚已重矣。诸侯之从也，曰讨有罪也。今县陈，贪其富也。以讨召诸侯，而以贪归之，无乃不可乎？

**释　义**

① 蹊：践踏。

**故事延伸**

陈灵公被大夫夏征舒弑杀，楚庄王便打出匡扶正义、为陈灵公报仇的旗号，大举兴兵攻入陈国。由于事前安抚有方，陈国人民没有抵抗，因此楚军顺利攻入陈国都城，杀死了夏征舒，平定了内乱。

但在此后，楚庄王却宣布将陈国划入楚国，成为楚国的一个县。大夫申叔时闻讯后认为不妥，于是急忙去见楚庄王。

见到庄王后，申叔时问："大王知道'蹊田夺牛'的故事吗？"

楚庄王答："不知道。"

申叔时又问："有一个人牵着牛从别人的田地上经过，踩坏了别人的一些庄稼，田主很愤怒，竟然把他的牛给夺走了。请问大王，您如何看待此事呢？"

楚庄王不假思索地说："牛踩坏的庄稼应该不多，合理赔偿损失也就够了。至于夺了人家的牛，就实在太过分了。"

申叔时趁机说："大王果然是非分明。但在处理陈国的问题上，您怎么就犯糊涂了呢？夏征舒犯下弑君之罪，大王讨伐他一个人就行了，又怎能连陈国一并侵占呢？这和那个夺人家牛的田主有什么分别呢？"

楚庄王幡然醒悟，说："你的话说得太对了。"于是又恢复了陈国。

**寓　意**

生活中，我们要明辨是非，认清那些打着正义的旗号行不轨之事的人。

## 日攘一鸡

出自《孟子·滕文公下》，用来讽刺那些试图用"小恶"来掩饰自己的"大恶"的可笑之人。要知道，"小恶"也是一种恶。

**原　文**

《孟子·滕文公下》有语：

戴盈之曰："什一①，去关市之征，今兹②未能，请轻之，以待来年然后已，何如？"

孟子曰："今有人日攘[3]其邻之鸡者，或告之曰：'是非君子之道。'曰：'请损之，月攘一鸡，以待来年，然后已。'如知其非义，斯速已矣，何待来年？"

**释 义**

① 什一：十分之一的税率。

② 今兹：今年。

③ 攘：偷窃。

**故事延伸**

春秋时期，宋国大夫戴盈之在一次同孟子的谈话中，谈到了如何治理国家的事。孟子指出，除了灾荒给百姓造成的困苦外，苛捐杂税对百姓的负担也是很重的。戴盈之承认了这一事实，并且表示愿意取消部分捐税，但是彻底取消则要等到明年才能实现。孟子听后沉思了一会儿，看出戴盈之心中所想，并不是真的愿意取消捐税，便讲了这样一个故事：

"有一个人每天都要偷邻居家的鸡，有人知道后认为很不妥当，于是就去劝告这个偷鸡的人说：'偷盗行为是可耻的。你这样每天偷别人家的鸡是不道德的行为，应该及早改正。从现在起，你再不要偷别人家的鸡了。'这个偷鸡的人听到后却回答说：'好吧，我也知道这不好。这样吧，请允许我少偷一点，原来每天偷，以后改为每月偷一次，而且只偷一只鸡，到了明年，我再不偷就是了。'"

讲完故事后，孟子又严肃地说："如果知道了自己的做法不正确，就应该迅速停止、痛改前非，为什么非要等到明年呢？"

**寓 意**

认识到自己的错误后，应及时改正。

# 荆人尚鬼

出自《郁离子·巫鬼》，用来批评那些善恶不辨之人。

## 原文

《郁离子·巫鬼》有语：

王孙濡谓郁离子曰："子知荆巫之鬼乎？荆人尚鬼而崇祠，巫与鬼争神①，则隐而卧其偶。鬼弗知其谁为之也，乃孽于其乡。乡之老往祠，见其偶之卧，醮②而起焉。鬼见，以为是卧我者也，欧③之踣而死。今天下之卧弗可起矣，而不避焉，无益，只取尤耳！"

## 释义

① 争神：争着显示神灵，以获取受尊崇的地位。

② 醮：原指祷神祭礼，后来指僧道为去灾而设的道场。

③ 欧：通"殴"。

## 故事延伸

王孙濡对郁离子说："你知道楚国巫师与鬼的故事吗？楚人信奉鬼神，并崇尚祭祀鬼神，然而巫师却对此嫉妒。为了与鬼神争夺尊贵的地位，巫师暗地里把鬼的塑像推倒在地。鬼不知是谁这样冒犯自己，就在那一带乡里兴妖作怪，危害百姓。乡里有位老人到庙里去祭祀，看见鬼的塑像倒了，就好心走上前去，举行祷神祭礼，把塑像扶起来放回了原位。然而这个鬼看到之后，却一口认定是这个老人推到了自己的塑像，并恶狠狠地捶击他，导致老人身受重伤，最终倒地而死。如今的天下，就像那个鬼的塑像，已经不可能有人把它扶起来了啊！倘若人们不远远避开它，反而想着匡扶时弊，不但不会有什么好处，反而还会受到更大的怪罪啊！"

## 寓意

只有知善识恶，分清好歹，社会才能更加清明。

# 桐实养枭

出自《郁离子·养枭》，用来说明纵容恶人、恶行，就是对善的践踏。

## 原文

《郁离子·养枭》有语：

楚太子以梧桐之实养枭，而冀其凤鸣焉。春申君曰：“是枭也，生而殊性，不可易也，食何与焉？”朱英闻之，谓春申君曰：“君知枭之不可以食易其性而为凤矣，而君之门下无非狗偷鼠窃亡赖之人也，而君宠荣之，食之以玉食，荐之以珠履，将望之以国士之报。以臣观之，亦何异乎以梧桐之实养枭，而冀其凤鸣也？”春申君不寤①，卒为李园所杀，而门下之士，无一人能报者。

## 释义

① 寤：通“悟”，醒悟。

## 故事延伸

楚国太子用梧桐树的果实来喂养性情凶猛残暴的枭，并希望它有朝一日能够像凤凰一样鸣叫。楚国的当权者，战国四公子之一的春申君黄歇知道后便前来劝谏。他说：“您所饲养的，是性情凶恶的枭，生来就与凤凰不同，是根本无法改变的。就算您喂给它凤凰的食物，它也不会因此而改变本性啊！”

朱英听到后，便苦谏春申君说：“您也知道枭本性凶恶，无法用食物改变它的习性，从而发出凤凰之鸣啊！可是现在，您的门客不也都是些偷鸡摸狗的无耻无赖之徒吗？可你却宠信推崇他们，给他们吃精美的食物，给他们穿华丽的鞋子，并期待他们能在危急之时，像国士那样回报您的恩德。照我看来，您的做法和以梧桐之果实养枭，还希望它发出凤凰的鸣叫，并没有什么本质上的不同啊！”

春申君听后却毫不醒悟，依旧厚待他的门客。最终，他被自己的门客李园设计杀死。而所养的其他门客，却没有一个人能站出来，为他做一点回报。

**寓　意**

一个人只有辨明善恶，才能做出正确的决策。

## 虞卿谏赏盗

出自《郁离子》，用来论述扬善惩恶的重要性。

**原　文**

《郁离子》有语：

平原君患盗，诛之不能禁。或曰：“更赏之，足则戢[①]矣。”虞卿曰：“不可。先王立赏罚以劝惩善恶，衰世之政也，虽微，犹足以激其趋。故赏禁僭，罚禁滥，县衡以称之，犹惧其不平也，而况敢逆施之乎？夫民之轻禁以逞欲，如水之决，必有所自。求而塞之斯可矣。今此之不塞，而力遏其流，至于不能制，乃不省其阙，而欲矫以逆先王之法度，是犹欲止水而去其防也，其庸有瘳乎？夫民有欲而无厌者也，节以制之，犹或逾焉。盗而获赏，利莫大矣，利之所在，民必趋焉。趋而禁之，是贰政也；趋而不禁，人尽盗矣。是鼓乱也，不臧孰甚焉？”平原君豁然而悟，起再拜受教，尽散其私财，以济贫乏，申明旧章，而重购以赏获盗者。于是赵盗皆走之燕，道不拾遗，虞卿之教也。

**释 义**

① 戢：停止。

**故事延伸**

赵国盗患严重，长期镇压都无法平定，平原君因此深感苦恼。有人提议说："如果改为奖赏盗贼，或许他们就会安分了。"

虞卿听到后严厉批评了这一建议，说："简直是荒谬！先王建立赏罚制度，是为了劝善惩恶，现在虽然朝政衰败，还勉强能够激励百姓向善。现在最害怕的就是奖赏过分、惩罚无度，怎么还能倒行逆施呢？民众轻视禁令、放任私欲，就像决堤的洪水必然有其缺口，只要找到决口并堵住就可以了。如果现在对缺口不堵塞，反而想着让水停流，势必会造成无法控制的后果。不知道自己的过失，反而要改变正确的法令，这就像想控制水势却撤去堤防，哪里有一点作用？人的欲望没有止境，即便有了禁令还是有人犯法；要是偷盗还能得到奖赏，百姓还不都去做贼吗？大伙儿蜂拥而上再禁止，是政令自相矛盾；有人偷盗而不禁止，大家不就都偷盗了吗？这种建议根本就是在鼓励偷盗，劝善与赏恶，哪个更严重！"

平原君听后恍然大悟，赶紧起身向虞卿表示感谢，随后又拿出自己的全部财产救济百姓，明确重申以前的法令，并以重赏鼓励打击盗贼。不久后，赵国的盗贼就都逃往燕国，赵国再一次安定下来。

**寓 意**

知善识恶，进而扬善惩恶，整个社会才能繁荣和稳定。

# 黔中仕于齐

出自《郁离子》，用来提醒人们一定要有良好的习性。

## 原文

《郁离子》有语：

黔中仕于齐，以好贿黜①而困，谓豢龙先生曰："小人今而痛惩于贿矣，惟先生怜而进之。"又黜。

豢龙先生曰："昔者，玄石好酒，为酒困，五脏熏灼，肌骨蒸煮如裂，百药不能救，三日而后释，谓其人曰：'吾今而后知酒可以丧人也，吾不敢复饮矣。'居不能阅月②，同饮至，曰：'试尝之。'始而三爵止，明日而五之，又明日十之，又明日而大釂③，忘其故，死矣。故猫不能无食鱼，鸡不能无食虫，犬不能无食臭，性之所耽，不能绝也。"

## 释义

① 黜：罢免。

② 阅月：过一个月。

③ 釂：饮尽杯中酒。

## 故事延伸

黔中在齐地当官，因贪赃枉法、收受贿赂而被罢官。丢掉官职后，黔中的生活很快就变得贫困，于是他便找到豢龙先生说："小人现在决心改掉受贿的毛病，请求先生您大发慈悲，再次推荐我吧！"但结果就像人们所预料的那样，他很快就又因贪污被撤职。

豢龙先生摇头叹息说："以前，刘玄石好喝酒，结果因长年酗酒导致病痛，五脏像被熏烤，肌骨像被蒸煮迸裂，各种药都无效，三天以后才缓过来。他跟别人说：'我现在可算知道酒可以要人命了，不敢再喝了。'

可过了不到一个月，一起喝酒的朋友就来劝他：‘试着喝点吧。’一开始他只喝三杯，第二天就五杯了，第三天又增加到十杯，第四天干脆再次开始痛饮，忘了过去的誓言，结果喝死了。因此猫不能不吃鱼，鸡不能不吃虫，狗不能不吃屎，人骨子里的喜好，也是不能改变的啊！”

**寓意**

养成良好的习惯会令人受益良多。

# 第三章

## 推诚不欺，守信不疑，方能立身立世，行得长远

# 涸辙之鱼

出自《庄子·杂篇·外物》，用来讽刺那些缺乏诚意的人。

## 原文

《庄子·杂篇·外物》有语：

庄周家贫，故往贷粟①于监河侯。监河侯曰："诺②。我将得邑金，将贷子三百金，可乎？"庄周忿然作色曰："周昨来，有中道③而呼者。周顾视，车辙中有鲋鱼焉。周问之曰：'鲋鱼来！子何为④者邪？'对曰：'我，东海之波臣⑤也。君岂有⑥斗升之水而活我哉？'周曰：'诺。我且⑦南游吴、越之王，激西江之水而迎子，可乎？'鲋鱼忿然作色曰：'吾失我常与⑧，我无所处。吾得斗升之水然活耳，君乃言此，曾⑨不如早索我于枯鱼之肆！'"

## 释义

① 贷粟：借粮。

② 诺：表示同意。

③ 中道：在途中。

④ 何为：做什么。

⑤ 波臣：水族的属臣。

⑥ 岂有：有没有。

⑦ 且：将要。

⑧ 常与：经常相处的，指水。

⑨ 曾：还。

## 故事延伸

庄子虽然是道家先贤之一，但其家境十分贫穷，常常是吃了上顿没有下顿。有一次，庄子家里又没有粮食了，无奈之下，他只好试着去监河侯那里借粮。监河侯并不喜欢庄子这个人，却又不好当面拒绝，于是便推脱说："好啊，没什么问题！等过一段时间，我从封地那边得到租金，就借给你 300 金，这样好不好？"

庄子一听这话，就知道监河侯心中并不情愿借粮，心中十分气愤。但要是当面和他争吵，那也显得太没风度，何况借粮一事本就是看人心情呢！但他还是忍不住讲了个故事，好好地讽刺了监河侯一下：

"昨天我到您这里时，在半路上听见一阵救命声。我四处张望，这才发现在车辙里有一条奄奄一息的鲋鱼。于是我便问它：'鲋鱼啊！你怎么啦？'它说：'我本是东海水族的臣子，却被大水冲到了这里。您能给我一桶水，救救我吗？'

"我慷慨地点头答应道：'好啊！我现在正要去南方劝说吴王和越王，到时候就去引来西江水救你，可以吗？那里是水乡泽国，水多得不得了。'

"鲋鱼听了之后非常气愤地说：'你说的这都是些什么话！如今我不幸脱离了自己的正常生活环境，只需要有一桶水就可以救活我，而你却说什么要到南方之后，引西江的水来救我。您要是这么说，到那时，恐怕只能到干鱼店里来找我啦！'"

说完这个故事后，庄子便头也不回地走了。

**寓意**

帮助他人要有诚意，否则只是空谈。

## 公孙龙见赵文王

出自《艾子杂说》，用来讽刺那些夸夸其谈、不切实际之人。

**原文**

《艾子杂说》有语：

公孙龙见赵文王，将以夸事眩[①]之。因[②]为王陈"大鹏九万里""钓连鳌"之说。文王曰："南海之鳌，吾所未见也，徒以吾赵地所有之事报子。寡人之镇阳，有二小儿，曰东里，曰左伯，共戏于渤海之上。须臾，有所谓鹏者，群翔于水上，东里遽入海以捕之，一攫而得。渤海之深，才及东里之胫。顾何以贮也？于是挽左伯之巾以囊焉。左伯怒，相与斗之，久不已。东里之母，乃拽东里回。左伯举太行山掷之，误入东里之母，一目眯焉。母以爪剔出，向西北弹之，故太行中断；而所弹之石，今为恒山也。子亦见之乎？"公孙龙逡巡丧气，揖而退。弟子曰："嘻，先生持大说以夸眩人，宜其困也。"

**释 义**

① 眩：通"炫"，炫耀。

② 因：因此。

**故事延伸**

战国时期，名家代表人物之一的公孙龙来到赵国觐见赵文王。公孙龙一心想用夸张的事在文王面前炫耀，因此就极力为文王讲述"鲲鹏展翅九万里""龙伯人连钓巨鳌"等故事。

文王对他的这些空话感到很不耐烦，于是打断他说："先生您所说的南海之鳌什么的，我是没见过的，所以请允许我单把赵国地界上的事告诉您吧！我国有一个叫镇阳的地方，那里有俩小孩：一个叫东里，一个叫左伯。有一天，他们一起在渤海上嬉戏，正好看到有一大群的鹏鸟远远飞来，东里赶忙入海抓鹏，一下就抓到了。渤海多深啊，可才到东里的小腿那儿。但是用什么装鹏呢？东里想着想着，于是干脆拿了左伯的头巾来装。左伯生气了，于是他们互相争斗起来，很久都没个完。东里的母亲要拉东里回家，左伯趁机举起太行山来掷东里，不料却误中了东里的母亲，迷了一只眼睛。东里的母亲用指甲把它剔出来，向西北弹去，所以太行山中间就断了。至于所弹出去的那石子呢，就是今天的恒山。您也看见过吗？"

听了这番话，原本成竹在胸的公孙龙顿时举止犹疑、表情懊丧，只好作作揖就退出去了。（他的）弟子看到后说："哈哈！先生您拿大话想镇住别人，不料也同样因别人的大话而窘迫啊！"

**寓意**

夸夸其谈看似唬人，其实却没有什么价值，根本不能使人信服，只能自取其辱。

## 不识车轭

出自《韩非子·外储说左上》，用来讽刺那些愚昧无知的人。

**原文**

《韩非子·外储说左上》有语：

郑县人有得车轭[①]者，而不知其名，问人曰："此何种[②]也?"对曰："此车轭也。"俄，又复得一，问人曰："此是何种也?"对曰："此车轭也。"问者大怒，曰："曩者[③]曰车轭，今又曰车轭，是何众也?此女[④]欺我也!"遂与之斗。

**释义**

① 车轭：套在牲畜颈部，以便牵引的器具。

② 何种：什么东西。

③ 曩者：先前。

④ 女：通"汝"，你。

**故事延伸**

从前在郑国，有一个十分贫穷的人，由于贫穷，他也十分愚昧、无知。有一天走在路上，他捡到一个用来套牲口的车轭，就是这样一件乡下许多农户都知道的事物，他竟然从来都没听说过。为了搞清楚这是个什么东西，他特意拿着这个车轭敲开了邻居的大门问道："这是个什么东西?"

他的邻居早就知道他愚昧无知、不讲道理，但出于好心还是告诉他说："这是个车轭。"但在听到解答后，这个郑国人并没有放在心上，只是将它随手丢在一边就走了。

不料到了第二天，这人又在路上捡到一个车轭。由于昨天没有太过在意，他竟然忘了这是什么，又特意跑去请教邻居。邻居见他愚昧至此，不由得十分好笑，但还是耐心地回答说："这是车轭。"

但在听到邻居的回答后，这个郑国人反而暴跳如雷。他气愤地说道："车轭车轭，昨天的那个东西你就说是车轭，今天这个怎么还是车轭？路上哪来这么多的车轭？你分明是在戏弄我，真不是个好东西！"说罢，还没等邻居开口分辩，他就揪着对方的衣领扭打起来。

**寓 意**

自己不学无术，却还不相信他人，同时还蛮横不讲理，到头来只能沦为笑柄罢了。

## 尹绰之爱

出自《说苑》，用来说明真正对一个人好，就要真诚地指出他的过失或缺点。

**原 文**

《说苑》有语：

赵简子有臣尹绰、赦厥。简子曰："厥爱①我，谏我必不于众人中；绰也不爱我，谏我必于众人中。"尹绰曰："厥也爱君之丑而不爱君之过也；臣爱君之过而不爱君之丑。"孔子曰："君子哉！尹绰，面訾②不誉也。"

**释 义**

① 爱：重视。

② 訾：缺点。

**故事延伸**

有一次，赵简子和尹绰、赦厥等一大批随从外出打猎，就在一无所获之际，一只灰色的大野兔突然蹿了出来。见到这一幕，赵简子立即命随从全部出动，并表示谁抓到野兔，谁就能够得到丰厚的赏赐。众随从听后十分激动，纷纷策马追捕野兔，最终在农田里将野兔抓住，但也踩坏了一大片庄稼。赵简子十分高兴，正要对抓到野兔的随从大加奖励，这个时候尹绰却突然站了出来表示反对，批评赵简子的做法不妥。赵简子不高兴地说："这个随从不仅忠心而且灵敏，能遵照我的命令行事，我为什么不能奖励他呢?"尹绰说："一个只知道讨好您，却不懂得怜惜百姓艰辛的人，哪里值得您奖励呢?"顿了顿，他又说："当然，错误的根源还是在您的身上，因为您本就不该发布那样的命令。"听了这番话，其余的随从面面相觑，赵简子也感到很没面子。

又一次，楚国的一位贤士应赵简子三月之前的邀请而来，想要见他一面，然而赵简子却因前一天晚上饮酒过多而醉卧不起，直到第二天中午时分仍在酣睡。近侍赦厥为了不打扰赵简子休息，便主动出面接待那位贤人，婉言推辞了他的求见，使得那位贤人十分不满，最终拂袖而去。直到黄昏之时赵简子才醒来，赦厥当即上前关心他的睡眠，却对那位贤人前来求见的事轻描淡写，随意敷衍了过去。

赵简子得知后便对别人说："赦厥真是我的好助手，他真正地重视我的感受，从不肯在别人面前批评我的过错，生怕有损于我的颜面；可是尹绰就不是这样。他对我的缺点毫不放过，哪怕是当着许多人的面也要直言不讳，一点也不顾及我的面子。"

尹绰听到这些话后，立即跑去找赵简子，对后者的话表示反对。他说："您的话错了！作为臣下，就应当致力于完善您的谋略和为人。赦厥从不留心您的过错，所以从不批评您，也就更不会教您改错。我呢，总是注意您的处世为人和一举一动，凡有不检点或不妥之处，我都要给您指出来，好让您及时纠正，这样我才算尽到了臣子的职责。如果我连您的丑恶的一面也加以爱护，那对您有什么益处呢？丑恶有什么可爱的呢？如果您的丑恶越来越多，那又如何能保持您美好的形象和尊严呢?"

赵简子听了，似有所悟。

## 寓意

忠言虽逆耳，但能使人改正缺点、助人进步。顺耳的谎言固然好听，但却能使人丧失原则，甚至迷失自我。指出你错误的人，才是真正对你好的人！

# 更渡一遭

出自《程史》，用来讽刺那些缺乏诚心的欺世之人。

## 原文

《程史》有语：

昔有人得一鳖，欲烹而食之，不忍当①杀生之名，乃炽火使釜水百沸，横筱②为桥。与鳖约曰："能渡此则活汝。"鳖知主人以计取之，勉力爬沙③，仅能一渡。主人曰："汝能渡桥，甚善！更为我渡一遭，我欲观之。"

## 释义

① 当：承担。

② 筱：细竹枝。

③ 爬沙：缓慢爬行。

## 故事延伸

有一个人在水边意外捕获了一只鳖，十分高兴。他原本打算把鳖杀了美美地吃一顿，可是又不想承担杀生的罪名。想来想去，他决定来个"请君入瓮"。

这人先是在锅里盛满了水，接着又用大火将水烧开，然后又在锅上横放了一根细长的竹枝。他装着十分坦诚的样子对鳖说："听说你善于爬行，我想知道真相是否如此。倘若你能为我表演一次，从竹枝的一头成功爬到另一头，我愿意放你一条生路。"

可怜的鳖看了看锅里烧得滚烫、上下翻腾的沸水，只见一阵热气直扑自己的脸，感到十分不适。它知道，只要自己在爬的时候一不留神，一定会掉进锅里，丢掉小命。它想，这分明就是一个故意要谋杀自己的圈套。但即便如此，鳖的心中依然有一丝求生的希望，想着只要自己小心一些，说不准真的能够爬过去，换回一条生路。

就这样，鳖鼓起了全部的勇气，集中了全部的精力，小心翼翼、战战兢兢地爬上了竹枝。它想：反正大不了就是一死。它咬紧牙关一步步地缓慢爬行，没想到竟然真的爬过去了。当它爬下竹枝时，几乎都要晕过去了，四肢软绵绵地趴在地上，再也没有丝毫力气了。

这人万万没想到鳖能够这样幸运，从九死一生的局面中转危为安。但是他无论如何都不甘心，还是想吃鳖肉。于是，他改口说："不错，你确实很有本事，表现得也十分精彩。请你再为我表演一次，这次我一定会放了你的。"

本来暗自庆幸的鳖听了这番话，终于意识到自己难以幸免，同时也彻底看清了这人的丑恶嘴脸。它十分愤怒地说："你要想吃我大不了直说，何必如此拐弯抹角、虚伪做作呢！"

**寓意**

伪善之人，话说得再漂亮，也难饰其恶意。

## 楚人求山鸡

出自《战国策》，用来说明真诚的态度比结果更能打动人心。

**原文**

《战国策》有语：

楚人有担山鸡者，路人问曰："何鸟也？"担者欺之曰："凤凰也。"路人曰："我闻有凤凰久矣，今真见之。汝卖之乎？"曰："然。"乃酬[①]千金，弗与；请加倍，乃与之。方将欲献楚王，经宿[②]而鸟死。路人不遑惜其金，惟恨不得以献耳。国人传之，咸以为真凤而贵，宜欲献之，遂闻于楚王。王感其欲献己也，召而厚赐之，过买凤之直十倍矣。

**释 义**

① 酬：报价。

② 经宿：过了一晚。

**故事延伸**

一个楚国人在外出时，遇见一个挑着山鸡迎面而来的村夫。这个人从来都没有见过山鸡，从看到山鸡的漂亮羽毛和修长尾巴的第一眼起，就感到大开眼界，认为它必然不是俗物。于是他好奇地问："这是什么鸟儿?"那村夫见他不识山鸡，便故意欺骗他说："这是一只凤凰。"楚人听到后十分高兴，感慨地说道："我活了这么多年，仅仅听说过凤凰的名字，直到今天才头一次见到！既然如此，不知您是否愿意割爱?"于是，打算给村夫很多银子。

眼见这人真的"不识货"，村夫心想："既然这个傻子真的分不清山鸡和凤凰，那我为何不肯卖呢?"于是他当即回答："卖是可以卖，但你出的价钱还是不够。"于是楚人又把价格提高了一倍，这才顺利买到了这只"神鸟凤凰"。

这位楚人当天就带着这只"凤凰"，兴高采烈地踏上归途，打算将其献给国君楚王。然而等到第二天他起来一看，却发现这只"神鸟"已然死去。看着眼前已经没有灵气的僵硬的山鸡，楚人心中顿时感到十分黯然。对于自已昨天高价买鸟的做法，他心中没有丝毫懊丧，只是为不能将"神鸟"献给国君而深感痛惜。

"凤凰"虽然死了，楚人买鸟献鸟的事情却很快在楚国传开，就连楚王也得知了这一事情。尽管没能见到所谓的"凤凰"，楚王仍是被这个人的真诚所感动，于是特意将他召入宫中，赐给了他比买山鸡多 10 倍的银子。

**寓 意**

真诚使人动容，其愚可悯、其诚可鉴，只要抱着真诚的心，都是值得鼓励的。

# 柳季论宝

出自《国语》，用来说明诚信的重要性。

## 原文

《国语》有语：

昔齐攻鲁，求其岑鼎。鲁侯伪献他鼎而请盟焉。齐侯不信，曰："若柳季云是，则请受之。"鲁欲使柳季。柳季曰："君以鼎为国，信者亦臣之国①，今欲破臣之国，全君之国，臣所难。"鲁侯乃献岑鼎。

## 释文

① 国：极其珍贵的宝物。

## 故事延伸

从前，鲁国有件宝贝，叫作岑鼎。这只岑鼎形体巨大，气势宏伟雄壮，鼎身上还由能工巧匠铸上了精致美丽的花纹，工艺十分精美。鲁国的国君非常珍爱岑鼎，把它看作"镇国之宝"。

齐国为了争夺霸权，向鲁国发起了声势浩大的进攻，鲁国虽然勉力抵挡，最终还是全线溃败。当鲁国表示愿意求和后，齐国趁机提出一个条件：献上岑鼎以表诚意。

鲁君很是着急，不献吧，齐国不愿讲和；献吧，又实在舍不得这个宝贝，如何是好呢？正在左右为难之际，鲁国有个大臣出了个主意："大王，反正齐人从未见过岑鼎，我们何不另献一只鼎来冒充呢？这样既能签订和约，又能保住国宝，难道不是个两全之策吗？"鲁君听后大喜，高兴地说："就照你说的办！"

齐国国君得了鼎，左看右看，总觉得这只鼎虽也称得上是巧夺天工，但似乎还是不如传说中那样好，再加上鲁国答应得这样爽快，自己又没亲眼见过岑鼎，不禁有些担心自己被人愚弄，致使国威受损。一位聪明又熟悉鲁国的大臣便出主意说："臣听说鲁国有个叫柳季的人，是鲁国最讲信用的人，毕生没有说过半句谎话。我们让鲁国把柳季找来，如果他也说这只鼎是真的，那我们就可以放心地接受了。"齐王同意了这个建议，派人把这个意思传达给了鲁君。

鲁君没有别的路可走，只得把柳季请来，对他把情况讲明，然后央求他说："就请先生破一回例说个假话，以保全国宝。"柳季沉思了半晌，严肃地回答道："您把岑鼎当作最重要的东西，而我则把信用看作立身处世的根本。现在大王想要微臣破坏自己的'宝物'，来成全您的国宝，恕难从命。"

鲁君听了这一番义正词严的话，知道再说下去也没有用了，就将真的岑鼎献给了齐国，签订了停战和约。

**寓 意**

有形之宝虽然珍贵，却比不过"诚信"二字。人无信则不立，国不诚亦难全。

## 鹤胎

出自《冷斋夜话》，用来讥讽那些故弄玄虚、沽名钓誉之人。

**原 文**

《冷斋夜话》有语：

渊材迂阔好怪，尝畜两鹤，客至，指以夸曰："此仙禽也。凡禽卵生，而此胎生。"语未卒，园丁报曰："此鹤夜产一卵，大如梨。"渊材面发赤，诃[①]曰："敢谤鹤也。"卒去，鹤辄两展其胫伏地，渊材讶之，以杖惊使起，忽诞一卵，渊材嗟咨曰："鹤亦败道。"

**释 义**

① 诃：通"呵"，呵斥。

## 故事延伸

有个叫刘渊材的人，性情十分迂腐、古怪，又很爱虚荣。他家里养着两只鹤，只要有客人来家中，他总是既神秘又故作张扬地对客人夸口说："我家养了两只鹤，这可不是一般的鹤，它们是真正的仙鹤呀！人家所有的禽鸟都是卵生的，我养的仙鹤可是胎生的。"

这一天，刘渊材家又来了几位客人，他把客人请进屋后，再次说起这件事情。可还没等他把话说完，仆人就从后园跑来报告说："咱家的鹤昨夜生了一个好大的蛋，简直跟大鸭梨一样呢！"

刘渊材顿时面色通红，觉得十分难堪。他斜着眼偷偷瞟了客人一下，对着仆人大声呵斥道："你这奴才，竟敢诽谤我的仙鹤！仙鹤怎么会生蛋呢？休要在此胡说八道！"

仆人只好没趣地走开了。几位客人站起身说："刘兄，难得您家养着仙鹤，就让我们瞻仰一番吧！"

刘渊材只好带着客人一同到后园去。他们刚到后园，就见其中一只"仙鹤"张开后腿趴在地上。客人们想叫仙鹤站起来，便用拐杖去吓它。不料，那鹤站起身来时，地上又留下了一枚鸭梨大的鹤蛋。

刘渊材的脸色再次变得通红，他支支吾吾地自我解嘲，叹着气说："唉！没想到这仙鹤也会败坏仙道，和凡鸟一样了。"

## 寓意

假话虽然可以欺骗人一时，却终究掩饰不了真相。一个人如果用欺骗来博取虚荣，可见，诺言终究会被揭穿，还是不要夸夸其谈，以免沦为笑柄。

# 淳于髡使赵

出自《史记》，用来讥讽那些有求于人却毫无诚意的人。

## 原文

《史记》有语：

威王八年，楚大发兵加齐。齐王使淳于髡之赵请救兵，赍金百斤，车马十驷。淳于髡仰天大笑，冠缨索绝。王曰："先生少之乎？"髡曰："何敢！"王曰："笑岂有说乎？"髡曰："今者，臣从东方来，见道傍有禳田[1]者，操一豚蹄，酒一盂，祝曰：'瓯窭满篝，污邪满车，五谷蕃熟，穰穰满家。'臣见其所持者狭而所欲者奢，故笑之。"于是齐威王乃益赍黄金千镒，白璧十双，车马百驷。髡辞而行，至赵。赵王与之精兵十万，革车千乘。楚闻之，夜引兵而去。

## 释义

① 禳田：向天祈求丰收。

## 故事延伸

齐威王在位时，楚国有一次出兵大举进犯齐国。当时齐国远不如楚国强大，齐威王情急之下，只好以黄金 100 两、马车 10 辆作为礼物交给淳于髡，让他带上这些礼物去赵国换取救兵。淳于髡看着这份"厚礼"，忽然大笑不止，把头上的帽缨都笑断了。

齐威王被笑得摸不着头脑，便问淳于髡说："你这样狂笑，是为什么呢？是不是觉得礼物太薄了呢？"

淳于髡忍住笑回答说："我怎么敢呢！"

齐威王又问："那你为什么如此大笑不止呢？"

淳于髡说："早上我在来上朝的路上，看到一个农夫正跪在路旁祭田。他面前焚着三根香，摆着一小盅酒；他右手举起一只小猪爪，左手打着揖，祈求说：‘土地爷啊，请您保佑我好运，让我肥猪满圈、五谷满仓、金银满箱、长命百岁、儿孙满堂，还要保佑我的儿孙个个富裕无比。’我见他祭品寒酸微薄，奢望却比天还高，不由得越想越好笑。”

齐威王听了，顿时感到很是惭愧。于是，他赶紧命人备好黄金 1000 镒，白璧 10 对，车马 100 乘，交给淳于髡前往赵国。

赵王接到礼物，迅速派出精兵 10 万，战车千辆，增援齐国。楚国得知赵国出兵的消息，星夜撤兵回国，齐国因此避免了一次战争。

**寓　意**

想要向别人寻求帮助，就应该拿出自己的诚意。如若缺乏诚意，是难以取得满意的结果的。

## 曾子杀猪

出自《韩非子·外储说左上》，用来说明欲让孩子讲诚信，父母必须先以身作则，兑现承诺。

**原　文**

《韩非子·外储说左上》有语：

曾子之妻之市，其子随之而泣。其母曰："女①还，顾反为女杀彘。"

妻适市来，曾子欲捕彘杀之。妻止之曰："特与婴儿戏耳。"

曾子曰："婴儿非与戏也。婴儿非有知也，待父母而学者也，听父母之教。今子欺之，是教子欺也。母欺子，子而不信其母，非所以成教也。"遂烹彘也。

**释　义**

① 女：通“汝”，你。

**故事延伸**

一个晴朗的早晨，曾子的妻子梳洗完毕，换上一身干净整洁的衣裳，准备去集市买东西。她出了家门没走多远，儿子就哭喊着从身后追了上来，吵着闹着要跟着去。孩子不大，集市离家又远，带着他很不方便，因此曾子的妻子对儿子说："你回去在家等着，我买了东西一会儿就回来。你不是爱吃酱汁烧的蹄子、猪肠炖的汤吗？我回来以后杀了猪就给你做。"这话倒也管用。她儿子一听，立即安静下来，乖乖地望着妈妈一个人远去。

曾子的妻子从集市回来时，还没跨进家门就听见院子里捉猪的声音。她进门一看，原来是曾子正准备杀猪。她急忙上前拦住丈夫，说道："小孩子不懂事，你一个大人怎么也当真了呢？家里只养了这几头猪，都是逢年过节时才杀的。我之前只是哄孩子罢了，哪能真的杀猪呢？"曾子摇摇头说："在小孩面前是不能撒谎的。正因为他们年幼无知不懂事，只能从父母那里学习知识，听取教诲。如果我们现在说一些欺骗他的话，等于是教他今后去欺骗别人。何况你今天能够哄得过孩子一时，但是过后他知道受了骗，就不会再相信你这位妈妈的话了。这样一来，你就很难再教育好自己的孩子了。"曾子的妻子觉得丈夫的话很有道理，于是心悦诚服地帮助曾子杀猪去毛、剔骨切肉。没过多久，曾子的妻子就为儿子做好了一顿丰盛的晚餐。

**寓　意**

人而无信不立；教子无信误人。身为父母尤其要有正确的价值观，父母不讲诚信，不以身作则，孩子以后也很难相信父母的话了。

## 棘尖刻猴

出自《韩非子·外储说左上》，用来说明对不诚实的人，要勇于用智慧去戳破其谎言。

**原　文**

《韩非子·外储说左上》有语：

燕王征巧术人，卫人曰："能以棘刺之端为母猴。"燕王说之，养之以五乘之奉。

王曰："吾试观客为棘刺之母猴。"客曰："人主欲观之，必半岁不入宫，不饮酒食肉，雨霁日出，视之晏[1]阴之间，而棘刺之母猴乃可见也。"燕王因养卫人，不能观其母猴。

郑有台下之冶者谓燕王曰："臣为削者也，诸微物必以削削之，而所削必大于削。今棘刺之端不容削锋，难以治棘刺之端，王试观客之削，能与不能可知也。"王曰："善。"谓卫人曰："客为棘刺之母猴也，何以理之？"曰："以削。"王曰："吾欲观见之。"客曰："臣请之舍取之。"因逃。

**释　义**

① 晏：天气晴朗。

**故事延伸**

有一天，一个卫国人到燕都求见燕王，说："我听说君王征求技艺高超的手艺人，我能在棘刺的顶尖上刻母猴。"燕王一听非常高兴，当即赐给那卫人非常丰厚的俸禄。随后，燕王对那卫人说："我想马上看一看你在棘刺上刻的母猴。"

不料那卫人却说："棘刺上的母猴不是一件凡物，有诚心的人才能看得见。如果君王在半年内不入后宫、不饮酒食肉，并且赶上一个雨过日出的天气，抢在阴晴转换的那一瞬间去看，才能如愿以偿。"

听说不能马上看到棘刺上刻的母猴，燕王只好先养着那个卫人，等待机会。

有个来自郑国台下的铁匠听说了这件事，觉得其中有诈，于是去给燕王出了一个主意。他对燕王说："在竹、木上雕刻东西，需要有锋利的刻刀。被雕刻的物体一定要容得下刻刀的锋刃。我是一个打制刀斧的匠人，据我所知，棘刺的顶尖与一个技艺精湛的匠人专心制作的刻刀锋刃相比，其锐利程序有过之而无不及。既然棘刺的顶尖连刻刀的锋刃都容不下，那怎样进行雕刻呢？如果那卫人真有鬼斧神工，必定有一把绝妙的刻刀。君王用不着等上半年，只要现在看一下他的刻刀，立即就可知道用这把刀能否刻出比针尖还小的母猴。"燕王一听，拍手说道："这主意甚好！"

于是，燕王把那卫人召来问道："你在棘刺上刻母猴用的是什么工具？"卫人说："用的是刻刀。"燕王说："我想先看一看你的刻刀。"卫人说："请君王稍等一下，我到住处取来便是。"燕王和在场的人等了约一个时辰，还不见那卫人回来。燕王派侍者去找。侍者回来后说道："那人已不知去向了。"

**寓 意**

人无诚则不立，对于不诚实、爱撒谎之人，我们只要运用智慧抓住关键之处进行推理，就能将其揭穿。

## 献公喂驴

出自《艾子杂说》，用来说明对人应当真心实意，开诚布公。

**原 文**

《艾子杂说》有语：

齐地多寒，春深未莩甲①。方立春，有村老挈②苜蓿一筐，以馈艾子，且曰："此物初生，未敢尝，乃先以荐。"艾子喜曰："烦汝致新。然我享之后，次及何人？"曰："献公罢，即刈以喂驴也。"

**释 义**

① 莩甲：萌芽。

② 挈：拿着。

**故事延伸**

齐国的气候一向比较寒冷，经常是冬天过去，春天已经到来了很久，地里的草木却都还没有发芽。

有一年刚过立春，村里就有一位老人带着一筐苜蓿来交给艾子，并且热情地说："今年天气比往常要暖和一些，因此已经有一些苜蓿先长出来了。因为是刚刚生长出来，不敢先行品尝，所以就拿来送给您啦！"

艾子听后十分得意，心想：这位老者还真是看重我，得到好东西后第一个就拿来送给我了。想必在他心目中，我也是很了不得的人物吧！想到这里，艾子十分高兴地说："那就多谢您特意上门来，把这种新鲜东西送给我的好意了！就是不知等到我享用之后，您还要送给谁呢？"他嘴上这样说着，心里却并不认为有几个人还能够像自己一样，如此深得百姓的尊重。

不料老人却摇摇头回答说："这东西就只献给您一人而已！"不等艾子面露喜色，他又继续自言自语地说道，"等给您尝过之后，就可以割下来喂我家的那头瘦驴咯！"

艾子听罢，顿时瞠目结舌站在那里，十分尴尬。

**寓　意**

与人交往时，我们应当谦虚谨慎，不要贪慕虚荣、自以为是，这样才能更受人欢迎。

## 黄公谦卑

出自《尹文子·大道》，用来说明谦虚是一种美德，但如果谦虚过了头就不好了。

**原　文**

《尹文子·大道》有语：

齐有黄公者，好谦卑。有二女，皆国色。以其美也，常谦词毁[①]之，以为丑恶。丑恶之名远布。年过而一国无聘者。卫有鳏夫，失时冒娶之，果国色。然后曰："黄公好谦卑，故毁其子，谓不美。"于是，争礼之，亦国色也。

**释　义**

① 毁：贬低。

**故事延伸**

齐国有个叫黄公的人，生性喜欢谦虚。他有两个女儿，都是国中罕见的绝世美女，然而黄公却常用谦词贬低她们，说她俩其实长得很丑。黄公一向以老实著称，因此人们大多信以为真。

由于二女丑陋的名声传得很远，举国上下竟然没有一户人家上门求亲，以至这两个女儿早已到了适婚年龄，却只能独守闺中。黄公也曾委托媒人帮过忙，可对方只要一听是黄公家的女儿，就都摇头不语了。

在卫国有个老而无妻的人，早就过了适婚年龄，无奈之下，只得“将就”迎娶了黄公的大女儿，直到新婚之夜才发现对方是一个绝色佳人。从此之后，逢人就说：“黄公喜欢谦虚，故意贬低女儿的长相，说她们长得不美。”听了这番话，很多人家无不争着送聘礼上门来求婚，把黄公的另一个女儿也娶去，果然也是一位漂亮无比的美人。

**寓　意**

谦虚固然是一种美德，但是太过谦虚而不实事求是，就背离谦虚之道了。

## 桓公见稷

出自《吕氏春秋·下贤》，用来说明待人应该真诚，才能受欢迎。

**原　文**

《吕氏春秋·下贤》有语：

齐桓公见小臣稷，一日三至弗得见。从者曰：“万乘之主，见布衣之士，一日三至而不得见，亦可以止矣。”桓公曰：“不然。士之骜[①]爵禄者，固轻其主；其主骜霸王者，亦轻其士。纵夫子骜禄爵，吾庸[②]敢骜霸王乎？”五往而后得见。天下闻之，皆曰：“桓公犹下布衣之士，而况国君乎？”于是相率而朝，靡有不至。桓公所以九合诸侯，一匡天下者，遇士于是也。

**释　义**

① 骜：轻视。

② 庸：岂。

**故事延伸**

有一次，齐桓公亲自上门拜见一个叫稷的小吏，可他在一天之内先后三次登门，都没能见到对方。见对方如此倨傲，桓公的一位近侍气愤地说道："大王您身为有一万辆兵车的大国君王，身份地位尊贵无比，而对方只不过是一个平民百姓。都说事不过三，您都在一天里登门三次了，他却不知好歹，我看您还不如回去呢！"

桓公说："怎么可以这么说呢？但凡有才华之士，总会摆出一副傲视爵位、俸禄的姿态，轻视自己的君王不也是理所当然的吗？这就像轻视霸主之位的君王，自然也会轻视有才能的人一样。就算稷这个小臣看不起爵位和俸禄，寡人又怎敢看不起中原霸主的大业呢？"就这样，齐桓公又先后两次登门拜访，直到第五次时，终于见到了小臣稷。

天下人听说了这件事，都称赞说："齐桓公身为万乘国君，居然能够放下架子对待平民，何况我们这些一般的国君呢？"于是他们共同入齐来朝拜桓公，几乎没有不到的。齐桓公之所以能够多次联合诸侯，建立起自己的霸业，原因正在于他能够礼贤下士。

**寓　意**

待人接物不是做表面功夫，而是发自内心的真诚。这样才能赢得更多人的敬重。

## 螟蛉堕河

出自《郁离子·螟蛉》，用来说明做人做事应该诚实。

**原　文**

《郁离子·螟蛉》有语：

昔者中牟之郭圮[①]，有螟蛉堕于河，沫拥之以旋，其翅拍拍，鳖见而怜之，游而负之及陆，谓鳖曰："吾与子百年无相忘也。"鳖振羽大笑曰："若冬春之不知也，而能百年无忘我乎？"

**释　义**

①圮：倒塌。

**故事延伸**

春秋末期，晋国卿大夫智伯意欲吞并韩、赵、魏三家，便派遣大军围攻赵襄子于晋阳城。当时赵襄子据城坚守，智伯一时无法攻克，便派使者进行劝降。使者对守城者转达智伯的话说："要是你愿意献出所有城池来投降我，我就会让你的子孙一代代地拥有它。"

守城者听到这番荒诞的保证后，回答说："过去中牟的城墙坍塌了，有只蟋蟀掉到河里，被水中的浮沫托着一路漂浮旋转，它只能无助地扑动着翅膀，在水中拼命挣扎。一只蝼蛄看它可怜，便游过来将它背到岸上，蟋蟀这才侥幸捡回一条命。事后，这只蟋蟀感激地对蝼蛄说：'您有大恩于我，我必定会感恩戴德，一百年也不会忘却！'蝼蛄听后拍着翅膀，笑得上气不接下气说：'你小子连冬天和春天都没见过，哪来的一百年不忘恩情啊？'我现在只是身边暂时缺乏贤士，你才能仗着侥幸的运气胡作非为，但是灾祸必然很快就会降临！凡是依仗侥幸招祸，狠毒地对待别人，上天最终必然会厌弃。他日你的晋阳城一旦灭亡，你必定当晚就会死。我就算现在死了，也能在尸骨未寒时见到你的下场，你又怎么能保证给子孙留下什么呢？"

当晚，韩魏两家就对智伯发起突袭。智伯因抵挡不住而被杀，领地全数被韩、赵、魏瓜分，就连自己的头也被砍下做成了酒杯。

**寓　意**

遇到困难应当根据事实谨慎谋划解决，而不是夸下海口胡乱说谎，这不仅无法解决问题，同时还会暴露一个人的愚昧无知。

# 虞孚问治生

出自《郁离子·虞孚》，用来说明经商当以诚信为首要原则。

**原文**

《郁离子·虞孚》：

虞孚问治生于计然先生，得种漆之术，三年树成而割之，得漆数百斛，将载而鬻诸吴。其妻之兄谓之曰："吾常于吴商，知吴人尚饰，多漆工，漆于吴为上货，吾见卖漆者煮漆叶之膏以和漆，其利倍而人弗知也。"虞孚闻之喜，如其言，取漆叶煮为膏，亦数百瓮，与其漆俱载以入于吴。

时吴与越恶，越贾不通，吴人方艰漆，吴侩①闻有漆，喜而逆②诸郊，道以入吴国，劳而舍诸私馆。视其漆良也，约旦夕以金币来取漆。虞孚大喜，夜取漆叶之膏和其漆以俟。及期，吴侩至，视漆之封识③新，疑之，谓虞孚请改约。期二十日至，则其漆皆败矣。虞孚不能归，遂丐而死于吴。

**释义**

① 侩：牙侩，旧时买卖的中间人。

② 逆：迎接。

③ 封识：封口的标记。

**故事延伸**

从前，有个名叫虞孚的人为了脱贫，便向大富翁范蠡的师父计然先生请教谋生之道。在计然先生的指点下，他学会了种漆树的技术。过了三年，虞孚见树已长成，便割树收漆，收获的漆多达几百斛，准备运到吴国去卖。他妻子的哥哥对他说："我曾经在吴国经商，知道吴国人崇尚装饰，漆工很多，漆在吴国是上等商品。我还发现，一些卖漆的人偷偷用漆叶煮成的膏和在漆里，当场都看不出来。这些人以此增加分量，得到的利润比旁人更是要高出好几倍。”虞孚听了欣喜若狂，当即按照他的话拿漆叶煮成几百瓮膏，并将这些膏和他的漆一起装载运到吴国。

当时吴国和越国交恶，越国的漆商无法入境，吴国人正缺漆。吴国的买卖中间人听说有人卖漆，高兴地到郊外迎接，带他进入吴国，请他住在自己的私人馆舍并举办宴席犒赏。事后，中间人检查他的漆，发现质量很好，于是当场和他约定，短期内就用金币来换取漆。

双方达成约定后，虞孚当晚就取出漆叶的膏混进漆里，等着交易。然而在交易的当天，吴国的中间人却敏锐地察觉到，漆的封盖是新的。此前他已经好几次遇到掺杂假料的黑心商人，因此多留了一个心眼，向虞孚请求改约20天后再进行交易。虞孚为了不引起怀疑，只得硬着头皮答应了。

岂料20天后，所有的漆料都因掺杂伪劣而变质，这次没等中间人前来，虞孚就抢先仓皇逃走。可他的本钱已经全数折在吴国，根本无法回去，只得沿街乞讨，最后死在了吴国。

**寓意**

做人做事都应该以“诚”字当头，做生意的人就更是如此。如果为了追求暴利而掺假卖假，一旦事情败露之后，也就再难有生意上门了。

## 蹶叔三悔

出自《郁离子·虞孚》，用来说明悔改错误应当有诚意，否则只停留在口头上，最终遭殃的是自己。

**原文**

《郁离子·虞孚》有语：

蹶叔好自信，而喜违人言。田于龟阴，取其原为稻，而隰[①]为粱。其友谓之曰：“粱喜亢，稻喜隰，而子反之，失其性矣，其何以能获!”弗听，积十稔[②]而仓无储。乃视于其友之田，莫不如所言以获。乃拜曰：“予知悔矣。”

既而商于汶上。必相货之急于时者趋之，无所往而不与人争。比得，而趋者毕至，辄不获市。其友又谓之曰："善贾者收人所不争，时来利必倍，此白圭之所以富也。"弗听，又十年而大困，复思其言而拜曰："予今而后不敢不悔矣。"

他日以舶入于海，要其友与偕，则泛滥而东，临于巨渊。其友曰："是归墟也，往且不可复。"又弗听，则入于大壑之中。九年得化鲲之涛，嘘之以还。比还，而发尽白，形如枯腊，人无识之者。乃再拜稽首，以谢其友，仰天而矢之曰："予所弗悔者，有如日。"其友笑曰："悔则悔矣，夫何及乎？"

**释　义**

① 隰：低湿的地方。

② 稔：稔，谷熟为稔，引申为年。

**故事延伸**

从前有一个叫蹶叔的人，性格倔强而又自以为是，爱跟别人唱反调。

蹶叔在龟山的北面种粮食，他在高而平的地方种水稻，却在又低又潮湿的地方种高粱。他的朋友好言劝他道："高粱适合旱地，水稻适合湿地，可你现在正好相反，违反了它们的习性，那怎么能获得丰收呢？"蹶叔听后却还是我行我素。结果他辛辛苦苦地种了十年地，粮仓里却一点储备也没有。他去看朋友的地，发现朋友获得了丰收，这才向朋友道歉说："你说得对啊，我知道悔改了。"

后来，蹶叔到汶上这个地方去做买卖。他总是跟着别人进货，处处和人竞争，以至货总是积压得厉害，价钱也被压得极低。他的朋友担心他吃亏，就教他说："善于做买卖的人要囤积别人不卖的货物，一旦机会来了，就可以获得好几倍的利润，这正是古代大商人白圭致富的原因啊！"蹶叔又不听。过了十年，蹶叔常常亏本，终于入不敷出，这时他才意识到朋友是正确的。于是他又去找到他的朋友道歉说："我应该听你的劝告，以后再也不敢不悔改了。"

有一天，蹶叔要驾船出海，临行前朋友告诫他说："等你到了海水归聚之处，一定要返航，不然船一进去就再也出不来了。"可等他到了海水归聚的深渊边上，他又开始固执起来了，非要继续前进，结果在大壑中被困了整整九年。直到有大鲲化为大鹏时激起巨浪，他这才被冲出来。

蹶叔回到家时，头发已经全白了，形体枯瘦得就像根蜡烛，亲朋好友没有一个人能认得出他来。蹶叔再次找到他的朋友，深深地拜了两拜，还对天发誓说："我如再不悔改，请太阳作证惩罚我。"他的朋友笑着说："悔改是悔改了，但还有什么用呢？"

**寓意**

悔改不能挂在嘴上，而应该体现在行动上，否则就是口是心非、毫无诚意。同时，比起事后悔改，更重要的是在事前考虑周全、听取正确意见，否则即使后悔也来不及了。

## 燕人返国

出自《列子·周穆王》，用来说明待人要真诚，不可欺骗他人。

**原文**

《列子·周穆王》有语：

燕人生于燕，长于楚，及老而还本国。过晋国，同行者诳之。指城曰："此燕国之城。"其人愀然变容。指社曰："此若①里②之社。"乃喟然而叹。指舍曰："此若先人之庐。"乃涓然而泣。指垅曰："此若先人之冢。"其人哭不自禁。同行者哑然大笑，曰："予昔绐若，此晋国耳。"其人大惭。及至燕，真见燕国城社，真见先人之庐冢，悲心更微。

**释义**

① 若：你。

②里：乡里。

**故事延伸**

有一个燕国人从小在楚国长大，年过花甲还不曾回过家乡。思乡心切的他决定返回故乡。

在回去的路上，他的一位喜欢捉弄人的同伴，竟然指着前面的晋国城郭说道："你马上就要到家了，前面就是燕国的城镇。"燕人听后顿时激动万分，双眼饱含泪水，脸上怆然失色。

过了一会儿，那同伴又指着路边的土神庙说："这就是你家乡的土神庙。"燕人听了以后，又是一阵深长的叹息。他们再往前走，那同伴又指着路边的一栋房屋说："那就是你的先辈住过的房屋。"燕人听了这话，顿时热泪盈眶，滚滚的泪水把他的衣衫也弄湿了。那同伴暗自窃笑，为了进一步推波助澜，就又指着附近的一座土堆说道："那就是你家的祖坟。"燕人一听，再也禁不住强烈的心酸，不由得站在土堆前，放声痛哭起来。直到此时，这个同伴看够了笑话，这才对燕人解嘲地说："算了算了，别把身子哭坏了。我刚才是骗你的。这里只是晋国，离燕国还有几百里地呢。"听同伴这么一说，燕人知道上了当，原本怀乡念旧的虔诚心情顿时烟消云散。紧接着，他又因自己轻信别人而导致的过度冲动深感难堪。

当这个燕国人长途跋涉，终于回到真正的故国时，沿途所见的燕国城镇和祠庙，先辈的房屋和坟墓，已不像他在晋国见到的城市、祠庙、房屋和土堆那样具有感召力了。回到了自己的家乡，他触景生情的伤感反而减弱了。

**寓　意**

我们要用真诚的态度对待身边之人，不能弄虚作假。

# 第四章

## 增“智”开“慧”，行事有方，才能顺遂通透，屹立不倒

# 目不见睫

出自《韩非子·喻老》，用来说明考虑长远，却往往会忽略当下的道理。

## 原文

《韩非子·喻老》有语：

楚庄王欲伐越，庄子谏曰："王之伐越，何也？"曰："政乱兵弱。"庄子曰："臣患之智①如目也，能见百步之外而不能自见其睫。王之兵自败于秦、晋，丧地数百里，此兵之弱也；庄跻②为盗于境内，而吏不能禁，此政之乱也。王之弱乱，非越之下③也，而欲伐越，此智之如目也。"王乃止。

故知之难，不在见人，在自见。故曰："自见之谓明。"

## 释义

① 智：智慧。

② 庄跻：大盗的名字。

③ 下：在……之下。

## 故事延伸

楚庄王准备攻打越国，他把这个想法告诉了庄子。庄子于是问道："不知大王您为什么要对越国用兵呢？"楚庄王说："如今的越国政治腐败、兵力疲弱，正是用兵的不二时机，因此我不想浪费这一机会。"庄子于是又问："大王有成功的把握吗？"楚庄王十分自信地说："当然有把握了！就凭越国眼下这副不堪一击的模样，打败它简直易如反掌！"

看着楚庄王那盲目自信、跃跃欲试的模样，庄子意味深长地说："大王，您所说的情况并不全对。越国目前的国力确实已经衰退，可是我们楚国的情况也相当不好啊！我只害怕人的智慧就像眼睛那样：一个人可能常常深谋远虑，但往往想不到近忧，这就像人的眼睛常常看得很远，却难以看清自己的睫毛一样。大王您很清楚地看到越国的危机，却对楚国的不足缺乏足够的分析。您仔细想想：楚国曾接连被秦国、晋国打败，还丢失了几百里的疆土，这样的兵力，能够称得上战无不胜、所向披靡吗？楚国国境内的大盗如庄跻，如今依旧横行霸道、肆意违法，而各级官吏却对他毫无办法，这样的政治能够称得上是清明吗？在我看来啊，楚国的情况不见得比越国就好，只怕还要糟糕一些。大王您看不到这些，却还想着要对越国用兵，这不正像目不见睫那样缺乏自知之明吗？您是否想到别的国家也会像您对越国的考虑一样，暗中对楚国虎视眈眈呢？因此，大王的当务之急应是认真把楚国内部的军政事务处理好才对呀！”

听了庄子的这番话，楚庄王才猛然醒悟，暗骂自己过于轻率，险些使国家处于危难当中。于是他当即打消了攻伐越国的念头，开始全力解决国内事情。从此之后，楚国又慢慢地强大起来。

**寓意**

虽然有句话说“风物长宜放眼量”，但当下之事也同样重要。只有能顾及眼前，而有长远思虑的人，才是真正的智者。

## 鲁婴泣卫

出自《韩诗外传》，用来阐述世间事物皆有联系，智者能知晓事物的关联性并且有周全的考虑。

**原文**

《韩诗外传》有语：

鲁监门之女婴，相从绩[①]。中夜而泣涕。其偶曰：“何谓而泣也？”婴曰：“吾闻卫世子不肖，所以泣也。”其偶曰：“卫世子不肖，诸侯之忧也。子曷为泣也？”婴曰：“吾闻之，异乎子之言也。昔者宋之桓司马得罪于宋君，出于鲁，其马佚而驏[②]吾园，而食吾园之葵。是岁，吾闻园人亡利之半。越王勾践起兵而攻吴，诸侯畏其威，鲁往献女，吾姊与焉。兄往视之，道畏而死。越兵威[③]者吴也，兄死者，我也。由是观之，祸与福相及也。今卫世子甚不肖，好兵，吾男弟三人，能无忧乎？”

**释 义**

① 绩：缉线，把麻搓成绳或线。

② 骣：马土浴，即马转卧于土上。

③ 威：欺凌。

**故事延伸**

春秋时期，鲁国有个城门卫士，他的女儿名叫鲁婴，聪明伶俐，多愁善感，富于同情心。有天晚上，鲁婴和一群小伙伴在月光下缉麻线时，突然忍不住哭了起来。

见到鲁婴哭得这么伤心，她的一位好朋友感到十分不解，于是便走到她身边关心地问道：“你遇到了什么伤心事儿啊，竟然哭成这个样子？”

听到朋友关切的问候，鲁婴好不容易停止哭泣，伤心地说道：“今天早上我听别人说，卫国的公子品行不端、强势好战，不懂仁爱之道，当时我就很难受。刚刚我又想到这件事，所以就忍不住哭了。”

听到她的这番话，其余几位姑娘也都纷纷围了上来，安慰她说：“就算卫国的公子品行不端，那也是卫国的事儿，跟我们鲁国有什么关系嘛？即便真的爆发战争，那也是各诸侯国的事情，我们都是平民家的女子，哪能参与得了这些？为这个难受简直就是瞎操心啊！”

但是鲁婴听后却并不同意，她说：“我的想法跟你们不同。我至今还清楚地记得，前几年，有个宋国的大司马打了败仗，逃亡时经过鲁国，他的马将我家好好的菜园子踩了个乱七八糟，根据事后计算，足足亏损了一半的财产。去年，越王勾践为复仇而攻打吴国，鲁国国君为了讨好越王，就在民间搜寻美女去献给他，结果将我的姐姐选中了。后来，我的哥哥前往越国去探视姐姐，又在中途被吴越混战的将士所杀害……”

说到这里，鲁婴再次泣不成声，围在一旁的姑娘们听了她说的话，也不由得感觉心里十分沉重。过了一会儿，鲁婴才停止了哭泣，继续说道：“这两件事告诉我，打起仗来是没有国界的，遭殃的首先是老百姓。现在，卫国的公子又是一个失德好战之徒，而我家中还有三个弟弟。说不定哪一天，灾祸就又会突然降临到我们姐弟头上，这又怎么能不让我担心害怕呢？”

**寓　意**

古人说福祸相依。能从一件微不足道的小事联系到自己的祸福，都是智者。

## 齐桓公见鬼

出自《庄子·达生·内篇》，用来说明病由心生，告诫我们要及时将心灵的垃圾清扫干净，使病痊愈，这是一种生活的智慧。

**原　文**

《庄子·达生·内篇》有语：

桓公田[①]于泽，管仲御[②]，见鬼焉。公抚管仲之手曰：“仲父何见？”对曰：“臣无所见。”公反，诶诒[③]为病，数日不出。齐士有皇子告敖者曰：“公则自伤，鬼恶能伤公！夫忿滀[④]之气，散而不反，则为不足；上而不下，则使人善怒；下而不上，则使人善忘；不上不下，中身当心，则为病。”桓公曰：“然则有鬼乎？”曰：“有。沈有履，灶有髻。户内之烦壤，雷霆处之，东北方之下者，倍阿鲑蠪[⑤]跃之；西北方之下者，则泆阳处之。水有罔象，丘有峷，山有夔，野有彷徨，泽有委蛇。”公曰：“请问委蛇之状何如？”皇子曰：“委蛇，其大如毂，其长如辕，紫衣而朱冠。其为物也，恶闻雷车之声，则捧其首而立。见之者殆乎霸。”桓公冁然[⑥]而笑曰：“此寡人之所见者也。”于是正衣冠与之坐，不终日而不知病之去也。

**释　义**

① 田：通“畋”，打猎。

② 御：驾车。

③ 诶诒：神魂不宁而说呓语。

④ 忿滀：郁结。

⑤ 鲑蠪：古代传说中的神名。

⑥ 辴然：喜悦。

**故事延伸**

春秋时期，齐国的国君齐桓公有一次在沼泽地里打猎，名相管仲亲自为其驾车。突然间，桓公看见了一个“鬼”。受到惊吓的他赶紧握着管仲的手，惊魂未定地问：“仲父，你看到什么了吗？”管仲对此莫名其妙，于是坦然地说：“启禀大王，我什么也没有看到。”

管仲不说还好，他这么一说，齐桓公更是吓得面无人色。回宫以后，齐桓公很快就病倒了，一连好几天都卧床不起。听说了这件事后，一个名叫皇子告敖的读书人主动求见桓公，对他说：“您这是自个儿伤害了自个儿的身体，鬼怎么能伤害得了您呢？一个人的体内如果产生了怒气并且郁结起来，那么他的魂魄就会游离于体外而使人精神恍惚；怒气上升而不下降，人就会爱发脾气；怒气下降而不上升，人就会健忘；而如果这股怒气不上不下，恰好郁结在身体的正中，它就会伤害心脏，这时人就要生病了。”

齐桓公听后，觉得和自己的症状有些对得上号，于是又半信半疑地问道：“那么，到底世间有没有鬼呢？”

皇子告敖肯定地回答：“有的！室内的鬼名叫履，灶房的鬼叫髻。院子里的粪土堆上，有个叫雷霆的鬼住在那里；在东北方的墙脚下，时常有倍阿鲑蠪一类的鬼出没其间；在西北方的墙脚下，则有泆阳鬼安家；水中的鬼叫罔象，丘陵的鬼叫峷，山上的鬼叫夔，原野上的鬼叫彷徨，而沼泽地里的鬼则叫委蛇。”

想到自己正是在沼泽地里“活见鬼”，齐桓公赶紧追问：“那委蛇是怎样的形状呢？”

皇子告敖形容说：“委蛇嘛，像车毂那么大，像车辕那么长，穿着紫衣裳，戴着红帽子。委蛇特别不喜欢雷车发出的隆隆声响，一听到这种声音就会抱头而立。谁如果能见到委蛇，那就是将要成为霸主的一种先兆！”

听到“霸主先兆”四个字，萎靡不振的齐桓公顿时笑逐颜开，他兴奋地拍着案几站起来说：“我所见到的正是你说的这种委蛇呀！”于是，他赶紧重整衣冠，与皇子告敖对坐交谈。还不到一天的时间，齐桓公的病就不知不觉地好了。

**寓　意**

现实当中，许多人的苦恼、畏惧也只是主观臆测、由心而生，说到底是自己吓自己罢了。只有增加内在的智慧，我们的内心才不会被主观意识或情绪所掌控。

## 顽猴见巧

出自《庄子·徐无鬼》，用来说明大智必然以谦卑为先。

**原　文**

《庄子·徐无鬼》有语：

吴王浮于江，登乎狙[1]之山。众狙见之，恂然[2]弃而走，逃于深蓁[3]。有一狙焉，委蛇攫搔[4]，见巧乎王。王射之，敏给搏捷[5]矢。王命相者趋射之，狙执[6]死。

王顾谓其友颜不疑曰：“之狙也。伐其巧，恃其便，以敖[7]予，以至此殛也。戒之哉！嗟呼！无以汝色骄人哉！”颜不疑归，而师董梧，以助[8]其色，去乐辞显。三年，而国人称之。

**释　义**

① 狙：猕猴。

② 恂然：惊慌。

③ 蓁：形容草木茂盛的样子或荆棘丛生的样子。

④ 委蛇攫搔：手舞足蹈的样子。

⑤ 搏捷：接住。

⑥ 执：通“即”，立即。

⑦ 敖：通“傲”。

⑧ 助：通“锄”，引申为改变。

**故事延伸**

一群猴子住在江边的一座山上。这座山有飞瀑流泉，树木繁茂，风景十分秀丽。每年春天过后，满山遍野都长着野果。说不清是什么年月，一群猴子来到这山上安家落户，从此以后，一直过着不愁温饱、悠然自得的生活。

有一天，吴王带着随从乘着船在江上游玩，当他在江两岸的奇山异峰中发现这座风景秀丽的猴山时，感到十分意外。惊喜的吴王当即命令所有随从，把船全数停泊在猴山脚下，然后带领他们一同下船登山。平静与安宁的山上，突然来了这么一群不速之客，猴子们自然是十分惊慌。其中大部分猴子在见到吴王一行人后，吓得四散奔逃，躲进荆棘深处不敢出来，只有一只猴子例外。

眼看吴王一行渐渐走近，这只猴子非但不转身逃跑，反而从容自得地停留在原地，一会儿抓耳挠腮，一会儿手舞足蹈，满不在乎地在吴王面前卖弄着它的灵巧。吴王拉开弓，用箭射它，这只猴子也不害怕，反而凭借着自己的灵敏，把所有的箭都抓住了。见到这只喜欢卖弄的畜生，吴王有些气恼，于是命令所有的随从一起追射这只猴子。这一次，原本怡然自得的猴子终于无法应付，面对这么多人的攻击，当即被乱箭射死。

见到这一幕后，吴王回头对他的朋友颜不疑说：“这个猴子，倚仗自己的灵巧，不顾场合地卖弄自己，以致丢掉了自己的性命，真是可悲。你们都要引以为戒啊！”颜不疑也深以为然。回去之后，他就拜董梧为师，改掉了他的傲态，抛弃了淫乐，告别了荣华显耀。三年后，颜不疑成为了吴国的一位贤士，受到全国百姓的称赞。

**寓　意**

有才华而不卖弄，才是真正的智者。

# 神狗自道我是

出自《艾子杂说》，用来讽刺那些犯错而不自知的人。

## 原文

《艾子杂说》有语：

艾子有从禽之僻，畜一猎犬，甚能搏兔。艾子每出，必牵犬以自随。凡获兔，必出①其心肝以与之食，莫不饫足②。故凡获一兔，犬必播尾以视艾子，自喜而待其饲也。一日出猎，偶兔少，而犬饥已甚，望草中二兔跃出，鹰翔而击之，兔狡，翻复之际，而犬已至，乃误中其鹰，毙焉，而兔已走矣。艾子匆遽将死鹰在手，叹恨之次，犬亦如前摇尾而自喜，顾艾子以待食。艾子乃顾犬而骂曰：“这神狗犹自道我是哩。”

## 释义

① 出：取出。

② 饫足：饱食。

## 故事延伸

艾子对打猎一事情有独钟，为此还养了一条非常善于抓兔子的猎狗，以及一只十分灵敏的猎鹰。每次外出打猎，艾子都会带上他的猎狗和猎鹰，一旦抓到兔子，艾子一定会挖出兔子的心肝来犒赏猎狗，让它吃得饱饱的。后来，每次艾子捉到兔子，猎狗一定会摇着长尾巴，竖起一双前腿，不停地上下跳跃，等着艾子喂它吃兔子的心肝。

一天，艾子又出外打猎，但是山上兔子很少，他转悠了整整半天，仍是一无所获。不仅如此，那只猎狗的肚子也已饿得咕咕直叫。正在这时，艾子忽然看见有两只兔子从草丛中跳跃出来，向林中一片灌木丛跑去，他赶紧放出猎鹰去追捕兔子。两只兔子敏捷地在灌木丛中乱跳乱窜，猎鹰上下腾飞追捕。这时，猎狗也飞跑过来，对准兔子一头猛扑过去。不料这两只兔子十分狡猾，眼见猎犬奔了过来，立即趁势一翻，猎犬反而误咬住了猎鹰。倒霉的猎鹰就这样被活活咬死，那两只兔子却乘机逃走了。

等到艾子跑上前来，却是这样一幅不堪的场景，他把死鹰拿在手里，又是懊悔又是气愤，不觉掉下泪来。然而那只猎狗却浑然不知自己犯下大错，反而像从前那样，竖起它的一双前爪，摇着尾巴，在艾子面前腾上落下、摇头摆尾。它沾沾自喜地像立了大功似地看着艾子，等待艾子喂它吃心肝呢。

艾子瞪着猎狗，气不打一处来，他大声斥骂道："你这不知趣的蠢狗，犯下大错，还好意思来邀功领赏哩!"

**寓　意**

真正的智者在犯错后会立即谦卑地悔过、自省。

## 艾子之邻

出自《艾子杂说》，用来讽刺那些缺乏智慧、自以为是的人。

**原　文**

《艾子杂说》有语：

艾子之邻，皆齐之鄙人也。闻一人相谓曰："吾与齐之公卿，皆人而禀三才之灵者，何彼有智，而我无智?"一曰："彼日食肉，所以有智；我平日食粗粝，故少智也。"其问者曰："吾适有粜[①]粟钱数千，姑与汝日食肉试之。"数日，复又闻彼二人相谓曰："吾自食肉后，心识明达，触[②]事有智，不徒[③]有智，又能穷理。"其一曰："吾观人脚面，前出甚便，若后出，岂不为继来者所践?"其一曰："吾亦见人鼻窍，向下甚利，若向上，岂不为天雨注之乎?"二人相称其智。艾子叹曰："肉食者，其智若此!"

## 释义

① 粜：卖。

② 触：遇到。

③ 不徙：不仅。

## 故事延伸

艾子曾经在齐国居住，当时他附近的几位邻居，都是十分粗鄙之人。有一天艾子出门时，听见其中一个邻居对另一人说：“我与齐国大臣，都是秉持着天、地、人三才的灵气而生，为什么他们有智慧，而我却没有智慧呢?”另一个人想了半天也没有答案，最后摸着自己的肚子，猛地说道：“或许是因为他们每天吃肉，而我们只能吃粗粮的缘故吧!”最开始问话的那个人听到后，觉得十分有道理，于是说道：“我前几天去集市卖粮，正好卖得了几千枚铜钱，要不从明天开始，我们就试着天天吃肉吧!”

几天后艾子再次出门，又听到这两人在议论，其中一人说：“我自从吃肉以后，思维清晰见识高明，遇到事情都有智慧，不但有解决问题的智慧，还能深刻探究其中的道理。”另一人说：“我看人的脚面，从前面伸出很合适，如果朝后面伸出，难道不是要被后面来的人踩到吗?”那人说：“我也看到人的鼻孔，向下长很好，如果向上，难道不是要被天上下的雨装满吗?”说完之后，两个人都点头称是，并互相称对方聪明。

艾子听后感到十分好笑，于是叹道：“吃肉的人智力也不过如此啊!”

## 寓意

缺乏智慧者，往往是不自知的。同时，他们通常还会视无知为聪明。

# 惠子之梁

出自《说苑》，说明人人都有其长处，我们不可轻视他人。

## 原文

《说苑》有语：

梁相死，惠子欲之梁，渡河而遽，堕水中，船人救之。船人曰："子欲何之而遽也？"曰："梁无相，吾欲往相①之。"船人曰："子居船楫之间而困，无我则子死矣，子何能相梁乎？"惠子曰："子居船楫之间，则我不如子；至于安国家，全社稷，子之比我，蒙蒙②如未视之狗耳。"

## 释义

① 相：做国相。

② 蒙蒙：形容双眼蒙眬的样子。

## 故事延伸

听说魏国的国相死了，惠子当即急匆匆地起身前往魏都大梁，想要去试试运气。然而，他在半路上被一条河给挡住了去路。惠子急于赶路，估摸着这条河应该不会太深，于是便脱下鞋子、挽起裤脚，直接蹚着河水而渡。结果他还没走到一半，就因水深而被困住，只得在水里一边上下扑腾，一边高声呼救。

有一位渔夫正好在这时撑着船前来，听到呼救声后当即出手，将惠子拖上了船。喝了许多水的惠子在船上不停地喘气，那位渔夫则不解地问道："你这是要去哪里啊，竟然匆忙得连搭船都顾不上了？"惠子听后艰难地回答说："听说魏国的国相死了，我打算去向魏王推荐自己，帮他治理国家。"

看到惠子气喘吁吁，口气倒是不小，这位渔夫仿佛听到了世间最大的笑话，哈哈大笑着说："这位老兄，你如今受制于渔船这么小的空间，要不是我帮忙甚至都活不下去，还有什么底气去魏国做国相啊？我看啊，你这根本就是异想天开！”

听了这番话，好不容易缓过气来的惠子顿时一急，站起来气呼呼地分辩说：“道理不是这样讲的！世上的万事万物各有其道理、规律、长处和短处，岂能一概而论呢！比方说，兢兢业业的人忠厚老实，他可以辅佐君王，但却不能替君王带兵打仗；千里马日行千里，为天下骑士所看重，可是如果把它放在室内捕捉老鼠，那它还不如一只小猫顶用。宝剑干将，是天下少有的宝物，它锋利无比削铁如泥，可是给木匠拿去砍木头的话，它还比不上一把普通的斧头。就像你我，要说抡桨划船，在江上行驶，我的确远远比不上你；可要是说到治理国家、保全人民社稷的安康，你跟我比起来，就好像一条连眼睛都还没有睁开的幼犬啊！”

渔夫听了惠子的一席话，顿时无言以对，也似乎长了不少知识。他心悦诚服地请惠子坐好，并送他过了河。

**寓意**

每个人都有自己擅长的方面，如果以己之长比彼之短，就没有哪个人称得上优秀了。而真正有智慧的人，会全面、客观地去评判一个人。

## 以屠知女

出自《韩诗外传》，用来说明智慧者都懂得举一反三、从细节去分析整体。

**原文**

《韩诗外传》有语：

齐王厚送女[①]，欲妻[②]屠牛吐，屠牛吐辞以疾。其友曰：“子终死腥臭之肆而已乎？何为辞之？”吐应之曰：“其女丑。”其友曰：“子何以知之？”吐曰：“以吾屠知之。”其友曰：“何谓也？”吐曰：“吾肉善，如量而去[③]，苦[④]少耳；吾肉不善，虽以他附益之，尚犹贾不出。今厚送子，子丑故耳。”

其友后见之，果丑。

**释义**

① 厚送女：嫁女的嫁妆很丰厚。

② 妻：做妻子。

③ 如量而去：分量够了就走了。

④ 苦：担心。

**故事延伸**

齐国有一个名叫吐的人以宰牛为生。由于他经营有道，因此生意还算红火。

有一天，齐王的使者找到吐，对他说："我王准备了丰厚的嫁妆，打算把女儿嫁给你做妻子。"对于平民百姓来说，这简直就是天上掉馅饼，然而吐听了却丝毫不觉得高兴。他匆匆地摇头说："我的身体有病，没法娶妻啊!"使者听了一愣，没想到还有这样不惜福的人，于是气愤地走了。

后来，吐的朋友知道了这件事，当即跑到吐的面前，拍着大腿指着他叹道："你这个傻瓜啊！就算你生意再好，也不过是窝在腥臭的宰牛铺里过活，难道你还打算以后老死在这里吗？既然齐王愿意以厚礼嫁女儿给你，你为什么不要啊?"

吐神秘一笑，悄悄地对朋友说："齐王的女儿太丑了。"吐的朋友一愣，也悄悄地问："你已经见过齐王的女儿了?"吐摇摇头回答说："没有。但依照我多年卖肉的经验，齐王的女儿肯定是个丑女。"听了这番话，朋友愈发不服气了："何以见得?"

吐一本正经地回答说："就拿我卖牛肉来说吧！如果我的牛肉质量好，只要割下的斤两足够，顾客就会拿着走人，我也只害怕肉少了不够卖。可要是我的牛肉质量不好，即便我给顾客加各种添头，他们也依然不买账，牛肉也没法卖出去。齐王的女儿何等金枝玉叶，却要嫁给我一个卖肉的，还加上丰厚的礼品财物。你说，她这得丑到什么程度啊?"

吐的朋友想了想觉得也是，便不再劝他了。

过了些时候，这位朋友偶然见到了齐王的女儿，果然长得很难看。

他这才暗暗佩服吐的先见之明。

**寓意**

智慧的人不需要亲眼见证，通过类比和分析，也一样能够洞悉真相。

## 张丞相好草书

出自《冷斋夜话》，用来说明做任何事，囫囵吞枣是不可能有所收获的。

**原文**

《冷斋夜话》有语：

张丞相好草书而不工①，时人皆讥笑之，丞相自若②也。一日得一句，索笔疾书，满纸龙蛇飞动。使其侄录之。当波险处③，侄罔然而止。执所书问曰："此何字也？"丞相熟视久之，亦不自识。诟④其侄曰："汝胡不早问，致余忘之。"

**释义**

① 工：精熟。

② 自若：保持原来的样子。

③ 波险处：笔画曲折之处。

④ 诟：责备。

**故事延伸**

宋朝有个丞相叫张商英，特别喜欢书法，尤其对草书情有独钟。每当闲暇之时，他便会提笔蘸墨、龙飞凤舞一阵，并为此自鸣得意。但事实上，他的草书写得并不合体统，因此当时的很多人都讥笑他。但张商英本人却对此不以为意，依旧我行我素。

有一天，张商英在休息时突然诗兴大发，得到佳句，他当即一跃而起，叫小童磨墨铺纸，提起笔来蘸满浓墨，接着便是一阵龙飞蛇走，令人难以辨认。写完之后，张商英一边端详一边摇头晃脑，感到十分满意，于是又叫来他的侄子，让侄子把这些诗句抄录下来。

听到伯父的吩咐，侄子赶紧拿过纸笔，准备用小楷将诗句记录下。然而当他接过那张草稿，却傻了眼。过了好半天，才勉强辨认出几个字，但遇到那些笔画曲折怪异之处，他就实在是力不从心了。没奈何，他只好停下笔来，捧着草稿硬着头皮前去询问。

张商英捧着自己的“佳作”，仔细端详了大半天也没能认清，越是想，就越发想不起来，不由得十分尴尬。他颇有些下不了台，便责骂侄子说：“你为什么不早些来问呢？我也忘记是写的什么了！”

**寓　意**

愚者只注重事物的表象，而智者则更注重事物的本质。

## 挥斧如风

出自《庄子·徐无鬼》，用来说明唯有善于向对手学习，才能增加智慧、提升自我。

**原　文**

《庄子·徐无鬼》有语：

庄子送葬，过惠子之墓，顾谓从者曰：“郢人垩①慢②其鼻端，若蝇翼，使匠石斫③之。匠石运斤④成风，听而斫之，尽垩而鼻不伤，郢人立不失容。宋元君闻之，召匠石曰：‘尝试为寡人为之。’匠石曰：‘臣则尝能斫之。虽然⑤，臣之质⑥死久矣。’自夫子之死也，吾无以为质矣！吾无与言之矣。”

**释　义**

① 垩：白色的黏土。

② 慢：通“墁”，不规则地涂抹。

③ 斫：砍。

④ 斤：斧头。

⑤ 虽然：尽管如此。

⑥ 质：通“锧”，砧板。引申为搭档。

**故事延伸**

战国时，有一位名叫惠施的著名哲学家，他也是庄子的挚友。尽管两人观点不同，惠施和庄子仍然惺惺相惜，并经常聚在一起辩论观点、切磋学问。在互相争论研讨的过程中，他们的学识水平逐渐提高，尤其是庄子更是获益良多。后来惠子先行辞世，此后庄子再也找不到像他那样才智过人、博古通今，能与自己互相砥砺、一同进步的好友了。因此，庄子感到十分痛惜。

有一天，庄子给一个朋友送葬，恰好路过惠施的墓地，庄子顿时十分伤感。看到他的表情，周围的人都感到有些疑惑。于是，庄子就给他们讲了一个故事：

在楚国的都城郢地，有一位泥水匠。某天，这位泥水匠特意用白灰来涂抹自己的鼻尖，留下一层像苍蝇翅膀一样又薄又小的白灰；然后又特意请来一位名叫石的木匠朋友，让他用斧子砍下鼻尖上的白灰。只见这位木匠抡起斧头，毫不犹豫地向前劈下，一眨眼工夫就削掉了泥水匠鼻尖上的白灰，却分毫没有伤到鼻子。当斧子砍下的时候，泥水匠大大咧咧地站在那里，脸色没有丝毫变化，反倒是旁边的人看得心惊肉跳，为他们捏了一把冷汗。

后来，宋元君也得知了这件事。宋元君对这位木匠的高超技艺十分敬佩，于是特意派人前去请他，然后对这位木匠说：“你能不能再展现一次这样的技艺?”

然而令他大失所望的是，这位木匠摇摇头说：“小人过去确实用斧头帮朋友砍削过鼻尖上的白灰；但是现在却做不到了，因为我的这位好友，已经先行离世。我再也找不到像他那样跟我配合默契的人，因此也就无法展现这样的本事了。”

庄子讲完了故事，十分伤感地看着惠施的坟墓，长叹了一口气说："自从惠施先生去世以后，我也失去了与我配合的人。我再也找不到一位与我进行辩论的人了！"

**寓 意**

要想有高超的技艺，离不开个人的努力，同时也要虚心向竞争对手学习。

## 不龟手之药

出自《庄子·逍遥游》，用来说明做事应该学会换个角度思考。

**原 文**

《庄子·逍遥游》有语：

宋人有善为不龟手之药者，世世以洴澼絖①为事。客闻之，请买其方百金。聚族而谋曰："我世世为洴澼絖，不过数金；今一朝而鬻技百金，请与之。"

客得之，以说吴王。越有难，吴王使之将②。冬与越人水战，大败越人，裂地而封之。

**释 义**

① 洴澼絖：漂洗棉絮。

② 将：统领。

**故事延伸**

宋国有个人善于制作防止冻裂的药剂，他的家族靠着这个祖传秘方，即便是在冬天漂洗丝絮也不会冻裂手指。他的后人一年四季都十分辛苦地工作，还是收入菲薄，生活十分艰辛。

有天，一位头脑聪明的商人远道而来，听说当地有这么一家人之后，当即找上门去，表示愿意以 100 金的价钱购买这一秘方。一边是祖上传下的东西，一边是100金的诱惑，这家的主人当即犯了难。于是他立即召集全族成员，共同讨论转让之事。经过一番激烈争执，大伙儿总算达成一个共识：我们祖上世世代代做这个漂洗的活儿，却都攒不下什么钱；如今只要卖掉药方，就能得到整整100金！既然这样，又何必吝啬呢？于是全体成员一致同意把药方卖出去。

眼见秘方终于到手，这位商人立即跑到吴国，向吴王进行游说，表示此后吴国冬日作战，再也不用担心手脚受冻的问题了。不久之后，越国大举入侵，吴国前线危急，吴王便下令由这位商人统帅大军。此时正是严冬季节，吴越两军又是进行水战，他当即下令：所有将士一律涂抹药剂方可出战。由于未受冻裂之苦，吴军的战斗力大幅提升，很快就将越军打得大败。等到班师回朝后，吴王喜不自胜，在下令犒赏三军之余，又特意下令划出一大块封地，以此来奖励这位聪明的商人。

**寓　意**

同一个事物只要换个角度，就能够发现新的价值。因此我们在生活中应当善于观察，最大限度地发挥事物的价值。

## 金钩桂饵

出自《太平御览》，用来说明做事要讲实效。

**原　文**

《太平御览》有语：

鲁人有好钓者，以桂为饵，锻黄金之钩，错[①]以银碧，垂翡翠之纶[②]。其持竿处位即是[③]，然其得鱼不几矣。故曰：“钓之务不在芳饰，事之急不在辩言。”

**释　义**

① 错：镶嵌。

② 纶：丝线。

③ 是：正确。

**故事延伸**

鲁国有个喜欢钓鱼的人，他同时也是一位好奢华、讲排场的人。单是为了钓鱼，他就花费了许多财力。

有一次，他特意用黄金打造了一个鱼钩，在上面镶嵌了雪亮的银丝和碧绿的宝石；同时又用翡翠鸟的羽毛捻成细线，把喷香的桂木当作鱼饵。做完这一切后，他看着自己手中的鱼竿，感到十分得意，于是便大摇大摆地前往河边钓鱼了。

钓鱼时，他特意精心选择了位置，又摆出十分庄重的姿势，看起来踌躇满志、势在必得。然而结果令人尴尬，他从白天钓到晚上，然而钓到的鱼却寥寥无几。河边的人看到之后，都纷纷嘲笑他。

**寓 意**

做事如果不注重实效、不抓重点，即便再怎么努力也只能是白费力气。

## 燕石藏珍

出自《太平御览·阙子》，用来说明做任何事都要有一定的常识。

**原 文**

《太平御览·阙子》有语：

宋之愚人得燕石[①]于梧台之东，归而藏之，以为大宝。周客闻而观之，主人斋七日，端冕玄衣，衅[②]之以特牲，革匮[③]十重，缇巾十袭。客见之，俯而掩口，卢胡而笑曰："此燕石也，与瓦甓不殊。"主人怒曰："商贾之言，竖子之心。"藏之愈固，守之弥谨。

**释 义**

① 燕石：类似玉的石头。

② 衅：祭祀礼仪。

③ 匮：通“柜”。

## 故事延伸

宋国有一个人在梧台的东边，捡到了一块像玉的石头。其实这是一块再普通不过的燕石，只是这个人孤陋寡闻，并没有意识到。捡到这块石头后，这个人高兴地用双手捧着这块燕石，一会儿把它贴在脸上，一会儿用手小心地抚摸。甚至回到家，他还是不停地把玩着石头，爱不释手。

晚上睡觉前，这人先是把石头放在柜子里，可还没等到自己睡熟，他又觉得很不安心，于是又起身拿出石头，把它藏在自己的枕头下。按理说这下他总该安心了，可等他睡着之后，做了一个石头被窃走的噩梦。惊醒之后，他立即掀开枕头，发现石头还在，这才稍微松了一口气。但经过噩梦的折腾，他再也无法安睡，只得又将石头紧紧攥在手中，将其捂在胸前，这才勉强闭上双眼。

第二天天刚亮，这人就怀揣着石头敲开工匠家的大门，请求工匠用上好的牛皮，专门做了一只箱子来保存这块石头。为了安全起见，他还特意要求用十层牛皮来制作箱子，之后还用十层上好的丝绸，小心翼翼地将石头包起来，郑重地放进皮箱里收藏起来。这样一来，他终于可以安心了。

过了一段时间，一个外地来的客人听说了这件事，不由得对这块石头产生了好奇。于是他专程来到这人家里，请求观赏一下宝石。为了表示庄重，这个宋国人先是虔诚地沐浴斋戒七天，然后又换上一身庄重肃穆的礼服，甚至还特意宰杀了一头公牛，举行了一场隆重的祭祀。做完这些，他这才当着客人的面，十分慎重地打开一层又一层皮革做的箱子；解开一层又一层丝绸巾系成的包裹。

那个外地客人早就被这一套烦琐礼仪弄得不胜其烦，然而等他看到这所谓的“宝石”之后，却瞬间傻了眼。回过神来之后，这人当即捂着嘴“嗤”的一声笑起来，竟笑得前仰后合。宋国人感到一头雾水，疑惑不解地问他：“你为什么笑成这个样子？”

这位客人好不容易才停住了笑，认真地对主人说："这只不过是一块普通的石头罢了，和砖头瓦片比起来，也好不到哪儿去。"

听了这番话，宋国人感到十分气愤。他指着客人的鼻子怒斥道："你胡说！你这是奸商之言、小人之心，想要窃取我的宝物罢了！"

外地客人听到这番愚蠢之言，顿时没了任何兴趣，于是立即告辞。等到客人走后，这个宋国人更加严密地藏起这块石头，继续小心地守护着它。

**寓意**

孤陋寡闻、缺乏常识会被人耻笑，我们要学会正确听取别人的意见，这样才会进步。

## 野人献曝

出自《列子·杨朱》，用来讽刺见识少、缺乏常识的人。

**原文**

《列子·杨朱》有语：

昔者宋国有田夫，常衣缊黂①，仅以过冬。暨春东作，自曝于日，不知天下之有广厦隩②室，绵纩③狐貉。顾谓其妻曰："负日之暄，人莫知者。以献吾君，将有重赏！"

**释义**

① 缊黂：麻絮衣。

② 隩：深。

③ 绵纩：絮衣服用的新丝绵。

**故事延伸**

从前，宋国有个贫穷的农夫，他一年到头、从早到晚都在田地里劳作，从来没有出门远行过。他不仅不知道世上的富人过着何等奢华生活，甚至连本乡之外的事情也一无所知。

由于家贫，这个农夫只能穿着乱麻编织的衣服，每到冬天都会被冻得瑟瑟发抖，只能躲在家里苦苦忍耐。只有当冬天过去、春天来临，阳光再次普照大地，坚冰全数消融，他才会感觉到什么是活着。

在某个天朗气清的日子里，农夫正在田里辛勤劳作，突然觉得有些疲惫。于是他放下农具，坐在田埂上休息。这时，暖洋洋的日光照在他身上，使他觉得十分温暖、舒服，简直就像腾云驾雾一般，实在是一种享受。尽管富人家的豪宅深院、棉袍狐裘更为舒适，但这位农夫却从来都没有见过。

晒了一会儿太阳后，农夫便回过头对妻子说：“被太阳照着的感觉实在是太舒服了，但是咱们乡里却还没有人意识到这一点。我们不如趁机把太阳献给君主，这样一来一定能够得到重赏！”妻子听后也觉得可行，于是两人立即返回家里，准备收拾行李进城。

可是当两人兴冲冲地回到家后，才发现自己竟然没有一件像样的外衣，甚至连如何出村、如何进城都不知道。直到这时，夫妻俩才感觉十分羞愧。

**寓 意**

所谓“生有涯而知无涯”，一个人只有不停地学习新知识、接触新事物，才能拓宽自己的眼界，提升自己的智慧。

## 刳马肝

出自《迂仙别记》，用来讽刺那些盲目听信他人，不知探究原委的人。

**原 文**

《迂仙别记》有语：

有客语马肝大毒，能杀人，故汉武帝云：“文成食马肝而死。”迂公适闻之，发笑曰：“客诳语[①]耳。肝固在马腹中，马何以不死？”客戏曰：“马无百年之寿，以有肝故也。”

公大悟，家有蓄马，便刳其肝，马立毙。公掷刀叹曰："信哉，毒也！去之尚不可活，况留肝乎？"

**释义**

① 诳语：欺骗之言。

**故事延伸**

从前有个叫迂公的人，为人十分蠢笨。不论别人说什么话，他总是很轻易地就相信，因此做出了许多令人发笑的事情。

有一天迂公去朋友家赴宴，席间为了活跃气氛，所有客人都随便说一些逸闻趣事来解闷。其中一个客人说道："马的肝脏有剧毒，能够使人中毒而死，因此汉武帝曾经说过文成将军吃马肝而死的事情。"迂公听后觉得十分可笑，于是便笑着反驳说："您这分明是在说假话吧？要知道，马的肝脏可是长在马肚子里的，如果真的有毒的话，那马为什么还能活着呢？"

这个客人也知道迂公是个蠢人，故意跟他开个玩笑，于是神秘兮兮地说："那您可曾见过能活到 100 岁的马吗？这就是因为肝脏之毒蓄积体内，导致它们无法长寿的原因啊！"听了这番解释，迂公顿时恍然大悟，心想："可不就是这么个道理么！"就在这时，迂公猛然想到自己家里也有一匹从小养到大的马，感情十分亲密，心中顿时一紧。他想："那匹马也有肝脏，这样岂不是很快就会中毒而死了吗？不行，我无论如何都要挽救它！"想到这里，迂公连满桌的丰盛酒菜都顾不上，向主人告辞后就急匆匆赶回了家。

回家之后，气喘吁吁的迂公顾不得休息，就匆忙跑到马厩牵出那匹心爱的马，拴在院里的树上。然后他又钻进厨房拿了一把刀，坐在一旁快速地磨了起来。这匹马与迂公相处多年，心有灵犀，看见主人如此卖力磨刀，顿时知道了他的意图。只见它用悲伤的目光盯着主人，发出阵阵哀鸣。迂公听后也十分难过，但他无论如何都不希望马被"毒死"，只得狠下心转过头去，唉声叹气地说："马儿马儿，你可千万不要怪我啊！

为了防止你被毒死，我只能用刀取出你的肝脏，你就暂且忍耐一下吧！”

等到磨好刀之后，迂公立即抓住马缰，朝着马腹一刀刺进去，把马肝挖了出来。就见这匹可怜的马长嘶一声，倒在地上抽搐了几下，很快就断了气。见到这一幕场景，迂公扔掉刀放声大哭，一边哭还一边说：“马肝果然带有剧毒啊！如今将它挖出来，马还是要死；要是留在肚子里，又该怎么办呢？”

**寓 意**

听到任何消息都不能急于相信，而是要仔细分辨其真假。轻信人言，冒失行动，不但不能取得实效，反而可能会造成巨大损失。

## 米从何来

出自《艾子杂说》，用来说明父母应重视对孩子的教育的问题。

**原 文**

《艾子杂说》有语：

齐有富人，家累千金，其二子甚愚。其父又不教之。一日，艾子谓其父曰：“君之子虽美，而不通世务。他日曷①能克其家？”父怒曰：“吾之子，敏而且恃多能，岂有不通世务耶？”艾子曰：“不须试之，但问君之子，所食者米，从何来？若知之，吾当妄言之罪。”父遂呼其子问之。其子嘻然笑曰：“吾岂不知此也，每以布囊取来。”其父愀然②改容曰：“子之愚甚也！彼米不是田中来？”艾子曰：“非其父不生其子。”

**释 义**

① 曷：通“何”，怎么。

② 愀然：不愉快的样子。

**故事延伸**

齐国有个特别有钱的人，他的家中有许多金银财宝、粮食布匹，生活十分优越。但美中不足的是，他们一家人都没有什么文化，十分孤陋寡闻。这个富人得子较晚，因此对两个孩子十分溺爱，总是把一切好的东西都留给他们。然而不论别人怎么劝，他就是不肯花钱去教他们读书写字，因此这两个孩子长大之后，还是不晓事理人情。

艾子正好与这个富人毗邻而居，于是有天便对他说："您虽然拥有常人一辈子都难以获得的财富，可这一切终究需要人来继承。如今您的两位公子虽然穿华服、吃美食，却都没有什么知识，也不懂得人情世故。这可怎么继承您的财富呢？"

听了艾子的话，富人顿时十分气愤，他不满地说："谁说我家儿子什么都不懂？在我看来，我的儿子又聪明又能干，附近十里八乡都没有比他们更聪明的了！"

艾子听了也不争辩，只是笑着对富人说："既然您这么认为，那不如让我来考考两位公子吧！您放心，我不会考他们什么太难的问题，只是想问下他们知不知道米是从哪里来的。假如他俩能够答出来，就算是我胡言乱语，我宁愿承担污蔑的罪名。您看如何？"

富人原本还打算得知问题后，就偷偷告诉儿子答案，可当他听到艾子只是要问这样一个简单的问题后，顿时就打消了念头。他想：这个问题根本就没什么难度嘛！于是他立即把两个儿子喊来，站在艾子跟前。艾子笑着问他们说："两位公子，请问你们是否知道，我们每天吃的米是从何而来？"

富翁的两个儿子听了也是一愣，心想：我以为是考我们什么了不得的问题呢，原来是这么简单的问题啊！米从何来？这不明摆着的事吗？于是他们嬉皮笑脸地说："我们怎么会连这种问题都不知道？米当然是从米缸里取出来的呀！"

富人原本十分得意，听了这个回答后顿时脸上一红，气急败坏地纠正他们说："你们两个笨蛋，简直是蠢到家了！米怎么是从米缸里来的，分明是从田里取来的啊！"

艾子看着父子三人的丑态，笑着摇摇头说："算了。真是有什么样的父亲，就会生出什么样的儿子。”

## 寓意

如果一味养尊处优，脱离实际生活，就很容易与社会脱节。因此为人父母者，绝不能仅仅在物质上满足孩子，更要重视他们的知识文化教育。

# 蓄豹捕鼠

出自《寓林折枝》，用来论述知人善任，物尽其用的道理。

## 原文

《寓林折枝》有语：

猗于皋闻尾勺氏畜豹，善捕兽，以双白碧易去，且肆筵召所与游者饮。出豹于庭而譝[①]其能。于是，冶金为绳，系之文罗，日割牲啖之。居无何，有硕鼠过宇下，急解豹嗾之，豹视若不见。猗于皋怒，詈之。他日，又有鼠过焉，猗于皋复纵之，豹遇鼠如初。猗于皋怒，鞭之，豹辄号。猗于皋愈鞭之，易以缧绁[②]，置之牛羊栈中，日哺以糟，豹丧欲哭。

猗于皋之友安期子佗闻之，诮[③]曰：“吾闻巨阙虽利，补履不如锥。绵绮虽丽，供碛不如尺布。文豹虽鸷，捕鼠不如狸狌。子何愚也？曷不用狸搦鼠而纵豹捕兽哉？”猗于皋说，如其言。未几，狸捕鼠且尽，豹获獐鹿麃麋以归，无算者。

## 释义

① 譝：赞誉。

② 缧绁：绳索。

③ 诮：责备。

## 故事延伸

猗于皋听说尾勺氏养了一头擅长捕猎的豹子，心中非常羡慕。他想，要是自己也有这样一头豹子，那该多么省心啊！于是他不惜以家中的一对上好玉璧为代价，从尾勺氏那里换来了这头豹子。

得到豹子后，猗于皋十分开心，他甚至特意大摆筵席，邀请朋友来喝酒庆贺，其实是向他们夸耀。酒过三巡之后，他立即把豹子牵到院子里让众人观看。只见这头豹子长得勇武凶悍，金黄色的皮毛闪闪发亮，又小又尖的耳朵直竖在头顶，两只眼睛光芒四射，四肢直而长，走起路来轻盈而矫健。猗于皋得意地向大家夸耀说："你们看看我这头豹子，多强壮、多勇猛！以它的身手，世间没有什么动物是它捕获不了的，我以后就全仰仗它了！"

出于喜爱，猗于皋特别为这头豹子打造了镀金的链条作为绳索，还给它系着条纹美丽的丝绸，每天都喂给它新鲜的家畜肉，比起一些达官贵人也不遑多让。猗于皋常常一边抚摸着豹子的脑袋喂东西给它吃，一边自言自语地说："豹子啊豹子，我如此厚待你，你可不要辜负了我的希望啊！哪一天，你才能对我有所回报呢？"

有一天，一只硕大的老鼠从房檐下跑过，猗于皋看见后吓了一跳，急忙跑过去解开豹子，叫它去扑咬老鼠。可令他大跌眼镜的是，豹子只是漫不经心地瞧了老鼠几眼，就又趴在一旁睡下了，完全将其置之不理。猗于皋见状非常生气，指着豹子大骂道："难道你忘了我是怎么对你的吗？竟然这样回报我！下次你再敢这样，我就不客气了！"

不久后，又有一只老鼠跑过，猗于皋再次命令豹子去扑，豹子却似乎忘了猗于皋的警告，仍旧无动于衷。猗于皋这次真的大动肝火，愤怒地取过鞭子狠狠地抽打豹子，边打边骂："你这没用的畜牲，只知道享乐，什么事也不愿做，枉我之前对你那么好！"豹子又痛又委屈，大声嗥叫着，用哀求的眼神看着猗于皋，好像是希望他体谅自己。可是怒火万丈的猗于皋根本不顾这些，反而更加用力地鞭打它，将豹子打得浑身是一条条血痕。不仅如此，气愤的猗于皋还用普通的绳索换下了镀金的链条，把豹子和牛羊关在一起，每天只给它酒糟吃。豹子每天沮丧得流泪，却又无可奈何。

猗于皋的朋友安期子佗听说之后，赶来责怪他说：“我听说巨阙宝剑虽然锋利，但补鞋却不如尖利的锥子；锦绣丝绸虽然漂亮，但用来洗脸却不如一尺粗布。花纹美丽的豹子虽然凶猛，但捉起老鼠来却不如猫。你怎么这样蠢，为什么不用猫去捉老鼠，放开豹子去捕捉野兽呢？”于是猗于皋便按照安期子佗的建议去做了。很快，猫就把家中的老鼠全部捉住，豹子也抓来了许多獐子、麋鹿、狍子一类的猎物，多得数都数不清。

**寓意**

每个人、每样事物都有其特定的用处，只有用对了地方，才能取得最佳的成果。

## 轮扁斫轮

出自《庄子·天道》，用来说明尽信书不如无书的道理。

**原文**

《庄子·天道》有语：

桓公读书于堂上，轮扁斫[1]轮于堂下，释椎凿而上，问桓公曰：“敢问：公之所读者，何言邪？”

公曰：“圣人之言也。”

曰：“圣人在乎？”

公曰：“已死矣。”

曰：“然则君之所读者，古人之糟粕已夫！”

桓公曰：“寡人读书，轮人安得议乎！有说[2]则可，无说则死！”

轮扁曰：“臣也以臣之事观之。斫轮，徐则甘而不固，疾则苦而不入，不徐不疾，得之于手而应于心，口不能言，有数存焉于其间。臣不能以喻臣之子，臣之子亦不能受之于臣，是以行年七十而老斫轮。古之人与其不可传也死矣，然则君之所读者，古人之糟粕已夫！”

**释 义**

① 斫：砍。

② 说：道理。

**故事延伸**

有天，齐桓公坐在大殿上读书，一个名叫扁的人蹲在堂下砍削车轮。每当读书读到妙处，齐桓公都会情不自禁地摇头晃脑、念念有词，十分陶醉。

扁看到桓公读书读得如此如痴如醉，心中觉得十分奇怪，于是他放下手中的锥子、凿子等工具，走到大殿上向齐桓公问道："请问大王，不知您所看的书上都写了些什么内容呢?"齐桓公摆出严肃庄重的模样，回答说："当然是圣人讲述的道理学问了。"扁又问："请问大王，您所说的这些圣人，今天还活着吗?"桓公说："当然早就不在人世了。"听到这里扁又说道："这么说来，大王您所读的书，也只不过是圣人留下了的糟粕罢了。"

原本正在兴头上的齐桓公听了，感到十分扫兴。他不高兴地对扁说："我在这里读圣贤之道，你一个做车轮的下人，也敢在这里胡说八道、大放厥词！既然你说典籍中的道理是糟粕，那就给我好好地解释一下为什么。如果你说的话有道理，我就放你一马；可你要是说不出个一二三来，我今天非要处死你不可！"

听了桓公的厉声恫吓，扁不紧不慢地回答说："大王您莫要生气，让我来解释给您听。我虽然不懂什么圣人的道理，却可以从自己的职业和经验体会，来说一说。就说我砍削车轮这件事吧：速度慢了，车轮就削得光滑但不坚固；动作快了，车轮就削得粗糙而不合规格。只有不快不慢，才能得心应手，制作出质量最好的车轮。由此看来，削车轮也有它的要点。可直到今天，我都只能从心里去体会，却难以用言语很清楚明白地讲授给我儿子听，因此我儿子便不能从我这里学到砍削车轮的真正技巧。所以我如今已经 70 岁了，还是只能亲自动手砍削车轮。由此来看，古代圣人心中许多只可意会、不可言传的知识精华已经随着他们去了，那么大王您今天所能读到的，当然只能是这些圣人们所留下的肤浅、粗略的东西了。”

**寓意**

书本知识虽然可贵，但如果不结合实践就很难彻底领悟。许多高深的智慧都需要通过社会实践才能领会到，因此理论应该联系实践。

## 营丘士好折难

出自《艾子杂说》，用来讽刺那些固执，喜欢无谓的争论的人。

**原文**

《艾子杂说》有语：

营丘士，性不通慧，每多事，好折难[①]而不中理。一日，造艾子问曰：“凡大车之下，与橐驼之项，多缀铃铎，其何故也？”艾子曰：“车、驼之为物甚大，且多夜行，忽狭路相逢，则难于回避，以借鸣声相闻，使预得回避尔。”营丘士曰：“佛塔之上，亦设铃铎，岂谓塔亦夜行而使相避邪？”艾子曰：“君不通事理，乃至如此！凡鸟鹊多托高以巢，粪秽狼藉，故塔之有铃，所以警鸟鹊也，岂以车驼比邪？”营丘士曰：“鹰、鹞之尾，亦设小铃，安有鸟鹊巢于鹰鹞之尾乎？”艾子大笑曰：“怪哉，君之不通也！夫鹰隼击物，或入林中，而绊足绦线，偶为木之所绾[②]，则振羽之际，铃声可寻而索也，岂谓防鸟鹊之巢乎？”营丘士曰：“吾尝见挽郎秉铎而歌，虽不究其理，今乃知恐为木枝绾，而便于寻索也！抑不知绾郎之足者，用皮乎？用线乎？”艾子愠而答曰：“挽郎乃死者之导也，为死人生前好诘难，故鼓铎以乐其尸耳！”

**释义**

① 折难：与人辩论。

② 绾：盘结。

**故事延伸**

营丘有一个读书人学问不大，好胜心却很强，不管遇到什么事都喜欢与人争论。

一天，这个读书人到艾子那儿去，好像是有事要请教艾子，其实却是刁难人。他问艾子说："凡是大车的车身下面和骆驼的脖子上，都系着铃铛，这是为什么呢?"

艾子回答说："大车和骆驼都是很大的，而又经常在夜间赶路。如果同时有两支车队或两队骆驼狭路相逢，就会难以回避而相撞。因此，给它们挂上铃铛正是为了在离得还较远时就互相给对方送个信，以便提前回避。"

不等艾子说完，那人又问："佛塔的顶端也挂着铃铛，可佛塔却是永远都固定在一定的地方，难道这也是为了在夜间行走时避免相撞吗？佛塔为什么也要挂上铃铛呢?"

艾子有点不高兴地说："你这个人真是死板。你没看到那些雀鸟总喜欢在高处筑巢吗？它们筑巢的地方总会撒下污秽不堪的粪便，在塔上挂着铃铛，雀鸟飞来时，铃铛便摇晃作响，这样，雀鸟就不敢来筑巢了。这和大车、骆驼挂铃铛完全是不相干的事。"

这个读书人好像很不知趣，他又问："猎鹰、鹞子的尾巴上也都带着小铃，这也是为了防止雀鸟在它们的尾巴上筑巢吗?"

艾子一听，"扑哧"一声笑了，说："看你也是个读书人，是故意装傻呢，还是真不开窍呢？猎鹰、鹞子捕捉鸟兽常常进入树林或灌木丛中，束脚的绳子有时被树枝挂住，挣脱不开，于是它们在振动翅膀时铃声就会响起来；而猎人听到铃声，就可以知道它们在哪里并找到它们。猎鹰、鹞子脚上系铃铛当然跟雀鸟筑巢也没有任何关系。"

读书人还不罢休，继续纠缠着问艾子："我见过那送葬的队伍，前面有个人总是摇着铃铛唱挽歌。我原先还不明白是为什么，现在才知道，原来是怕树枝缠住他的脚，以便让人们循着铃声好找到他呀！只是我还想问您，那个人脚上的带子是用皮条做的呢，还是用丝线编成的呢?"

艾子实在不耐烦了，生气地斥责读书人说："那个摇铃铛的人是死者的向导，因为这死者生前好狡辩、刁难人，实在难缠，所以才摇着铃铛让他的死尸感到快乐呀！”

**寓意**

有打破砂锅问到底的精神是好的，但如果不懂全面分析，只是抓住一点就钻牛角尖，很容易形成片面认知。

## 田饶事鲁哀公

出自《汉书》，真正的智者都是善于发现自己身边的贤才，而不是一味地舍近求远！

**原文**

《汉书》有语：

田饶事鲁哀公而不见察。田饶谓鲁哀公曰：“臣将去君而鸿鹄举矣。”哀公曰：“何谓也？”田饶曰：“君独不见夫鸡乎？头戴冠者，文也；足傅距者，武也；敌在前敢斗者，勇也；见食相呼，仁也；守夜不失时，信也。鸡虽有此五者，君犹曰瀹[①]而食之。何则？以其所从来近也。夫鸿鹄一举千里，止君园池，食君鱼鳖，啄君菽[②]粟；无此五者，君犹贵之，以其所从来远也。臣请鸿鹄举矣。”

哀公曰：“止！吾书子之言。”田饶曰：“臣闻食其食者不毁其器；荫其树者不折其枝。有士不用，何书其言为？”遂去之燕。

燕立以为相。三年，燕之政大平，国无盗贼。哀公闻之，慨然太息，为之避寝三月，抽损上服[③]，曰：“不慎其前而悔其后，何可复得。”

**释义**

① 瀹：煮。

② 菽：豆类。

③ 抽损上服：降低自己的享受标准。

## 故事延伸

有个叫田饶的人，在鲁哀公身边做事已经好几年了。可是鲁哀公并不了解田饶的远大志向，对他也十分冷淡。田饶感觉到自己的才智在鲁国根本无法施展，因此决意离开鲁哀公，到别的国家去谋求职位。

于是他主动找到鲁哀公说："我打算离开您，像鸿雁那样远走高飞。"

鲁哀公不明白田饶的意思，问道："你在这里不是很好吗？为什么突然要走呢？"

田饶说："大王您经常见到那雄鸡吧！你看它头上戴着大红的鸡冠，非常文雅；它双脚长有锋利的爪子，十分英武；它面对敌人时毫不畏惧、敢斗敢拼，格外勇敢；它看见食物时总是'咯咯'叫着招呼同伴们一起来享用，特别仁义；它还忠于职守，早起报时从不误事，极其守信。尽管雄鸡有着这么多长处，可是大王还是漫不经心地吩咐把它煮了吃掉。这是什么原因呢？因为雄鸡经常在您身边，您每天见惯了它，习以为常，它的光彩在大王眼里便黯然失色，大王感觉不到它的那些优点与才能。而那鸿雁从千里之外飞来，落在大王的水池边，它啄吃大王池中的鱼鳖；落在大王的田园里，毁坏大王的庄稼。鸿雁尽管没有雄鸡的那些长处，可是大王依然很器重鸿雁。这又是为什么呢？因为鸿雁是从遥远的地方来的，大王对它怀有一种新鲜感，它的一切作为，大王都认为是非常伟大的。所以，请大王让我也像鸿雁一样远走高飞吧。"

鲁哀公说："请你别走，我愿意把你说的这些话都记下来。"

田饶摇了摇头说："我听说吃别人食物的人，不毁坏他的器皿；靠树木遮阴的人，不折断树的枝条。您认为我平淡无奇，并不觉得留下我有什么大用，即使记下我的话，也不起什么作用。"于是田饶就离开鲁国前往燕国去了。

燕王让田饶做了相国，田饶从此有了施展自己治国安邦才能的舞台。三年以后，田饶把燕国治理得井井有条，国内富足安定，边境平安没有盗贼。田饶名声大振，燕王也十分满意。

鲁哀公知道了这些情况后，万分感叹，对当年没能留下田饶后悔莫及。为此，他独居三个月，深刻反省；又降低自己的衣食标准，以示自责。鲁哀公发自内心地慨叹道：“以前由于不能知人善任，才使得田饶离我而去，以致有今天的悔恨。真希望田饶能再回到我身边，可是，我知道已经很难了。”

**寓 意**

管理者总是容易忽略身边的人才，从而与许多优秀人才失之交臂。所以，管理者不能好高骛远，忽视有才能的下属，而是要努力发掘他们的长处，这才是智者的做法。

## 雄鸡断尾

出自《国语》，用来阐述智慧的管理者要重视和重用下属的道理。

**原 文**

《国语》有语：

景王既杀下门子。宾孟适郊，见雄鸡自断其尾，问之，侍者曰：“惮其牺[①]也。”遽归告王，曰：“吾见雄鸡自断其尾，而人曰‘惮其牺也’，吾以为信畜矣。人牺实难，己牺何害？抑其恶为人用也乎，则可也。人异于是。牺者，实用人也。”王弗应。田于巩，使公卿皆从，将杀单子，未克而崩。

**释 义**

① 牺：用作祭品。

**故事延伸**

周景王处死了麾下一个叫下门子的人。当时正好有一位游士来到国都，听说了这件事情。当他来到城郊时，突然看见有一只色彩斑斓的雄鸡啄断自己的尾羽，便询问这是怎么回事。仆役说：“那是怕被尊为祭祀用的供品。”听了仆人的这番话，游士似有所悟，当即入宫求见周景王。

见到景王，游士说："臣看见公鸡啄断自己的尾羽，人们说是'怕被尊为供品'，臣认为那是牲畜的本性。把外人像牺牲那样尊宠，确实会留下祸患，但把自己的臣子像牺牲那样尊宠又有什么不可以的呢？牲畜大概是讨厌为人所用才那么做，那倒也罢了；但身为臣子却都渴望能得到君王的重用，与牲畜在这一点上是不同的啊！所谓像牺牲那样尊宠，就是要重视臣子、重用臣子啊！"然而景王听了这番话后，丝毫没有动容。

不久后景王到巩去狩猎，命令大臣们都一起参加，打算趁那个时候杀掉单穆公。但这次他还没来得及动手，就突然发病死了。

**寓意**

对于管理者来说，不信任和重用下属，必然会导致他们离心离德。

## 善呼者

出自《淮南子·道应训》，用来说明任何一种技艺都是有用的。

**原文**

《淮南子·道应训》有语：

公孙龙在赵之时，谓弟子曰："人而无能者，龙不能与游。"有客衣褐带索而见曰："臣能呼。"公孙龙顾谓弟子曰："门下故有能呼者乎？"对曰："无有。"公孙龙曰："与之弟子籍①！"后数日，往说燕王。至于河上，而航在一汜②。使善呼者呼之，一呼而航来。

**释义**

① 籍：身份。

② 汜：通"涘"，河岸。

**故事延伸**

公孙龙门下有不少弟子，个个都身怀技艺。公孙龙在赵国的时候，曾对他的弟子们说："我喜欢有学识、有本领的人，没有本领的人，我是不会收留的。”

有个人听说之后便前来求见，要求公孙龙收他做弟子。公孙龙见那人相貌平平，粗布衣帽，便问：“我不结交没有本领的人，不知你有什么本领。”

那人说：“我有一副好嗓子，能喊出很大的声音，人即使离得很远也能听到。”

公孙龙于是回头问他的弟子们：“你们中间有没有喊声很大的人？”

弟子们面面相觑，说：“没有。”

于是公孙龙把那人留下来。可是，他的弟子们却都暗自发笑。他们都想：喊声大又算什么本领，派得上什么用场呢？老师是斯文人，难道要找个一天到晚替自己吵架、吼叫的人吗？

不久，公孙龙到燕国去见燕王，途中却被一条很宽的大河阻挡。河的这头没有任何船只，只有对岸停着一只小船，距离他们很远很远。

公孙龙马上吩咐那个刚收的大嗓门弟子去喊船。那弟子双手合成喇叭状，放开嗓子大喊一声：“喂……要船啦……”喊声如洪钟，直达对岸，那对岸船上的艄公很快就听到并站起身来，朝着他们划了过来。公孙龙一行人上了船，原先那些不以为然的弟子这才深深佩服起老师及那位新来的同门。

**寓意**

任何技能都能在某些关键时刻发挥作用，因此，要做一个有智慧的人，就该重视身边每一个有一技之长的人。

## 猎鹰擒鹏

出自《幽明录》，用来说明要善于发现他人的长处。

**原文**

《幽明录》有语：

楚文王少时好猎。有人献一鹰。文王见之，爪距利，殊绝常鹰。

故文王猎于云梦，置网云布，烟烧张天。毛群羽族，争噬竞搏；此鹰轩颈瞪目，无搏噬之志。王曰："吾鹰所获以百数，汝鹰曾无奋意，将欺余邪?"献者曰："若效于雉兔，臣岂敢献。"俄而，云际有一物翔，不辨其形。鹰遂竦翮[1]而升，矗若飞电。须臾，羽堕如雪，血下如雨。有大鸟坠地，度其两翅，广数十里。众莫能识。时有博物君子曰："此大鹏雏也。"文王乃厚赏之。

**释 义**

① 竦翮：张开翅膀。

**故事延伸**

楚文王年轻时，特别喜欢打猎。一天，有人献给他一只猎鹰。这只猎鹰体态矫健，浑身的羽毛光滑油亮，脚爪十分锋利，模样十分威武神骏。楚文王很高兴，于是就带着它到云梦泽去打猎。

楚文王叫人挖下许多陷阱，又布下了大量的夹子和罗网，然后下令放火烧荒。一时间，浓烟滚滚，火光冲天，大小飞禽走兽争相奔逃。这时，其他猎鹰纷纷竖起颈上的羽毛，拍打着双翅，竞相冲出去捕捉猎物。但不知为什么，这只刚被献上的猎鹰却伸着脖子，瞪着眼睛漠然地瞧着眼前这一切，一点也没有准备去搏击的意思。

楚文王责备献鹰人说："其他的鹰已经捕获了很多猎物，只有你献的这只鹰寸功未立。你好大的胆子，竟敢拿这种下等的蠢物来欺骗我，真是太不像话了！"

献鹰的人辩解说："这只鹰如果只有捕捉野兔、山鸡之类猎物的能耐，那我怎么敢把它献给大王呢？请您耐心地等待吧。"

不久后，云雾中有一道洁白的身影一闪而逝，速度奇快，看不清形状。只见那只猎鹰双眼光芒四射，展翅如一道闪电般冲向天空，瞬间就消失在人们的视线以外。

过了一会儿，天空中下起了大雪。人们定睛细看，才发现是一片片洁白的羽毛。然后，一股股红的鲜血像雨一般倾注下来，大家都被这奇观惊呆了。最后，一只硕大的鸟掉落下来，两翅盖住了大片土地，粗粗一量，竟然有十几里宽。

大家一时都不认识它究竟是什么鸟，有一位博学多识的人终于认了出来，对楚文王说：“这就是大鹏啊！”楚文王大喜，于是重重赏赐了那个献鹰的人。

**寓　意**

许多人看起来似乎很普通，其实却身怀高超的技艺，只有到了关键时刻，才能展现出不凡之处。因此我们要善于发现别人的长处，不可因一时的平庸表现轻下定论。

## 田巴居于稷下

出自《艾子杂说》，用来阐明世间总有比自己更优秀和更智慧的人，因此不能自大。

**原　文**

《艾子杂说》有语：

田巴居于稷下，是三皇而非五帝，一日屈千人，其辩无能穷之者。弟子禽滑厘出，逢嬖媪，揖而问曰：“子非田巴之徒乎？宜得巴之辩也。媪有大疑，愿质于子。”滑厘曰：“媪姑言之，可能折其理。”媪曰：“马鬃生向上而短，马尾生向下而长，其故何也？”滑厘笑曰：“此殆易晓事，马鬃上抢，其势逆而强，故天使之短；马尾下垂，势顺而逊，故天以之长。”媪曰：“然则人之发上抢，逆也，何以长？须下垂，顺也，何以短？”滑厘茫然自失，乃曰：“吾学未足以臻此，当归咨师，媪幸专留此，以须我还，其有以奉酬①。”即入见田巴曰：“适出，嬖媪问以鬃尾长短，弟子以逆顺之理答之，如何？”曰：“甚善。”滑厘曰：“然则媪申之以须顺为短，发逆而长，则弟子无以对，愿先生折之。媪方坐门以俟，期以余教诏之。”巴俛首久之，乃以行呼滑厘曰：“禽大禽大，幸自无事也，省可出入。”

**释义**

① 奉酬：酬答。

**故事延伸**

田巴居住在稷下，称颂三皇而否定五帝，一天之内使千人屈服，没有一个人说得过他。他的弟子禽滑厘出门，遇到一位妇人向他作揖并问道："您不是田巴的弟子吗，想必得到了田巴辩论的真传吧？我有个大的疑问，想向您请教。"滑厘说："你且说出来让我听听。"

妇人道："马的鬃毛向上生长并且短，马的尾巴向下生长并且长，这是什么原因呢？"滑厘笑着说："这还不简单吗？马的鬃毛向上是逆势争强，所以上天使它短；马尾巴下垂，顺势谦逊，所以上天使它长。"

妇人又说："但是人的头发向上争强，明明是逆势，怎么就长呢？胡须下垂，明明是顺啊，为何却短呢？"滑厘顿时被噎得说不出话，怅然若失了半天，最后只得说："我的学问还有限，这就回去问老师，请你留在这里，等我回来再告诉你。"

于是，滑厘便来到老师家，求见田巴说："刚才出去，有位妇人问鬃毛尾毛长短的问题，弟子我以顺势逆势的道理回答她，怎么样？"田巴道："很好。"滑厘说："但是那妇人又引申到胡须顺势却短，头发逆势却长，这我又该如何回答呢？现在那位妇人还在门口，等着先生您去教诲她呢！"田巴低头想了很久很久，始终没能想出答案，只得无奈地对滑厘说："禽老大啊禽老大！如果没什么事，你以后就少出门吧！"

**寓意**

一山更比一山高，强中自有强中手。即便自己学识再丰富、头脑再智慧，也会有无法解决的难题，因此做人应当谦虚，不可妄自尊大。

# 二人有疾

出自《列子·汤问》，用来阐述真正的智者应当善于取人之长，向他人学习。

## 原文

《列子·汤问》有语：

鲁公扈、赵齐婴二人有疾，同请扁鹊求治。扁鹊治之。既同愈。谓公扈、齐婴曰：“汝曩之所疾，自外而干府藏者，固药石之所已。今有偕生之疾，与体偕长，今为汝攻之，何如？”二人曰：“愿先闻其验[①]。”扁鹊谓公扈曰：“汝志强而气弱，故足于谋而寡于断。齐婴志弱而气强，故少于虑而伤于专。若换汝之心，则均于善矣。”扁鹊遂饮二人毒酒[②]，迷死三日，剖胸探心，易而置之；投以神药，既悟如初。

## 释义

① 验：征兆。

② 毒酒：用作麻醉剂的药酒。

## 故事延伸

鲁国的公扈和赵国的齐婴这两个人患有疾病，一同去请求名医扁鹊治疗。疾病治愈以后，扁鹊对两人说：“你们先前得的这种疾病，是由外界病源侵扰腑脏所造成，本来就是药物和针石可以治愈的。现在你们还有先天的疾病，同身体一道生长，请让我替你们根治，怎么样？”

公扈和齐婴说：“请您先为我们讲一下这种病的症状。”扁鹊对公扈说：“你志强而气弱，所以善于谋虑，但缺乏决断。齐婴则志弱而气强，因此缺乏谋虑而过于专断。如果把你俩的心对换一下，那就都得到好处啦！”等到两人同意后，扁鹊就给他们灌下麻药，使他们昏迷三天；接着剖开胸膛、取出心脏，互相置换；然后再给他们服用一种神奇的药。两人醒来以后就像以前一样健康。

可是，由于心已互换，结果公扈就回到了齐婴的家，而齐婴则回到了公扈的家。这两家的老婆孩子都不认识回家的人，于是都发生了争吵。公扈、齐婴没有办法，只好请扁鹊出面解释。扁鹊就把事情的原委告诉了这两家人，这样才使争吵得以平息。

**寓 意**

懂得取他人之长来补个人之短，才能使自己更为优秀和完美。

## 鲍君

出自《太平广记》，用来说明遇事要善于深入思考，不应该迷信鬼神之说。

**原 文**

《太平广记》有语：

昔有人设罝①以捕獐，得而未觉。有行人窃取之，犹念不仁，乃以鲍鱼②置罝中而去。本主来，于罝中得鲍鱼，怪之以为神，不敢持归。于是置屋立庙，号为鲍君。后多奉之者，病或有偶愈者，谓有神。积七八年，鲍鱼主过庙下，问其故，人具为说。乃曰："此是我鲍鱼，何神之有？"于是乃息。

**释 义**

① 罝：捉兔子的网，泛指捕野兽的网。

② 鲍鱼：用盐腌渍的鱼。

**故事延伸**

有一个人在打猎时，捉到了一头麋鹿。但他只是把麋鹿拴在一棵树下，就自个儿砍柴去了。

这时，有一个人从这附近经过，看见了这只被拴着的麋鹿。眼见周围没有人，他就把麋鹿牵走了。但他又觉得有些过意不去，就另外留了一大块咸鱼干，放在原地作为补偿。

过了一会儿，打柴的人回到这里，发现拴在树旁的麋鹿变成了一块咸鱼干，觉得非常奇怪。他想，刚才一定是神灵显现了，于是他匆匆赶回村子里，把这件事告诉了所有人。

听说神灵显灵之后，人们纷纷跑到这棵树下祈福消灾，后来又凑钱建了一座庙，将咸鱼干供奉在里面，并称它为“鲍君神”。从此，“鲍君神”庙内人来人往、香火旺盛，方圆几百里内都有来求神求签的人。

几年后，当初牵走鹿的人再次经过这里，看到此地热闹非凡，便下车打听原因。有人向他详细讲了“鲍君神”的神奇来历。

这个人听后，不禁大笑道：“那些咸鱼干是我留下的！哪来的什么鲍君神呢？真是太可笑了！”

庙里正在虔诚祈祷的人们听说后，个个哭笑不得。从此以后，再也没人来拜这个“鲍君神”了。渐渐地，庙的四周长满了野草。又过了数年，这座庙也破旧倒塌了。

**寓　意**

遇事应该冷静思考，反思其中原因和道理，做出正确的判断。

## 治天下如运掌

出自《列子·杨朱》，用来说明有智慧的人不必事事皆通，而是要抓住重点。

**原　文**

《列子·杨朱》有语：

杨朱见梁王，言治天下如运诸掌。梁王曰：“先生有一妻一妾而不能治；三亩之园而不能芸，而言治天下如运诸掌，何也？”对曰：“诚有之。君见其牧羊者乎？百羊而群，使五尺童子荷箠而随之，欲东而东，欲西而西。使尧牵一羊，舜荷箠而随之，则不能前矣。”

“且臣闻之：‘吞舟之鱼，不游枝流；鸿鹄高飞，不集洿[1]池。’何则？其极远也。黄钟大吕，不可从烦奏之舞，何则？其音疏也。将治大者不治细，成大功者不成小，此之谓矣。”

**释 义**

① 洿：停积不流的水。

**故事延伸**

有一次，杨朱前去拜见梁惠王，自称治理天下就像在手掌中玩弄东西一样容易。梁惠王听后哈哈大笑，说：“先生您自己家里有一妻一妾，都管教不好；三亩菜园里的草也锄不过来，却说治理天下像在手掌中玩弄东西一样容易，寡人实在是难以信服啊！”

杨朱听后毫不脸红，恭敬地回答说：“大王您见过牧羊人吗？上百头的羊群，只需要让一个五尺高的孩童提着鞭子跟在后面，就可以自如地指挥它们，让它们向东就向东，让它们朝西就朝西。可若是让尧牵一头羊走在前面，让舜提着鞭子跟在后面，只怕连走一步都成问题啊！”

紧接着他又说：“我还听说，‘能吞下船只的大鱼，不在江河的支流里漫游；高飞长空的鸿雁，不在死水塘里停落。’为什么？因为它们的志向极其远大。黄钟大吕的音律不能为节奏太快的舞蹈伴奏，为什么？因为它们的声音十分舒缓。将要治理大事的人不去做小事，成就大功的人不纠缠小功，也是一样的道理啊！”

梁惠王听得频频点头。

**寓 意**

人并不一定要精通所有的事，正如志在扫天下者，不必执着于扫一屋，只要能够做好自己的本职工作，就已经十分可贵了。

# 莫知为丑

出自《贤奕编》，用来讽刺那些自身有问题却不知反省的人。

## 原文

《贤奕编》有语：

南岐在秦蜀山谷中，其水甘而不良，凡饮之者辄病瘿①，故其地之民无一人无瘿者。及见外人至，则群小妇人聚观而笑之，曰：“异哉，人之颈也，焦②而不吾类。”外方人曰：“尔之累然凸出于颈者，瘿病也，不求善药去尔病，反以吾颈为焦耶？”笑者曰：“吾乡之人皆然，焉用去乎哉？”终莫知其为丑。

## 释义

① 病瘿：大脖子病。

② 焦：干枯，这里指人的脖子细。

## 故事延伸

在秦蜀之地的连绵大山中，有一个叫南岐的地方。那里的水喝起来有点甜，但水质不好，如果常年饮用这种水，人的脖子上会长出一个大包。而南岐之地的居民本就偏居一地，不与外界接触，所以这里的居民，没有一个不是患有这种大脖子病的。

一天，有个外地人跋涉千里来到南岐，这可是南岐的一件新鲜事。得知有外人来到后，一群妇女和儿童便都好奇地围着他看，越看越觉得滑稽。他们讥笑这个外地人说：“你的脖颈怎么这么奇怪啊，干瘦干瘦的，一点也不像我们。”

外地人回答说：“你们脖子上的那个大肿块，其实是一种瘿病，俗称‘大脖子病’，是因为你们这里的水质不好所引起的。你们为什么不去找药治病，反而嘲笑我的脖子干瘦呢？”

南岐人听后却不以为意，对外地人说："我们这里的人都是这样的大脖子，哪里用得着把肿块除掉呢?"

南岐人始终不明白脖子上有肿块是一种病，是丑陋的。

**寓意**

自身有错却不自知，反而对他人的正确意见不以为意、大肆嘲讽，这样是无法解决问题的。

## 卫人嫁子

出自《韩非子·说林上》，用来说明父母对子女的影响。

**原文**

《韩非子·说林上》有语：

卫人嫁其子，而教之曰："必私积聚[1]！为妇人而出，常也；其成居，幸也。"

其子因私积聚，其姑以为多私而出之。其子所以反者，倍其所以嫁。其父不自罪于教子非也，而自知其益富。

**释义**

① 私积聚：攒私房钱。

**故事延伸**

从前，有个卫国人的女儿到了婚嫁的年龄，于是这人便为女儿找了一户婆家。在女儿出嫁当天，这人偷偷拉着女儿嘱咐说："等你嫁入婆家后，一定要记得多攒些私房钱。"

女儿感到不解。于是这人又"苦口婆心"地解释说："你不懂，现在的婆家人心淡漠，做了人家儿媳之后又被抛弃回娘家的例子，实在是太多了！反倒是夫妻两人白头偕老、相敬如宾的，却十分少见。"女儿点点头，记下了父亲的这番嘱咐。

嫁到婆家后，这位女儿受到婆家一家人的关怀，可她还是牢记着父亲的话，拼命地积攒私房钱，以至连婆家的利益都不顾了。随着她的疯狂积攒，婆家对她的态度也逐渐变化，到了最后终于再也无法忍受。婆婆认为自己的儿媳私心太重，必然不能持家，于是便把她赶回娘家，此时这个女儿带回的钱财，竟比出嫁时带的嫁妆还要多出一倍！

女儿被休回家之后，她的父亲见到这些钱财，乐得合不拢嘴。他不仅不责怪自己教女不当，反而自以为聪明，认为这是发家致富的不二法门。

**寓　意**

教育子女如果不当，很有可能会对他们将来的人生造成巨大的负面影响。因此为人父母者应当以身作则，以德为本、行事正派，这样才能让子女少走弯路。

## 穆王八骏

出自《郁离子》，用来说明不应以出身去评判一个人的才能或智慧。

**原　文**

《郁离子》有语：

穆天子得八骏以造王母，归而伐徐偃王，灭之。乃立天闲、内、外之厩。八骏居天闲，食粟日石；其次乘居内厩，食粟日八斗；又次居外厩，食粟日六斗；其不企是选者为散马，散马日食粟五斗；又下者为民马，弗齿于官牧。以造父为司马，故天下之马无遗良。而上下其食者，莫不甘心焉。

穆王崩，造父卒，八骏死，马之良驽莫能差，然后以产区焉。故冀之北土纯色者为上乘，居天闲，以驾王之乘舆；其尨[①]为中乘，居内厩，以备乘舆之阙，戎事用之；冀及济河以北，居外厩，诸侯及王之公卿大夫及使于四方者用之；江淮以南为散马，以递传、服百役，大事弗任也。其士食亦视马高下，如造父之旧。

及夷王之季年，盗起。内厩之马当服戎事，则皆饱而骄，闻钲鼓而辟易，望旆而走。乃参以外厩。二厩之士不相能。内厩曰："我乘舆之骖服也。"外厩曰："尔食多而用寡，其奚以先我？"争而闻于王，王及大臣皆右内厩。既而与盗遇，外厩先，盗北。内厩又先，上以为功。于是外厩之士马俱懈。盗乘而攻之，内厩先奔，外厩视而弗救，亦奔。马之高足骧首者尽没。

王大惧，乃命出天闲之马。天闲之马实素习吉行，乃言于王而召散马。散马之士曰："戎事尚力，食充则力强。今食之倍者且不克荷，吾侪力少而恒劳，惧弗肩也。"王内省而惭，慰而遣之，且命与天闲同其食，而廪粟不继，虚名而已。

于是四马之足交于野，望粟而取。农不得植，其老羸皆殍，而其壮皆逸入于盗，马如之。王无马，不能师，天下萧然。

**释义**

① 厖：通"龙"，杂；乱。此指杂色。

**故事延伸**

周穆王得到八匹骏马，在造访西王母的归途中，又消灭了徐偃王。于是他建造了天闲、内和外三种马厩。其中八骏养在天闲，每天喂粮一石；其次的骏马养在内厩，每天喂粮八斗；再次的骏马养在外厩，每天喂粮六斗；其他不能入选的散马每天喂粮五斗；更下等的民马则排除在官马之列，由造父来管理。因此天下的好马没有漏掉一匹，而且各等级的马匹没有不心甘情愿接受的。

等到穆王驾崩、造父辞世、八骏老死，后来的执政者不懂马的好坏，只能以产地来分别了。其中，河北以北毛色纯净的马为上品，养在天闲，用来给天子拉车；毛色错杂的作为二等，养在内厩，作为天子车驾的备选和打仗之用；河北和济河以北出产的马，养在外厩，给诸侯、天子的公卿大夫还有出使四方的使者使用；江南以南出产的马作为散马，用来作邮递和服各种劳役之用，重要的事情不会用它们。马的饲养者也依照马的等级，按照造父定的标准执行。

周夷王时天下盗贼四起，内厩的马本该上战场，可它们早就吃饱了，骄纵惯了，到了军中一听到号令，吓得望着旗子就跑。官员只得以外厩的马填补，但两个马厩的人反而生出矛盾。内厩的人说：“我是给天子服务的。”外厩的人说：“你待遇好却没能力，凭什么比我高？”争吵声传到天子耳朵里，天子和大臣都偏袒内厩。不久遇到盗贼，外厩先交战，等取胜之后胜利果实又被内厩的人占据。此后外厩的人和马都懈怠了，强盗乘机进攻，内厩败退，外厩也不去救援，那些高头大马全成了人家的战利品。

天子吓坏了，赶紧命令天闲里的马出战。可天闲的马却只能拉车无法打仗，于是又派了散马出战。散马的饲养者说：“打仗靠的是力气，吃饱了才能力气强；现在吃得好的干不了事，我们力气小又总是很劳苦，恐怕无法承担重任。”天子感到很惭愧，便安慰他们并许诺以天闲的待遇，可是供应却不能满足，终究只是个虚名。

于是四种马的御者在野外四处乱窜，看见粮食就抢，以致农民无法耕种，老弱之人全都饿死。而那些壮健的人都沦为了盗贼，连马都跟过去了。天子没有马，也就无法组织军队，天下就此陷入混乱。

**寓意**

才干与出身并无必然联系，一味地以出身为标准，又怎能真正做到举贤用贤呢？

## 鳖笑夔

出自《郁离子》，用来讽刺那些妄自尊大，不懂反省，一味地嘲笑别人的人。

**原文**

《郁离子》有语：

东海之若游于青渚，禺疆会焉，介鳞之从者以班见[①]。夔出，鳖延颈而笑，夔曰：“尔何笑？”鳖曰：“吾笑尔之跷跃，而忧尔之踣也。”

夔曰："我之跷跃，不犹尔之蹡踧乎？且我之用一而尔用四，四犹不尔持也，而笑我乎？故跂之则羸其骭②，曳之则毁其腹，终日匍匐，所行几许？尔胡不自忧而忧我也！"

**释义**

① 班见：列班朝见。

② 骭：小腿骨。

**故事延伸**

越王勾践经过十年卧薪尝胆，终于将吴国灭亡，吴王夫差也因羞愤而自杀。取得胜利后，勾践在宫殿内大宴群臣，并嘲笑吴王夫差之所以会败亡，全是他听信谗言，杀死了伍子胥的缘故。当时群臣还未答话，大夫子余就站起身来，讲了这样一个故事：

"东海之神名叫若，北海之神名叫禺疆。有一次两人会面，海中凡是长壳或披鳞的水族之臣，都跟随着他们两人，排班站队一样晋见。等到一条腿的夔出现后，鳖就伸着脖子笑话它。夔问它说：'你为何发笑？'王八说：'我笑你那一条腿蹦跶的样子，实在是滑稽啊！说实话，我真担心你走着走着不小心，就会摔个嘴啃泥了！'夔听后不屑地说：'我虽然只能一条腿走路，但不比你那歪歪斜斜的样子强吗？再说了，我只用一条腿，而你却用四条腿，四个还不如我一个，还有什么嘲笑我的资本？因为跳跃会增加小腿的负担，趴在地上爬则会损伤腹部，你就只能整天趴在地上，总共又能走多远呢？你不忧虑自己的情况，还来替我多操心，实在是可笑至极啊！'现在我国虽然取胜，可大夫范蠡却被您逼走，大夫文种更被您亲手赐死，天下的贤士得知后都扭过头去不肯往南边看，以至于如今越国的人才愈发凋零了。臣下我担心要不了多久，就该轮到其余诸侯们嘲笑我们越国了啊！"

勾践听后无言以对。

**寓意**

嘲笑别人之前，最好还是先掂量一下自己是什么情况，搞不好自己也只是五十步笑百步而已。

## 无支祈与河伯斗

出自《郁离子》，用来说明做任何事都贵在专注、专一，集中力量更容易成功。

### 原 文

《郁离子》有语：

无支祈①与河伯斗，以天吴为元帅，相抑氏副之，江疑乘云，列缺御雷，泰逢起风，薄号行雨，蛟、鼍、鳄、鲅激波涛，而前驱者三百朋，遂北至于碣石，东及吕梁。

河伯大骇欲走，灵姑胥止之，曰："不如且战，不捷而走未晚也。"乃谋元帅。灵姑胥曰："赑屃可。"河伯曰："天吴八首八足，而相抑氏九头，实佐之；雷、风、雨、云之神，各专其能，以卫中坚；蛟、鼍、鳄、鲅，莫不尾剑口凿，鳞锋鬣锷，掉首摧山，揵鬣倒渊，而岂赑屃所敢当哉？"灵姑胥曰："此臣之所以举赑屃也。夫将以一身统三军者也。三军之耳目齐于一人，故耳齐则聪，目齐则明，心齐则一。万夫一力，天下无敌。今天吴之头八，而副之者又九其头。臣闻：人心之神，聚于耳目，目多则视惑，耳多则听惑。今以二将之心而御其耳目六十有八，则已不能无惑矣。加以云雷风雨之师，各负其能，而毕欲逞焉②，其孰能一之？故惟赑屃为足以当之。赑屃之冥冥，不可以智诱威胁而谋激也，而其志有必至，破之必矣。"

乃使赑屃帅九夔以伐之，大捷，故曰：众志之参疑，不如一心之独决也。

### 释 义

① 无支祈：淮水水神名。下文的河伯、天吴、相抑氏、江疑等均为传说中的神。

② 毕欲逞焉：都想逞能。

## 故事延伸

淮河水神无支祈和黄河水神河伯打仗，派天吴做元帅，相抑氏当副手。山神江疑乘云，雷神列缺带着雷电，人身虎尾的风神泰逢吹起风，雨师蓱号则降下暴雨。蛟龙、猪婆龙、鳄鱼、鲮鱼等，激起波涛做先锋的，有三百多群。他们的阵势向北直抵河北昌黎，向东直达山东吕梁河。

看到对方的阵势如此浩大，河伯吓得不轻，当即打算开溜，姑苏山神灵姑胥赶紧出面制止了他，说："战事还不至于太糟糕，您不如先打一场，赢不了再逃跑也不晚啊！"河伯采纳了这个建议，于是又商量谁当元帅。灵姑胥说："那个驮石碑的赑屃可以。"河伯一听就急了，说："仅仅天吴一个人就有八个头八只脚，而给他做副手的相抑氏更有九个头；雷风雨云的神各自有自己的专长用来护卫中军；龙、鳄、鲮没有不是剑一般的尾凿子一样的嘴，鳞片锋利鳍如刀刃，甩动头可以摧毁山，举起鳍能够搅翻深渊。这又岂是赑屃所能抵挡得的？"灵姑胥说："这正是臣下之所以推荐赑屃的原因呀！作为将领，是要以一人统领三军的。三军的耳目，要集中在一个人身上，因为听到的情况集中则清楚，看到的情况集中则明白，心思集中则统一。万人的力量集中，天下都不是敌手。如今天吴的脑袋有八个，帮助他的副手又长着九个头。我听说：'人的神志聚集于耳目。眼睛多就会看得糊涂，耳朵多就会听得糊涂。'现在两个将领的心思要统管的耳目达68个，这已经不能不糊涂了。再加上风雨雷电的部队，各自标榜自己，还都想逞能，这谁能指挥得了？因此只有赑屃可以阻挡它们。赑屃生性专注精诚，不会被利诱威胁动摇，因而它的意志很坚定，是一定会打败它们的！"

河伯认为灵姑胥说得有道理，于是就派笨拙的赑屃带领九只一条腿的夔迎战，最终果然打了大胜仗。

## 寓 意

做事的时候如果不能万众一心、集中精力，即便人数再多、声势再大，也不会成功。

# 犁冥得宝

出自《郁离子》，用来劝喻人们要听取他人的意见或建议，切勿盲目地自信。

## 原文

《郁离子》有语：

犁冥之粱父之山，得玛瑙焉，以为美玉而售之。人曰：“是玛瑙也，石之似玉者也。若以玉价售，徒贻人笑，且卒不克售，胡不实之①？虽不足尔欲，售矣。”弗信，则抱而入海，将之燕，适海有怪涛，舟师大怖，遍索于舟之人曰：“是必舟有宝，而龙欲之耳。有则亟献之，无惜，惜胥没矣。”犁冥拊膺而哭，问其故，曰：“余实有重宝，今将献之，不能不悲耳。”索而视之，玛瑙也。舟师哑然，忘其怖而笑曰：“龙宫无子，不能识此宝也。”

## 释义

① 胡不实之：为什么不以实际价值出售。

## 故事延伸

从前，有个叫犁冥的人在粱父山，得到了一块玛瑙，他误以为这是一块美玉。他把这块玛瑙拿到集市上，以宝玉的价格叫卖。有识货的人见了就说：“你拿的东西叫作玛瑙，只不过是一种比较像玉的石头罢了。你要是以玉的价格来卖，不但卖不出去，还会被人们当作笑话呢！你为什么不按它实际的价值出售？这样就算无法满足你的希望，但毕竟还是能卖到一笔钱的。”

可是犁冥却不肯相信，眼见集市上无人肯买，干脆带着玛瑙乘船出海，打算前往燕国。但在半途上，船只碰上海里翻卷巨浪，水手们都吓坏了。他们挨个问船上的人说：“咱们这船上肯定有宝贝，龙王想得到它。谁有就赶紧献出来别吝惜，吝惜的话全船就都沉没了。”犁冥听了后捶胸大哭，一个水手感到奇怪，就问他怎么回事儿。犁冥哭着说：“我确实携带了贵重的宝贝，现在要献出来，怎能不悲痛啊！”说着，他郑重其事地从怀中掏出了那块玛瑙。

那个水手虽然惊惧，却还是被逗得乐了，忘了身处险境的恐惧而笑着说：“可惜龙宫里没有你这类‘人才’，认不得这种宝贝啊！”

**寓　意**

明明自己有错，即便众人劝说仍然不肯醒悟。这样做是不明智的。

## 蒙人遇虎

出自《郁离子》，用来说明凡事不要拘泥表面、不辨实情。

**原　文**

《郁离子》有语：

蒙人衣[1]以狻猊[2]之皮以适圹[3]，虎见之而走。谓虎畏己也，返而矜[4]，有大志。明日，服狐裘而往，复与虎遇。虎立而睨之。怒其不走也，叱之，为虎所食。

**释　义**

① 衣：穿着。

② 狻猊：狮子。

③ 圹：野外。

④ 矜：骄傲。

**故事延伸**

蒙地有个猎人善于打猎，家里各种各样的兽皮都有。有一天他外出办事，为了御寒就随手披了一张狮子皮，然后匆匆出门。

到了野外，蒙人越走越觉得不对劲，果然就在此时，一阵惊天虎啸传来；紧接着，一只吊睛白额大虎就从草丛里扑了出来。由于这次本不是打猎，蒙人并没有带什么弓箭，因此他觉得自己死定了。想到这里，他干脆放弃了逃跑，只是闭着眼睛站在原地，等待老虎前来吃掉自己。

那只老虎早已饥肠辘辘，看到有东西上前，出于本能就想往上扑；可它却突然发现那东西一动不动地站在那里，仿佛等着自己过去。老虎仔细看了看，才发现是一只狮子，想了想觉得可能打不过，于是便灰溜溜地逃走了。

蒙人在原地站了半天，还不见老虎来吃他，睁开眼一看，却发现老虎夹着尾巴仓皇逃走，他不由得愣住了。想来想去，他觉得老虎一定是知道自己善于打猎，这才吓得逃走了。想到这里，蒙人非常得意，完全忘记了自己身上披着的狮子皮。他得意扬扬地回到家，见到邻居就夸耀说：“连老虎都知道我是打猎的好手，见到我就吓得逃走了！”

又过了几天，蒙人又要外出，这一次他又随手拿过一张狐皮披在身上。像上次一样，他很快就又遇到了老虎。想到上次的经历，蒙人非但没有害怕，反而大摇大摆地走了过去。老虎定睛一看，原来是只不知死活的狐狸，连扑都懒得扑，就站在原地斜着眼睛，等着他走过来。蒙人见老虎没有动静，便快速走到它面前，怒斥着说：“畜牲，见了我还不滚开，当心我扒了你的皮……”还没等他骂完，老虎就猛的咆哮着一跃而起，朝着蒙人狠狠地扑了过去。可怜的蒙人就这样不明不白地成了老虎的一顿美餐。

**寓 意**

遇到问题应该深入分析，不能拘泥于表象。否则不但不能避开风险，反而会承受恶果。

# 卞庄子刺虎

出自《史记·张仪列传》，用来说明行事应当讲方法或策略，切勿逞蛮勇。

## 原文

《史记·张仪列传》有语：

卞庄子欲刺虎，馆竖子止之，曰："两虎方且①食牛，食甘必争，争则必斗，斗则大者伤，小者死，若从伤而刺之，一举必有双虎之名。"卞庄子以为然，立须之②。有顷，旋③两虎果斗，大者伤，小者死。庄子从伤者而刺之，一举果有双虎之功。

## 释义

① 方且：刚刚。

② 立须之：须，等待。之，代词，这里指这件事。

③ 旋：一会儿。

## 故事延伸

卞庄子是一位十分勇武的猎手，他的武艺远近闻名。他经常一个人深入山中，猎杀虎豹豺狼等猛兽，每次都有所收获。

有一天，卞庄子带着仆人一起进山打猎，正好看到两只老虎为争夺牛肉而扭打。它们时而举起前腿互相猛扑，时而互相咬住脖颈不放，山林里回荡着两虎的咆哮声，久久不能停息。

看到这一幕，本就好斗的卞庄子顿时十分亢奋，他举起手中的锋利猎叉，准备立即上前与两只猛虎决斗。正在这时，他的仆人赶紧将他拉住，说："您还是先等等吧！"

卞庄子不满地问："这有什么好等的？眼下这两头畜生正忙于互斗，正是我趁其不备发起攻击的好时机。倘若我不趁着现在上前，等到它俩停止争斗后，我一个人哪还能制伏得了它们呢？再说了，胆小怕事又岂是我的风格呢？”

仆人说：“我知道您有所顾虑，但眼下并不是最佳时机啊！您想想：老虎天性本就凶残，牛肉又是它们喜欢的食物；既然它们已经为了牛肉而斗出真火，那么如果不分个高下，它们又怎么会罢休呢？这两只老虎一大一小，如果继续打下去，小的那只肯定会被咬死，大的那只也会身受重伤。等到它们一死一伤之后，再对付起来就不费吹灰之力，你只要将那只受伤的老虎刺死，两只老虎不就都是您的了吗？”

卞庄子听得频频点头，这才发觉自己只需付出刺杀一只伤残老虎的代价，就能得到两只老虎，这真是一个好主意！想到这里，他立即停止上前，与仆人一起躲在一边耐心等待。不久后，较小的老虎果然被咬死，大虎也因此身负重伤。见到时机成熟，卞庄子立即上前将大虎刺死，不费吹灰之力就得到了两只老虎。

**寓意**

遇到事情后先思考，权衡利弊，选择最佳时机采取行动才是明智之举。

## 谓火为虎

出自《郁离子》，用来说明事先仔细考察的重要性。

**原文**

《郁离子》有语：

东瓯之人谓“火”为“虎”，其称“火”与“虎”无别也。其国无陶冶，而覆屋以茅，故多火灾，国人咸[①]苦之。

海隅之贾人适晋，闻晋国有冯妇，善搏虎。冯妇所在，则其邑无虎。归以语东瓯君。东瓯君大喜，以马十驷、玉二毂、文锦十纯，命贾人为行人，求冯妇于晋。

冯妇至，东瓯君命驾，虚左，迎之于国门外，共载而入，馆于国中为上客。明日，市有火，国人奔告冯妇，冯妇攘臂从国人出，求虎弗得。火迫于宫肆，国人拥冯妇以趋火，灼而死。于是贾人以妄得罪，而冯妇死弗悟 。

**释 义**

① 咸：都。

**故事延伸**

在东瓯国的方言中，“火”和“虎”的发音是一样的。东瓯国地处偏远，没有中原所谓的陶冶业，也就无法烧制砖瓦，当地人就连修建屋顶都是用的茅草。正因如此，东瓯国内火灾很多，国人为此深受其害。

有一次，一位来自海边的商人前往晋国，得知当地有一位叫冯妇的勇士，善于捕捉老虎。据说凡是冯妇所到之处，再凶猛的老虎都会闻风而逃，再大的虎患也会瞬间消弭。商人回国后，便将消息禀报给东瓯君。东瓯君很高兴，特意用马车 10 辆、玉璧 2 对、美锦 10 匹为礼，又以商人为使者，去晋国邀请冯妇来国。冯妇抵达后，东瓯君命令车夫空出左边的尊贵位置，迎接他于国都门外，又陪他一起乘车进城，以上等宾客的礼仪接待他。

第二天，集市上突然着火，当地人赶紧气喘吁吁地跑来报告冯妇，大呼“虎”来了，冯妇听后当即撸胳膊挽袖子跟了出去，四处寻找老虎，却没有找到。此时火已经快要烧到宫殿了，当地人赶紧簇拥着冯妇跑过去，冯妇就这样被火烧死了。事后，商人因为说了谎话被惩处，而冯妇到死也没弄明白怎么回事儿。

**寓 意**

遇事应先做详细的调查和了解再做判断，不要事后又将责任归咎于他人，是极为愚蠢的。

# 赵人患鼠

出自《郁离子》，用来阐述遇事权衡利弊后，才能做出正确的取舍。

## 原文

《郁离子》有语：

赵人患鼠，乞猫于中山，中山人予之猫，善捕鼠及鸡。月余，鼠尽而鸡亦尽。其子患之，告其父曰：“盍去诸？”其父曰：“是非若所知也。吾之患在鼠，不在乎无鸡。夫有鼠，则窃吾食，毁吾衣，穿吾垣墉，毁伤吾器用，吾将饥寒焉，不病于①无鸡乎？无鸡者，弗食鸡则已耳，去饥寒犹远，若之何去夫猫也？”

## 释义

① 病于：病，有害。于，比。

## 故事延伸

从前，有一个赵国人的家里遭了鼠患，家中的许多衣服、粮食、家具都被啃食得面目全非，损失非常惨重。不得已之下，他只好去中山国求取善于捕鼠的猫，中山国的人也给了他这样一只猫。

然而这只猫不仅善于捕鼠，也十分喜欢吃鸡。一个多月后，这人家中的老鼠倒是都被消灭了，然而他所蓄养的鸡也遭了殃。当家中的最后一只鸡也被猫吃掉后，这人的儿子终于无法忍耐，气呼呼地问他的父亲：“为什么不把这只贪得无厌的猫赶走呢？”

他的父亲摇摇头说：“事情并不只是你所想的那样。在我看来，老鼠才是咱家的心腹大患，有没有鸡根本不是大问题。家中一旦进了老鼠，它们就会偷窃我们的粮食、毁坏我们的衣服、穿破我们的墙壁、破坏我们的器具。到了那个时候，我们必然会挨饿受冻，还说什么吃鸡呢？眼下家中没有鸡，无非是没有现成的鸡吃罢了，距离挨饿受冻的日子还远着呢！可你要是赶走了那只猫，老鼠谁来抓，我们以后又该怎么办呢？”

儿子听后恍然大悟。

**寓意**

世事难以两全，鱼与熊掌不可兼得。我们不能片面地看问题，而应全面分析，正确判断利弊。

## 齐人有好猎者

出自《吕氏春秋·贵当》，用来告诫人们行事有章法，不仅要周密策划还要脚踏实地、一步一个脚印来。

**原文**

《吕氏春秋·贵当》有语：

齐人有好猎者，旷日持久而不得兽。入则愧其家室，出则愧其知友州里。唯其所以不得之故，乃狗劣也。欲得良狗，人曰：“君宜致力于耕作。”猎者曰：“何为？”人不对。猎者自思，得无欲吾致力于耕作有获而后市良犬乎？于是还疾耕①。疾耕则家富，家富则有以求良犬，于是猎兽之获，常过人矣。非独猎也，百事也尽然。

**释义**

① 疾耕：努力耕田。

**故事延伸**

齐国有个人特别喜欢打猎，每天都早早带着弓箭、猎犬出门，直到很晚才归家。然而他打了很久的猎，却始终没有什么收获。到了后来，这个人每天回家，都觉得对不起家里人；出门之后，又羞于见到同乡的亲友。而他打猎之所以没有收获，原因就在于他养的那只狗实在又老又笨，无法帮助自己驱赶猎物。

想到此处，这人便想换一条好的猎犬，但这样一条猎犬价格不菲，他根本拿不出那么多钱。为此，他忍不住长吁短叹。有一位邻居得知后，就善意地提醒他说：“你应该努力地种田劳动。”他问：“为什么?”这位邻居只是笑笑，却不肯明说。

于是这位猎人便自己蹲在一旁反复地想。突然间他意识到：只要自己努力种田，不就可以攒下一笔买猎犬的钱了吗？想到这里，猎人“豁”地一下站了起来，二话不说就朝自家的田里跑去。

经过努力耕作，猎人终于在秋收之际获得了大丰收，攒了一大笔钱。有钱之后，他立即买了一只凶猛的猎犬，然后继续投身于打猎当中。自此以后，他每次打猎的收获，总是能比别人多出许多。其实不仅打猎是这样，这个世间的许多事情，也都是同样的道理。

**寓　意**

心急吃不了热豆腐，做事情不要急于求成。只要做好准备循序渐进，一定能达成自己的目标。

## 二技致富

出自《五杂俎·事部四》，用来讽刺那些缺乏智慧，不顾实际，想当然的人。

**原　文**

《五杂俎·事部四》有语：

有以钉铰为业者，道逢驾[①]幸[②]郊外，平天冠偶坏，召令修补。讫，厚加赏赉[③]。

归至山中，遇一虎卧地呻吟，见人举爪示之，乃一大竹刺，其人为拔去。虎衔一鹿以报。

至家语妇曰：“吾有二技，可立至富矣。”乃大署其门曰：“专修补平天冠兼拔虎刺。”

**释 义**

① 驾：特指帝王的车驾。

② 幸：到某处去。

③ 赍：通“资”，钱财。

**故事延伸**

从前有个人以打制金属装饰品谋生。由于这只是一门很普通的手艺活儿，他一年到头都挣不了多少钱，生活十分贫困。这人因此常常为养家糊口犯难，不知该如何凭自己的这点本事赚大钱，达到养活家人、发家致富的目标。

有一天，这位工匠偶然出门，在郊外碰到一大群士兵手执兵戈鸣锣开道，前呼后拥地护卫着一辆马车前来，原来这会儿正赶上皇帝出巡。于是工匠便和其他人一起站在路边，恭恭敬敬地迎候。

皇帝正高高兴兴地欣赏风景，一不小心撞在车门上，把自己的平天冠给撞坏了。皇帝顿时觉得十分为难：要是摘下平天冠，会显得自己毫无威仪；可继续戴着损坏的平天冠，形象也好不到哪里去。眼见此处离皇宫已经很远，皇帝当即命令侍臣问一下路上的百姓，看有没有人能够修补平天冠。

听了侍臣的问话，这位工匠立即从人群里出来，恭敬地走上前说：“小人会修。”虽然平天冠十分精致，但凭借自己多年的手艺，工匠还是很快就将平天冠给修好了。皇帝非常高兴，当即下令赏赐给他十分丰厚的财物，比他一整年赚的钱，还要多出许多。

得到这笔意外之财后，工匠便兴高采烈地回家去了。回家途中，工匠经过一座大山，在山中遇到了一只大老虎。只见这只猛虎趴在地上，举着一只前爪呻吟，于是工匠便大着胆子走了过去。只见老虎的爪子上扎了一根大竹刺，正在不停地流血。眼见老虎有求救之意，工匠便取出随身携带的工具，很快就把竹刺给拔出来了。被解救之后，老虎用嘴扯了扯工匠的衣角，示意他不要走开，然后又衔来一头鹿放在工匠面前作为报答。工匠高兴地收下了。

回到家里，工匠便对妻子说：“我已经找到了发家致富的两门技术，我们很快就可以过上富裕的生活了！”说完他将大门上的牌子取下，挂上一块“专修平天冠兼拔虎刺”的牌子。

**寓意**

不切实际地想当然，注定难以成功，还是应该脚踏实地地生活。

## 中天之台

出自《新序·刺奢》，用来说明遇事不可冲动蛮干，而是要考虑实际情况。

**原文**

《新序·刺奢》有语：

魏王将起中天台①，令曰：“敢谏者死！”许绾负蔂操锸②入，曰：“闻大王将起中天台，臣愿加一力！”王曰：“子何力有加？”绾曰：“虽无力，能商台。”王曰：“若何？”曰：“臣闻天与地相去万五千里，今王因而半之，当起七千五百里之台。高既如此，其趾③须方八千里，尽王之地，不足以为台趾。古者尧舜建诸侯，地方五千里。王必起此台，先以兵伐诸侯，尽有其地，犹不足，又伐四夷，得方八千里，乃足以为台趾。材木之积，人徒之众，仓廪之储，数以万亿，度八千里之外，当定农亩之地，足以奉给王之台者，台具以备，乃可以作。”魏王默然无以应，乃罢起台。

**释义**

① 中天台：有半个天高的台。

② 负蔂操锸：背着放土的筐子，手里拿着铁锹。蔂，古代盛土的器具；锸，挖土的铁锹。

③ 趾：台基。

**故事延伸**

魏王一时心血来潮，想要建造一座高度恰好是天与地之间距离一半的高台，并将这座高台命名为“中天台”。得知这一消息后，国中许多大臣都觉得十分荒诞，于是纷纷入宫劝阻。魏王被这些人搞得烦不胜烦，气恼之下便发布了一条命令：“凡是再有反对修建中天台的人，一律斩首示众！”眼见魏王发怒，群臣都吓得噤若寒蝉，只能在心里暗暗着急。

魏国有个名叫许绾的人听说后，便主动背着筐、拿着铁锹到王宫来求见魏王。他对魏王说：“听说大王您要建一座中天台，我虽然不才，却也愿意助大王您一臂之力。”

魏王正因群臣的反对而生闷气，好不容易见到一个赞同自己的人主动前来，心中十分高兴。于是，他问许绾说：“不知道你有什么特长能够帮助我呢？”

许绾摇了摇头说：“我只是个普通人，并没什么了不起的力量。但我能够帮助大王您进行规划，确保中天台顺利建成。”

魏王一听更高兴了：“你有什么高见？快快讲出来给我听。”

许绾不慌不忙地说：“如果大王您真的想建造中天台，首先请您对其余诸侯国发动大规模的战争吧！”

魏王原本正等着许绾的高论，突然听到这么一句话，顿时有些失神。他很不理解地说：“你难道是担心别国会不同意？但这与它们又有什么关系呢？”

许绾摇摇头说：“请大王听我分析。据说天地之间的距离是 15000 里，中天台的高度是它的一半，也就是 7500 里。如果要建 7500 里高的台，那么台基起码得方圆 8000 里。现在即便拿出魏国的全部国土，也还远远不够 8000 里，又怎么能做台基呢？古时的贤君尧、舜立国，土地一共才方圆 5000 里。大王您若是真的要建中天台，首先就得出兵讨伐各诸侯国，将它们的领地全部占领。即便这样还是不够，您还得继续发兵攻打四面边远的国家，得到方圆 8000 里的土地之后，才算凑齐了做台基的土地。另外，造台所需的材料、人力，造台的人需要吃的粮食，这些都要以亿万为单位才能计算；同时，在方圆 8000 里以外的土地上，才能种庄稼，要供应数目庞大的建台人吃饭，不知道还得要多大的土地才够用呢！所有这些，都必须先准备好了，才能动工造高台。所以，您应该先去大规模地打仗。”

魏王听后目瞪口呆，一句话也说不出来了。很快他就明白了许绾的意思，于是下令停止修建中天台。

**寓意**

冲动很难做成大事，只有事前详细规划，具体核算，符合实际，才是最稳妥、最明智的选择。

## 魏人钻火

出自《太平广记》，用来说明责备他人前，应先反思自己。

**原文**

《太平广记》有语：

魏人夜暴疾，命仆人钻火。是夕阴暝，不得刀与石。督近颇急。门人忿然曰：“君责人亦大无理。今暗漆，何以不把火照我，当得觅钻火具，然后易得耳。”魏人曰：“有火，何更①欲尔照！”孔文举闻之，曰：“责人当以其方②也。”

**释义**

① 更：另外。

② 方：正当的道理。

**故事延伸**

很久很久以前，人们还没有火柴、火石之类的东西，取火非常麻烦，要用特制的工具在选好的木头上钻出火星来。

有一天夜里，有个魏国人睡觉时，肚子突然一阵剧痛，硬生生疼得醒了过来。他感到肚子里面好像有千万条虫子在钻来钻去，实在是痛苦不堪，豆大的汗珠从他的额头上一滴一滴地滚了下来。他捂着肚子在床榻上不停打滚，大声地叫醒看门人说：“我得了急病，肚子疼得不行，你快去钻木取火，好赶紧把灯给我点上！"

那天夜里没有月亮，天特别暗，屋里更是黑得伸手不见五指。看门人什么也看不清，只得四下里胡乱摸索。他一下踢飞一个凳子，一下又差点在门槛上绊一跤。一时半会儿还真难找到钻木取火用的工具。

魏国人越等越不耐烦，不停地大声催促："你快点呀，怎么连这点小事也办不好呢!"又过了一小会儿，他干脆破口大骂起来："你这个蠢东西，我平时供你吃供你穿，到了关键时候，你却什么都做不好，还不如那条看门狗!"

看门人听到主人的声声催促，心里十分着急，越着急就越手忙脚乱，后来见主人竟这样不体谅人，说出多不堪入耳的难听话，心中非常生气。他忿忿不平地说："您责怪人也太不讲道理了！现在四周都是黑乎乎的，什么也看不见，您为什么不拿个灯来替我照个明，好让我找到钻木取火的工具呀!"

**寓意**

当我们责备别人时，应当先反思一下自己。

## 逼鸭捕兔

出自《艾子杂说》，用来阐述用人要先识人、做事要按实际来。

**原文**

《艾子杂说》有语：

昔有人将猎而不识鹘，买一凫而去。原上兔起，掷之使击，凫不能飞，投[1]于地。又再掷，又投于地。至三四。凫忽蹒跚而人语曰："我鸭也，杀而食之乃其分，奈何加我以抵掷之苦乎?"其人曰："我谓尔为鹘，可以猎兔耳。乃鸭耶?"凫举掌而示，笑以言曰："看我这脚手，可以搦得兔否?"

**释义**

① 投：掉落。

## 故事延伸

从前，有一个好吃懒做的人，一天到晚除了吃饭就是睡觉，什么也不肯干却总是异想天开。他经常一会儿想着要吃这个，一会儿又想着要吃那个，但又不愿意花费力气。

一天，他躺在床上时忽然想吃野兔子肉，可是上哪儿去找野兔子呢?此时他猛然记起曾听人说，鹘擅长捕捉野兔。于是他破天荒地勤快了一次，起床出门到市场上去买鹘。可他在街上转来转去，却不知鹘是什么模样，胡乱转了一圈之后，竟把一只鸭子买回了家。

第二天一大早，这个人就把鸭子带到野地里，等着野兔出现。等了半天，果然有一只野兔子“嗖”的一声窜了出来，这人立即将鸭子抛掷出去，让鸭子去抓野兔。可是，这只鸭子却根本飞不起来，一抛出去它就扑打着翅膀落在地上了。这人急了，又抓起鸭子再抛掷出去，鸭子又重重地落到地上。这人十分焦躁，他接连三四次把鸭子抛掷出去，鸭子始终飞不起来。

如此被反复折腾几次之后，这只鸭子早已被摔得七荤八素，它好不容易才从地上立起来，对这个人哀求着说：“我只是只鸭子呀！你要是杀了我，吃我的肉，这也是我本来的命运。可是你为何要这样反复折磨我，把这种抛掷的苦处强加到我头上呢?”

这人听了之后，才皱着眉头说：“你竟然是只鸭子?我一直都以你是只飞得又高又快、善于捕捉野兔的鹘，要你来替我捕捉野兔呢!”

此时鸭子已经得知这人无意吃自己，不禁为他的愚蠢感到可笑。为了让这个人相信自己的确是只鸭子，它只好伸出自己的脚蹼给他看，笑着说：“你看看我这连在一起的脚掌，再看看我这笨手笨脚的样子，像能捕到野兔的吗?”

这个人无可奈何地看看鸭子，再看看四周，那只野兔子早已不知跑到哪里去了。他只好沮丧地回家去了。

## 寓 意

对于管理者来说，欲成事，就要做到知人善任，各尽其用。

# 艾子事齐王

出自《艾子杂说》，用来阐述做事应讲究策略和方法。

## 原 文

《艾子杂说》有语：

艾子事齐王，一日，朝而有忧色。宣王怪而问之。对曰：“臣不幸，稚子属疾[1]。欲谒告，念王无与图事者，所朝，然心实系焉。”王曰：“盍早言乎？寡人有良药，稚子顿服其愈矣。”遂索以赐。艾子拜受而归。饮其子，辰服，而已卒。他日，艾子忧甚戚，王问之故，憾然曰：“卿丧子可伤，赐卿黄金以助葬。”艾子曰：“殇子不足以受君赐，然臣将有所求。”王曰：“何求？”曰：“只求前日小儿得效方。”

## 释 义

① 属疾：得了疾病。

## 故事延伸

有一天，艾子在上朝时面带忧虑之色，齐宣王几次叫他，其都因失神而没有听见。齐宣王感到十分奇怪，于是就问他原因。

听到君王的问话，艾子一脸愁苦地回答说：“请大王恕罪，臣的小孩子正好生病了，真是家门不幸啊！臣原本想要告诉您，又担心您身边没有出谋划策之人，所以依旧上朝了。但臣心里还是牵挂我的孩子，所以无心问事。”

齐王说：“你为什么不早点说呢？寡人这里正好有一种好药，你拿回去给孩子服用一次，就能药到病除了。”说完，齐王就派人把药给了艾子。

艾子感激地跪拜接受了赐药，当即赶回去给自己的孩子服用。但令他没有想到的是，服下药后没有多久，孩子的病情反而加重，没过几个时辰就死了。这下可真是雪上加霜，等到第二天艾子上朝时，他更加憔悴了。

此时齐王也已经得知了缘由，十分悲伤地说：“爱卿失去了孩子，的确令人心痛。寡人这就赐你黄金，帮助你安葬孩子。”

艾子摇摇头说：“孩子已死，接受恩赐也是惘然，因此臣只有一个请求。”

齐王问：“什么请求？”

艾子苦笑着说：“臣只想得到前几天的那个‘良方’。”

**寓意**

做事不能只凭心意，还要讲求一定的方法。否则即便是出于善意，也可能会造成不良的后果。

## 越人造车

出自《逊志斋集》，用来说明不顾实际、盲目乐观，是不明智的。

**原文**

《逊志斋集》有语：

越无车，有游者得车于晋楚之郊，辐朽而轮败，輗折而辕毁，无所可用。然以其乡之未尝有也，舟载以归而夸诸人。观者闻其夸而信之，以为车固①若是，效而为之者相属②。他日，晋楚之人见而笑其拙。越人以为给己，不顾。及寇兵侵其境，越率敝车御之。车坏大败。终不知其车也。

**释义**

① 固：本来。

② 相属：一个接一个。

**故事延伸**

越国一直以来都没有车，越国的人也不懂得如何造车。他们很希望学会造车的技术，好将车用在战场上，增强本国的军事力量。

有一次，一个越人到晋国去游玩。一路上空气新鲜、风景美丽，他不知不觉就走到了晋国和楚国交界的郊野。忽然，不远处的一件东西将他的视线吸引过去。“咦，这不是一辆车吗?”这个越人马上联想起在晋国见到过的车，不禁自言自语道。这东西确实是辆车，不过毁坏得很厉害，车条已经腐朽，轮子已经毁坏，輗已经折断，车辕也已经毁了，上上下下没有一处完好的地方，所以才被人丢弃在这里。但这个越人对车本来就看得不真切，又一心想为没有车的国家立大功，于是就想办法把这架破车运了回去。

回到越国，这个越人便到处夸耀：“去我家看车吧，我弄到一辆真正的战车，是我好不容易才搞到的呢!”大家听后十分羡慕，都想一睹为快，于是到他家去看车的人络绎不绝。看到这台车后，几乎每一个人都听信了这个越人的炫耀之词，纷纷议论着说：“原来车就是这个样子的啊!”“可是看上去怎么有些不对劲，是不是坏的，根本就不能用呢?”“你不信先生的话吗？车本来就是这个样子的。”“对对对，我看也是。”就这样，越人很快都开始模仿这个车的形状，造起车子来。

晋国和楚国的人听说越人正在造车，便专门前来参观，等他们看到造出来的车之后，都笑得直不起腰来。他们纷纷讥讽说：“越人实在是太蠢了，竟然将车都造成破破烂烂的样子，这样哪还能用呢?”可是越人根本不理会晋人和楚人的讥讽，还是我行我素，就这样造出了一辆辆的破车。

终于有一天，越国与邻国爆发战争，敌人大兵压境，马上就要侵入越国领土了。越人自从造车之后，底气十足，因此一点也不惊慌，反而从容地推出自己所造的战车打算应战。等到两军对峙，敌军发起冲锋之后，越人也驾着破车向敌军冲过去，可才冲了没多远，破车就散了架，在地上滚得七零八落，越国士兵也纷纷从车上跌落下来。敌军趁乱杀过来，把越人的阵形冲得乱七八糟，越人抵挡不住，死的死，逃的逃，投降的投降，兵败如山倒。可是直到最后，他们也不知道自己是败在了车上。

**寓 意**

有学习的想法但不知谦虚请教，反而不顾实际、盲目蛮干，是一种愚蠢的表现。

## 齐王筑城

出自《艾子杂说》，用来说明做事不能只考虑将来不顾当下。

### 原文

《艾子杂说》有语：

齐王一日临朝，顾谓侍臣曰：“吾国介于数强国间，岁苦[①]支备，今欲调丁壮，筑大城，自东海起连。即日，经太行，接轩辕，下武关，逶迤四千里，与诸国隔绝，使秦不得窥吾西，楚不得窃吾南，韩、魏不得持吾之左右，岂不大利邪？今，百姓筑城，虽有少劳，而异日不复有征戍侵虞之患，可以永逸矣。闻吾下令，孰不欣跃而来耶？”艾子对曰：“今旦大雪，臣趋朝，见路侧有民，裸露僵踣，望天而歌。臣怪之，问其故，答曰：‘大雪应候，且喜明年人食贱麦，我即今年冻死矣。’正如今日筑城，百姓不知享永逸者在何人也。”

### 释义

① 苦：受困扰。

### 故事延伸

有一天，齐王在上朝的时候，郑重其事地对大臣们说：“我国地处几个强国之间，年年都要为军务防备的问题苦恼。这次我想来个大的行动，彻底解决这一困扰。”

艾子于是上前问道：“不知大王有何打算？”

齐王说：“我要抽调大批壮丁，沿国境线修筑一道长长的城墙。这道城墙东起大海，西经太行，连起轩辕山，接上武关，绵延4000里，同各个强国隔绝开来。从此，秦国无法窥视我国西部，楚国难以威胁我国南边，韩国、魏国不敢牵制我国左右。你们说，这不是一件很伟大、很有价值的事吗？”

艾子听后摇摇头说：“大王，这样大的工程，百姓们能承受得了吗？”

齐王说：“是的，百姓筑城的确要吃很多苦。但这样做能从此减少战争带来的灾难，这是一劳永逸的事，谁会不拥护呢？”

艾子沉吟片刻，认真而恳切地对齐王说：“昨天一大早，天下起了大雪，我在赶赴早朝的途中，看见道旁躺着一个人。他光着身子，都快要冻僵了，却仰望着老天唱赞歌。我十分奇怪，便问他为什么这样做，他回答说：‘老天爷这场雪下得真好啊，可以料到明年麦子大丰收，人们可以吃到廉价的麦子了。可是，明年却离我太遥远，眼下我就要被冻死了！’大王，臣以为，这件事正像您今天说的筑城墙一样。老百姓眼下的生活朝不保夕，哪还奢望将来能有什么大福呢？他们还不知道能不能等到修好城墙的那一天，享受永逸的还不知道会是什么人呢！”

齐王听后无言以对。

**寓　意**

梦想虽好，但如果无法实现也就只能是空谈而已。如果不顾当下恣意妄为，最终不但不能成功，反而会引发更多的问题。

## 梁楚之欢

出自《新序·杂事四》，用来说明遇到问题应当用智慧去解决，不可一味地以强硬的态度予以对抗。

**原　文**

《新序·杂事四》有语：

梁大夫有宋就者，尝为边县令，与楚邻界。梁之边亭，与楚之边亭，皆种瓜，各有数。梁之边亭人，劬[①]力数灌其瓜，瓜美。楚人窳[②]而稀灌其瓜，瓜恶。楚令因以梁瓜之美，怒其亭瓜之恶也。楚亭人心恶梁亭之贤己，因夜往窃搔梁亭之瓜，皆有死焦者矣。梁亭觉之，因请其尉，亦欲窃往报搔楚亭之瓜，尉以请宋就。就曰：“恶！是何可？构怨，祸之道也，人恶亦恶，何褊之甚也。若我教子，必每暮令人往，窃为楚亭夜善灌其瓜，勿令知也。”于是梁亭乃每暮夜窃灌楚亭之瓜。楚亭旦而行瓜，则又皆以灌矣，瓜日以美，楚亭怪而察之，则乃梁亭之为也。楚令闻之大悦，因具以闻楚王，楚王闻之，惄[3]然愧，以意自閔也，告吏曰：“微搔瓜者，得无有他罪乎？此梁之阴让也。”乃谢以重币，而请交于梁王。

**释义**

① 劬：勤劳。

② 窳：懒惰。

③ 惄：忧思。

**故事延伸**

梁国有一位叫宋就的大夫，曾经做过一个边境县的县令，这个县和楚国边界相邻。梁国的边境兵营和楚国的边境兵营都种瓜，但结果却大不同。梁国戍边的人勤劳努力，常常灌溉他们的瓜田，所以瓜长得很好；楚国士兵懒惰，很少去浇灌他们的瓜，所以瓜长得不好。楚国县令因为梁国的瓜好，怒责自家士兵没有把瓜种好，楚国士兵因此十分嫉恨梁国士兵。于是他们经常在夜晚偷偷越过边界，去破坏对方的瓜田，使得许多瓜都枯死了。

梁国士兵发现了这件事后义愤填膺，一齐去向县尉报告，并表示要以牙还牙进行报复，扰乱楚营的瓜田。县尉拿这件事向宋就请示，宋就却皱了皱眉说：“唉！这怎么行呢？结下了仇怨，是惹祸的根苗呀！人家使坏你也跟着使坏，这心胸岂不是太狭小了吗？从今以后，我们每晚都派人过去，偷偷地为楚国兵营在夜里好好地浇灌他们的瓜园，不要让他们知道。”梁国士兵虽然有些气愤，但还是一一照做了。

从此之后，楚国士兵每天早晨去瓜园巡视，都会发现瓜田已经浇过水了，瓜也一天比一天长得好。楚国士兵十分惊讶，就在暗中偷偷观察，这才知道是梁国士兵干的。楚国县令听了后很兴奋，于是把这件事报告给楚王。

楚王听后不喜反愧，于是告诉主管官吏说："调查一下那些到人家瓜田里捣乱的人，他们莫非还有其他罪过吗？这是梁国人在暗中责备我们呀！"于是拿出丰厚的礼物，向宋就表示歉意，并请求与梁王结交。

**寓意**

遇到冲突不能蛮干，应该秉着"和为贵"的理念，尽可能地用和平的方式化解。

# 第五章

## 心存大勇，心智强大，方能无所畏惧，把握机会

# 艾子行水

出自《艾子杂说》，用来说明那些看上去凶恶之人都是纸老虎，外强中干，我们应勇于面对他们。

## 原文

《艾子杂说》有语：

艾子行水，途见一庙，矮小而装饰甚严。前有一小沟，有人行至，水不可涉。顾庙中，而辄取大王像横于沟上，履①之而去。复有一人至，见之，再三叹之曰："神像直有如此亵慢！"乃自扶起，以衣拂饰，捧至座上，再拜而去。须臾，艾子闻庙中小鬼曰："大王居此以为神，享里人祭祀，反为愚民之辱，何不施祸以谴之？"王曰："然则祸当行于后来者。"小鬼又曰："前人以履大王，辱莫甚焉，而不行祸；后来之人，敬大王者，反祸之，何也？"王曰："前人已不信矣，又安祸之！"艾子曰："真是鬼怕恶人也！"

## 释义

① 履：踩着。

## 故事延伸

艾子行走在一条有水的路上，途中看见一座寺庙，虽然规模不大，但装饰却十分庄严。这座寺庙前有一条较深的小水沟。有一个人走到这里后无法涉水，正在焦急之时，正好看到庙里的雕像，立即就拿了鬼王的雕像横放在水沟上，踩着走了过去。

过了一会儿又有一个人过来，看到了这情景，一再叹息着说："神像竟然受到这样的亵渎侮辱！"他不仅将雕像扶起，还用自己崭新的衣服细细擦拭了一遍，然后才将其捧着放到神座上，再三拜祭才离去。

又过了一会儿，艾子听到寺庙中的小鬼说："大王待在这里作为神仙，本来应该享受乡民的祭祀，不料反而被那些愚昧无知的人侮辱了。您为什么不施加灾祸以示惩戒、责罚呢？”鬼王说：“既然这样，那么我就要把灾祸施加给后面来的人。”小鬼听后不解地问：“前面的人把您扔在水沟里，还用脚踩您，世间没有比这个更大的侮辱了，您却不把灾祸施加给他；后面来的那个人对大王您十分恭敬有礼，反而把灾祸施加给他，这是为什么呢？”鬼王叹息着说：“前面的那个人已经不信鬼神了，我又如何把灾祸施加给他呢？”

艾子听到后感叹地说：“真是鬼害怕凶恶的人啊！”

**寓 意**

对于邪恶之人不要心存畏惧，应该鼓起勇气去面对。

## 宋定伯捉鬼

出自《列异传》，用来阐明面对威胁，应该鼓起勇气，运用智慧来取胜的道理。

**原 文**

《列异传》有语：

南阳宋定伯年少时，夜行逢鬼。问之，鬼言：“我是鬼。”鬼问：“汝复谁？”定伯诳[①]之，言：“我亦鬼。”鬼问：“欲至何所？”答曰：“欲至宛市。”鬼言：“我亦欲至宛市。”遂行。

数里，鬼言：“步行太亟，可共递[②]相担，何如？”定伯曰：“大善。”鬼便先担定伯数里。鬼言：“卿太重，将非鬼也？”定伯言：“我新鬼，故身重耳。”定伯因复担鬼，鬼略无重[③]。如是再三。定伯复言：“我新鬼，不知有何所畏忌？”鬼答言：“惟不喜人唾。”于是共行。道遇水，定伯令鬼先渡，听之，了然无声音。定伯自渡，漕漼作声。鬼复言：“何以有声？”定伯曰：“新死，不习渡水故耳，勿怪吾也。”

行欲至宛市，定伯便担鬼著肩上，急执之。鬼大呼，声咋咋然，索下，不复听之。径至宛市中下著地，化为一羊，便卖之。恐其变化，唾之。得钱千五百，乃去。

## 释 义

① 诳：欺骗。

② 递：轮流。

③ 略无重：几乎没有重量。

## 故事延伸

南阳人宋定伯年轻的时候走夜路遇到了一个鬼。宋定伯问他是谁，鬼说："我是鬼。"鬼问道："你又是谁?"宋定伯担心会被加害，于是欺骗它说："我也是鬼。"鬼问道："你想到什么地方去?"宋定伯回答说："宛县的集市。"鬼说："我也正想要去这个地方，我们一起前往吧!"宋定伯无法推辞，只得答应了。

走了几里路，鬼又说："就这样步行实在太慢了，咱俩不如轮流背着对方赶路，如何?"宋定伯说："好啊。"鬼先背着宋定伯走了几里路，发现他格外沉重，于是怀疑地问道："您的身子也太重了，该不会不是鬼吧?"宋定伯听了后心中一紧，却还是装着漫不经心的样子说："我是新鬼，所以身体还比较沉。"宋定伯于是主动下来背鬼，这才发现鬼是一点重量都没有的。就这样，他们轮流背着走了一路。为了探听消息，宋定伯又说："我是新鬼，对很多事情都不了解，不知道有什么是鬼害怕的?"鬼回答说："倒也没什么，只是不喜欢人的唾沫而已。"

正说着，两人发现前路有一条浅河，由于水浅没有搭桥，两人只得涉水过去。宋定伯故意让鬼先渡过去，发现自己完全听不到声音。等轮到自己踩水时，水却发出"哗哗"的声响，鬼听到后又十分怀疑地问："为什么会有声音?"宋定伯说："我是刚死变鬼，不熟悉鬼渡水的缘故罢了，请不要感到奇怪。"

渡过河之后，两人很快就走到了宛县的集市，宋定伯趁机一把将鬼捉住，并扛在了肩上。鬼大声呼叫，发出“咋咋”的声音，要求宋定伯放他下来，宋定伯却不理他。一直走到宛县的集市上，宋定伯才将鬼放在地上，鬼见势不妙只得赶紧变成一只羊。

眼见鬼变成一只羊，宋定伯立即把它卖掉，同时为了防止它再次变化，又朝它狠狠地吐了一口唾沫。最终，宋定伯卖得一千五百文钱，然后拿着钱优哉游哉离去。

**寓意**

真正可怕的并不是敌人，而是面对敌人时的畏惧。只要鼓起勇气去面对，一定能找到应对的办法。

## 次非杀蛟

出自《吕氏春秋·知分》，用来告诫我们要勇敢地面对危难，做出正确的取舍。

**原文**

《吕氏春秋·知分》有语：

荆有次非者，得宝剑于干遂。还反涉江，至于中流，有两蛟夹绕其船。次非谓舟人[①]曰：“子尝见两蛟绕船能两活者乎?”船人曰：“未之见也。”次非攘臂祛衣，拔宝剑曰：“此江中之腐肉朽骨也！弃剑以全己，余奚[②]爱[③]焉！”于是赴江刺蛟，杀之而复上船。舟中之人皆得活。荆王闻之，仕之执圭。

**释义**

① 舟人：驾船人。下文的“船人”同义。

② 奚：何。

③ 爱：吝惜。

**故事延伸**

楚国有个名叫次非的人。在一次远游吴国干遂之地时，次非偶然得到了一柄削铁如泥的宝剑，于是便高高兴兴地回国了。

返回楚国的途中要经过一条大江，次非便和许多人一样选择了乘船。然而当渡江的小木船行到江中心时，却忽然有两条凶猛的大蛟浮出水面，围绕着这条木船不停地盘旋游弋，看起来不怀好意的样子。所有的乘客都被这突来的一幕吓呆了。

次非也是头一次遇到这种情形，于是他向摆渡的船夫问道："您在江上摆渡多年，可曾见到或听到过两条大蛟缠住船不放，而船上的人还能够幸存的事儿吗？"船夫哭丧着脸回答说："我在这条江上摆渡几十年，别说是见到了，就连听都没有听说过遇上这种情况还能幸存的事儿啊！"听到这番话，次非心想：如果不除掉这两条恶蛟的话，全船的人就会有生命危险。于是他立即脱去外衣，挽起衣袖，抽出自己爱不释手的宝剑，高声呼喊道："这两条大蛟看似凶恶，其实也不过是这江中一堆快要腐烂了的骨和肉，有什么可怕的？为了保全大家的性命，我即使丢掉了这柄刚刚得到的宝剑和自己的性命，也丝毫不觉得遗憾。"说完，他就手持宝剑猛地跳入江中，狠狠地向两条大蛟砍去，经过一场紧张、激烈的争斗，次非终于成功斩杀了那两条大蛟，安全地回到了船上。就这样，全船人的性命终于得以保全。楚王听说国中有这样一位令人敬佩的勇士后，立即将他请入宫中为官。

**寓 意**

危难之时，应该勇敢地挺身而出。

## 螳臂当车

出自《庄子·人间世》，用来称颂不怕危险、敢于直面的勇敢之人。

**原 文**

《庄子·人间世》有语：

齐庄公出猎，有一虫举足将搏[①]其轮。问其御曰："此何虫也？"对曰："此所谓螳螂者也。其为虫也，知进而不知却，不量力而轻敌。"庄公曰："此为人，而必为天下勇武矣！"回车而避之，而勇士归之。

**释　义**

① 搏：攻击。

**故事延伸**

有一次，齐庄公带着随从进山打猎，一路上兴趣盎然，与随从们谈笑风生，十分轻松愉快。就在这时，齐庄公猛然看到前面不远处有一个绿色的小东西在晃动。等到马车走近之后，他才发现原来是一只从未见过的绿色小昆虫。此时那小昆虫正奋力高举起它的两只前臂，一副怒气冲冲的样子直逼车轮，看样子竟是要与车轮搏斗。

这么一只小虫子，竟然要和庞大的车轮较量？齐庄公看得目瞪口呆，于是赶紧问身边的车夫："这是个什么虫子？"

车夫回答说："大王，这就是人们常说的螳螂。"

庄公又问："这小虫子为何摆出这样的架势？"

车夫回答说："大王，它这是想阻拦我们的车子，不想让我们过去呢！"

"噫！竟然还有这样有趣的事儿！它为什么要这样做？"庄公一听更乐了。

车夫又答："大王，螳螂这种小东西啊，本来就是只知前进、不知后退，体小心大、自不量力却又大意轻敌。"说着说着，车夫流露出不屑的情绪。

但在听了这番话后，庄公反而深受触动，他感慨地说："这样一只小小虫儿，志气倒是很大。倘若它是人，一定会成为最受天下尊敬的勇士啊！"说完，他又下令车夫绕道而行，以免伤害这只螳螂。

后来，齐国的将士们听说了这件事，都非常感动。从此，他们打起仗来更加奋不顾身，都愿以死来效忠齐庄公。

**寓　意**

螳臂当车历来受人嘲笑，但它的这种勇气，又是许多人都欠缺的。为了抗争而不顾生死，其实也同样值得我们学习。

# 宋大贤斗鬼

出自《搜神记》，用来阐述在邪恶面前，要敢于斗争的道理。

## 原文

《搜神记》有语：

南阳西郊有一亭，人不可止，止则有祸。邑人宋大贤，以正道自处，尝宿亭楼，夜坐鼓琴，不设兵仗①。至夜半时，忽有鬼来，登梯与大贤语，眝目②磋齿，形貌可恶。大贤鼓琴如故，鬼乃去。于市中取死人头来，还语大贤曰："宁可少睡耶？"因以死人头投大贤前。大贤曰："甚佳。吾暮卧无枕，正欲得此。"鬼复去。良久乃还，曰："宁可共手搏耶？"大贤曰："善。"语未竟，鬼在前，大贤便逆捉其腰。鬼但急言死。大贤遂杀之。明日视之，乃老狐也。自是亭舍更无妖怪。

## 释义

① 兵仗：兵器。

② 眝目：瞪大眼睛。

## 故事延伸

南阳有个叫宋大贤的人，为人正直勇敢、一身武艺，从不畏鬼神。当时南阳西郊的亭楼闹鬼，每个去了那里的人都遇到灾祸，宋大贤却偏不信这个邪。为了探究真相、为民除害，他决定不带任何兵器，只带着一架古琴就去了。

夜幕很快就降临了。这时，亭楼四周树影森森，气氛十分可怕，偶尔有猫头鹰凄厉啼叫，更是显得十分诡异。若是换作常人，只怕早就吓得战战兢兢，但是宋大贤却不为所动，依旧一个人坐在亭楼里，悠然自得地弹着琴。

忽然，楼梯上传来一阵"吱吱嘎嘎"的响声，一个恶鬼很快就来到了宋大贤面前。这个恶鬼瞪着大大的绿眼，露出长长的獠牙，模样十分骇人。它恶狠狠地对宋大贤说："你是何方狂徒，竟然有胆子到这里来，想尝尝我的厉害吗?"听了这番话，宋大贤却看都不看它一眼依旧弹琴。

恶鬼见宋大贤比起别人大胆许多，便转身从街市上拎了一颗血淋淋的人头，扔在宋大贤的面前说："你愿不愿意睡一会儿呢?"宋大贤不仅没有被吓住，反而哈哈大笑着说："太好了，我正缺个枕头睡觉，正需要这东西呢!"恶鬼见宋大贤如此有胆魄，只得再次离去。

又过了很久，恶鬼始终不甘心，于是再次回到楼上，恶狠狠地对宋大贤说："喂，你敢不敢和我比试一下搏斗的本领?"话音未落，它就猛地一扑。宋大贤对此早有准备，当即猛地闪身，一把抓住鬼的腰倒提起来，抡着它不停转圈。恶鬼这才知晓利害，凄厉地求饶；眼见宋大贤不为所动，又求他快点弄死自己，免得再受痛苦。宋大贤将恶鬼打死后仔细一看，原来是一只老狐狸。

从这以后，亭楼清静了，再也没有野鬼来骚扰人了。

**寓意**

恶人都是外强中干的纸老虎，我们要鼓足勇气与之斗争，无须惧怕他们。

## 罴说

出自《罴说》，用来讽刺那些内心缺乏大勇，同时又没有真本领，只想侥幸蒙混过关的人。

**原文**

《罴说》有语：

鹿畏貙[①]，貙畏虎，虎畏罴[②]。罴之状，被[③]发人立，绝[④]有力而甚害人焉。

楚之南有猎者，能吹竹为百兽之音。寂寂持弓矢罂火，而即之山。

为鹿鸣以感其类，伺其至，发火而射之。貙闻其鹿也，趋而至。其人恐，因为虎而骇之。貙走而虎至，愈恐，则又为罴，虎亦亡去。罴闻而求其类，至则人也，捽搏挽裂而食之。

## 释义

① 貙：像狐狸而形体较大的野兽。

② 罴：棕熊。

③ 被：通“披”。

④ 绝：极其。

## 故事延伸

在自然界中，鹿的天敌是老虎，老虎又害怕棕熊。棕熊总是披着乱蓬蓬的毛发，像人一样直立行走，它力大无比、性情残暴，人们一旦遇上就根本无法存活。

楚国的南方有一个胆小懦弱的猎人，从不愿意好好学习武艺，因此只能打打鹿、野兔一类的动物，只要遇上稍微凶猛一点的野兽，就完全无法对抗。但他虽然武艺不精，却能用口哨模仿各种动物叫，因此他决定靠这个本事来吸引猎物。

有一天，他带着弓箭和火种入山，来到一处隐蔽之地，然后便开始学鹿的叫声。他偷偷地准备好火器，准备鹿群一旦过来，就用火箭来射杀它们。

然而他没有想到，由于自己没选好地方，他不但没能招来鹿群，反而把几只饥饿的老虎给招了过来。此前自己从未射杀过老虎，因此猎人有些害怕，便开始模仿老虎的啸声，这才将貙虎给吓跑。但就在此时，一只老虎却又闻声而至，猎人吓得魂不守舍，只好学着棕熊的叫声，这才将老虎惊退。

猎人正好好好地松一口气，却听到一阵咆哮之声，原来一只棕熊听到虎声赶来。棕熊是山林中最凶猛的野兽，什么也不怕，因此也没有什么动物的声音可以把它吓跑。猎人因此束手无策，又不敢上去和棕熊作殊死搏斗，只能坐以待毙。

没过一会儿，一只凶暴的大棕熊就出现在猎人面前。没等猎人有何动作，这只棕熊就将他狠狠地撕裂，然后吃了下去。

**寓 意**

缺乏大勇，没有真才实学，是无法取得成功的。

## 割肉相啖

出自《吕氏春秋·当务》，用来讽刺那些一味逞蛮勇的人。

**原 文**

《吕氏春秋·当务》有语：

齐之好勇者，其一人居东郭，其一人居西郭。卒然相遇于途，曰："姑相饮乎！"觞数行①，曰："姑求肉乎？"一人曰："子，肉也；我，肉也。尚胡革②求肉而为？于是具染③而已。"因抽刀而相啖，至死而止。勇若此，不若无勇。

**释 义**

① 觞数行：饮了几杯酒。

② 革：更。

③ 染：豆豉酱。

**故事延伸**

在齐国的一个无名小镇上，住着两个自命不凡、自矜勇武的蠢人。他们一个住在东边，一个住在西边。

有天，这两个人外出喝酒，正好在同一家酒楼门前相遇，寒暄客套了一番后，两人便结伴进入酒楼。他们特意挑选了一张又干净又明亮的靠窗餐桌相对而坐，然后便要了满满一大坛酒。等到酒送上来后，店小二殷勤地替他们剥去坛口上的封泥，打开了酒坛盖子，顿时就有一股香气扑鼻而来。店小二又替他们各自斟了一大碗酒，把酒坛子放到桌子上，这才恭敬地离去。

于是这两人举起酒杯边喝边聊，心中十分酣畅。但在聊了一会儿后，他们觉得有酒无肉实在是过于无趣。其中一人便说："老兄且慢饮酒。像我们这样光喝酒不吃肉实在太无趣，不如等我先去点几个肉菜，到那时再一起举杯痛饮，这才是一桩美事啊！"

另一人此时已有醉意，听了这人的提议后一时头脑发热，便摇摇头说："嗨，老兄你何必这么麻烦呢？你的浑身上下，到处都是肉；我的浑身上下，也到处是肉。听说人的腿肚子上都是精肉，我们何不用彼此身上的肉来下酒，这样不是又新鲜又干净，还不用破费吗？"听了这番话，先前提议买肉的人为了表示自己勇敢，只得点头答应，于是他们只叫店小二端来一盆豆豉酱，然后就开始割肉下酒。

只见他们俩一边喝酒，一边拔出佩刀在自己的大腿上猛地一割，就这样血淋淋地放在豆豉酱中一蘸，然后就放入嘴里大口痛嚼起来。酒店里的其余客人都被这骇人一幕吓得面无人色、战战兢兢，但看着他们双眼发红、埋头猛吃猛喝的样子，又不敢上前劝阻。这两人早就感到十分疼痛，却又都不肯在对方眼前输了脸面，只得这样继续僵持着。就这样，一大坛子酒一碗一碗地被喝了下去，腿上的肉一块一块地被割了下去，体内的血也一摊一摊地流了出来，直至染红了半身，流到了地上……可他们两人还是彼此僵持着，谁也不肯停手。

这种骇人的场景并没有持续多久。很快这两人就因失血过多而奄奄一息，没等众人上前解救就死了。

**寓　意**

勇敢不仅是一种行为，更是一种信念。如果是为了所谓的面子而不顾后果地逞一时之蛮勇，不仅不是勇敢，反而是一种愚蠢的表现。

# 荔姐扮鬼

出自《阅微草堂笔记》，用来说明遇到危险时应当鼓起勇气，机智应对。

## 原文

《阅微草堂笔记》有语：

有女曰荔姐，嫁为近村民家妻。一日，闻母病，不及待婿同行，遽狼狈而来。

时已入夜，缺月微明，顾见一人追之急，度是强暴，而旷野无可呼救。乃映身[1]古冢白杨下，纳簪珥怀中，解络系颈，披发吐舌，瞪目直视，以待其人。将近，反招之坐。及逼视，知为缢鬼，惊仆不起。荔姐竟狂奔得免。

比入门，举家大骇，徐问得实，且怒且笑，方议向邻里追问。

次日，喧传某家少年遇鬼中恶[2]，其鬼今尚随之，已发狂谵语[3]。后医药符箓皆无验，竟癫痫终身。

## 释义

① 映身：隐身。

② 中恶：中邪。

③ 谵语：说胡话。

## 故事延伸

有一个叫荔姐的姑娘，不但长得漂亮，而且勤劳善良，对长辈孝顺，在娘家是个好女儿，嫁到婆家又是个好媳妇。

一天，荔姐的母亲病了，让人捎口信给荔姐，荔姐十分着急，来不及等丈夫回来陪她一道去娘家探望，就一个人匆匆忙忙上路往娘家奔。她走着走着，天渐渐黑下来了，只有一弯月牙儿发出微弱的光，勉强可以照得见路。

忽然，荔姐听见身后传来一阵声响，她感到十分紧张，回头一看，发现有一个人正远远地从后面向她追过来。荔姐马上意识到，自己一定是遇上歹人了。怎么办？这一片旷野，除了荒坟和稀稀疏疏的树，就只有自己和那个坏人。在情急之下，荔姐反而镇定下来。她急中生智，走到一座坟边的白杨树下站定，把发簪耳环取下来揣进怀里，又解下身上的丝带拴在脖子上，披头散发吐出舌头，迎面向着走过来的歹人，瞪着眼睛直直地看着。那人追到荔姐近前，荔姐又变着腔调叫他过来。那人走到荔姐面前仔细一看，原来是个吊死鬼，便吓得惊叫一声瘫软在地，再也爬不起来了。荔姐趁此机会，赶紧逃脱，幸免遇害。

荔姐一路跑回娘家，亲人们见她披头散发、衣衫不整、浑身是汗，全都大惊失色。荔姐喘过气来后，慢慢向他们讲述了路上发生的事情，一家人听后，又是气愤又是好笑，荔姐的母亲十分心疼地抚摸着女儿的头发说："我儿受苦了。"

第二天，附近一带传来消息说，有一家少年昨夜在外遇见了鬼，中了邪，那鬼一直附在他身上不依不饶，以致他发了狂，神志不清，满嘴不停地说胡话。过了几天，听说那少年的病越来越厉害，他家里请医生、抓药吃，都不见好；又请道士念咒，仍没治好。就这样，那个"撞鬼"的少年竟疯癫了一生。

**寓　意**

遇到邪恶之人，不能逞一时之勇，而应该运用智慧和谋略与之斗争。

## 鬼有三技

出自《子不语》，用来说明只要心存大勇、无所畏惧，危险便也不能奈何自己了！

**原　文**

《子不语》有语：

蔡魏公孝廉常言："鬼有三技：一迷二遮三吓。"或问："三技云何?"曰："我表弟吕某，松江廪生，性豪放，自号豁达先生。尝过泖湖西乡，天渐黑，见妇人面施粉黛，贸贸然[①]持绳索而奔。望见吕，走避大树下，而所持绳则遗坠地上。吕取观，乃一条草索。嗅之，有阴霾之气。心知为缢死鬼。取藏怀中，径向前行。其女出树中，往前遮拦，左行则左拦，右行则右拦。吕心知俗所称'鬼打墙'是也，直冲而行。鬼无奈何，长啸一声，变作披发流血状，伸舌尺许，向之跳跃。吕曰：'汝前之涂眉画粉，迷我也；向前阻拒，遮我也；今作此恶状，吓我也。三技毕矣，我总不怕，想无他技可施。尔亦知我素名豁达先生乎？'……鬼听毕，恍然大悟，伏地再拜，奔趋而去。"

**释 义**

① 贸贸然：形容冒失的样子。

**故事延伸**

江南松江县有一个姓吕的人，乡试中榜上有名，考上了廪生。他这个人性格很豪放，自己给自己取了个外号叫"豁达先生"。

一天，这位豁达先生拜会朋友后回家，路过西乡，天渐渐地黑下来了。他刚刚翻过一个小山坡，穿过一畦菜地，忽然看到一个身材苗条的妇人，面部搽着淡粉，画着浓眉，急急忙忙地拿着绳索向前走。她望见豁达先生后，先是略停了一下，随后便跑到路旁一棵大树后躲起来，但她手中所拿的绳索却掉在了地上。豁达先生走到前面，从地上拾起绳索看了一下，原来是一条草绳；用鼻子闻一下，有一股阴冷腐臭的气味。他心里马上明白过来，这可能是别人讲的"吊死鬼"。但他并不害怕，反而将草绳藏到怀里，大步流星地一直朝前走去。

他正朝前走着，那个妇人突然从树后走出来，迎面拦住了他的去路。吕廪生从路的左边走，她就拦住左边；向右边走，她就拦住右边。左边走，左边拦；右边走，右边拦，反复多次就是走不过去。天已经黑了，豁达先生心想：这大概就是人们常说的"鬼打墙"吧！可我连"鬼打城"都不在乎，还怕什么"鬼打墙"呢！想到这里，他便不顾一切地向前硬冲撞过去。

那女鬼见拦他不住，便大叫一声变成披头散发的模样，满口满脸都在不断流血，连舌头都从口中伸了出来，越伸越长，一会儿伸了一尺有余，向着豁达先生跳跃。豁达先生看后只是冷冷一笑，对这女鬼说："你刚才搽着粉、画过眉，打扮成漂亮的样子，是想迷惑我；接着堵住我的路不让我回家，是想拦我；现在又变作这么穷凶极恶的样子来，是想以此吓唬我。这又有什么用呢？你的三套本领都用了，我还是不怕的。我看你也没有其他的本领使出来了吧！你大概还不知道我的名号，我就是豁达先生。你知道吗？"女鬼听了这番话后，只得恢复了原形，立即跪在地上向他拜了几下，然后急急忙忙地走开了。豁达先生于是继续迈开大步赶路而去。

**寓 意**

许多困难和危险看似不可战胜，其实并没有什么好怕的。只要无所畏惧地面对，勇往直前，就一定能战胜它们。

## 小儿不畏虎

出自《东坡全集》，用来称赞初生牛犊不怕虎的勇气。

**原 文**

《东坡全集》有语：

有妇人昼日置小儿沙上而浣衣于水者，虎自山上驰来，妇人仓皇沉水避之，二小儿戏沙上自若。虎熟视久之，至以首抵触，庶几①其一惧，而儿痴，竟不知怪。虎亦卒去。意②虎之食人，必先被③之以威，而不惧之人，威亦无所施欤！

**释 义**

① 庶几：差不多，一点，引申为希望之意。

② 意：估计。

③ 被：施加。

**故事延伸**

一天，一个妇人带着两个小孩到河边洗衣服。她把两个孩子放在沙滩上，让他们自个儿玩耍；然后自己走下河滩，到河边洗起衣服来。两个孩子在沙滩上一会儿堆沙塔，一会儿用线绳在手上互相翻花，一会儿自己做游戏，玩得十分开心。

就在这时，这个妇人看到一只老虎从沙滩那边的山上奔了下来，顿时吓得大惊失色。她连小孩儿都顾不上，就慌不择路地跳进水里躲避起来，连衣服被水漂走了也不知道。她弯在水中，只留两个鼻孔在外出气，浑身吓得直打哆嗦。再看那两个小孩，依然在沙滩上全神贯注地玩得起劲，全然不知道身边发生了什么事情，更不知道兽中之王老虎已经来到他们附近，正朝着他们“虎视眈眈”。

凶猛的老虎本来已经步步逼近，却见两个小孩旁若无人，根本就无视自己的存在，反倒有些吃惊。平日里它见惯了它们所到之处，一切飞禽走兽和人都闻风丧胆、四处逃窜的狼狈景象，然而眼前的这两个小孩为何竟如此满不在乎？老虎就这样直勾勾地盯着俩小孩看了好一会儿，小孩却没有看它一眼，而是继续他们的游戏。接着，老虎又用头去碰他们，这两个小孩也只是随意地用手拨开虎头，一点害怕的意思也没有。经过这一番试探，老虎那股凶猛的劲头已全数消退，只得很泄气地走开了。

**寓 意**

真正可怕的不是危险，而是我们面对危险时，缺乏镇定自若的大勇之心。

# 曹氏不怕鬼

出自《阅微草堂笔记》，用来阐述心怀正气，内心便无所畏惧的道理。

## 原文

《阅微草堂笔记》有语：

曹竹虚言：其族兄自歙[1]往扬州，途经友人家。时盛夏，延坐书屋，甚轩爽。暮欲下榻其中，友人曰："是有魅，夜不可居。"曹强居之。

夜半，有物自门隙蠕蠕入，薄如夹纸。入室后，渐开展作人形，乃女子也。曹殊不畏。忽披发吐舌，作缢鬼状。曹笑曰："犹是发，但稍乱；犹是舌，但稍长，亦何足畏！"忽自摘其首置案上。曹又笑曰："有首尚不足畏，况无首耶？"鬼技穷，倏然灭。及归途，再宿。夜半，门隙又蠕动，甫露其首，辄唾曰："又此败兴物耶？"竟不入。

## 释义

① 歙：今安徽一带。

## 故事延伸

曹氏由安徽歙县到扬州去，途中经过一个朋友家，朋友将他留下小住几日。当时正值烈日当空、酷暑炎热的夏季，朋友把他请到自己的书房去坐，那书房又宽敞又凉快。两人谈得很投机，不知不觉天渐渐黑了下来，曹氏想在朋友的书房里过夜。他的朋友为难地对他说："我不是舍不得将书房让给你，只是这书房里晚上闹鬼，半夜出来怪吓人的。我怕你晚上看见了害怕，睡不好觉。"曹氏却不以为然，偏要在那书房里住下。他的朋友没法，只好在书房里备下卧具，让曹氏睡觉。

曹氏由于好奇，又是新到朋友家，因此直到半夜时分，还没有睡着。就在这时，他看到有一个东西慢慢地从门缝里爬了进来。那东西最初时模模糊糊，看起来薄薄的，只有两张纸片那么厚；等到进来之后又渐渐地舒展开来，变作一个女人的模样。曹氏一点儿也不怕，认真地看着。只见那女人忽然披散头发，吐出舌头，原来是一个上吊的鬼。曹氏笑着说："你这还是原来的头发，只是稍微乱了一些；也还是原来的舌头，就是比生前要略长了一些。变去变来都是你原来的头发和舌头，只不过是稍微乱了一些、长了一些，这又有什么可怕的呢!"那鬼听到后又把自己的头从脖子上摘下来，放在案桌上。曹氏看到后哈哈大笑着说："刚才你要么披散头发，要么伸长舌头，这样都不值得害怕；现在没有头了，就更不值得我害怕了。"鬼的本领已经使完，却还没有吓住曹氏，只得一闪而逝。第二天，曹氏离开朋友家到扬州去了。

过了些时日，曹氏从扬州返回时经过这里，仍住在朋友家的这间书房里。到了半夜时分，他看见门缝里又有什么东西在那儿慢慢地爬着。等到门缝里慢慢爬着的那家伙刚刚露出一个头时，曹氏就冷不防猛地吐它一口唾沫，并呵斥说："又是这个叫人扫兴的家伙！你又没什么可怕的，怎么还来这里丢人现眼呢!"鬼觉得再没有什么法子能使曹氏害怕，也不敢再进书房了。

**寓　意**

心存大勇，便无所畏惧。

# 越王好勇

出自《墨子·兼爱中》，用来说明蛮勇并非真正的勇敢。

## 原 文

《墨子·兼爱中》有语：

昔越王勾践好士之勇，教驯其臣，私令人焚舟失火，试其士曰："越国之宝在此!"越王亲自鼓其士而进之。士闻其音，破阵乱行①，蹈火而死者，左右百人有余。越王击金而退之。

## 释 义

① 破阵乱行：不顾阵列，混乱地前行。

## 故事延伸

从前，越王勾践认为男人应该具有勇敢的精神，因此总是想方设法地教育和训练他的臣子。

有一天，他暗中命令人焚毁船只，很快一阵浓烟就从远处冉冉冒起，连阳光都被遮掩了大半。这时，勾践又假装惊慌地对他的臣子说："越国的宝贝正在船上!"群臣听后也都十分惊慌，勾践于是亲自击鼓，鼓舞他们上前救火。眼见君王亲自上阵，大臣和士兵们无不摩拳擦掌，纷纷向着火地点跑去。

但是，因为急于表现自己的勇敢，这些大臣和士兵都忘了排列阵形、有序前进，纷纷撸起袖子就急急忙忙地一头扎了进去。结果他们不但没有找到什么宝物，反而因互相碰撞而倒地，又因有人倒地而被绊倒，又因被绊倒而被踩踏。再加上此时火势凶猛，许多人很快就被大火吞噬，一阵撕心裂肺的号叫声顿时从大火中传来。直到此时，勾践才发现情况不妙，赶紧敲锣让士兵们退回来。可即便如此，还是有 100 多人在这次"演习"中丧生，损失十分惨重。

**寓　意**

没有智慧的勇敢只是蛮勇，想要培养真正的勇敢，就必须掌握一定的科学方法。如果轻视生命而一味逞勇，反而是一种愚昧的表现。

## 九头鸟

出自《郁离子·九头鸟》，用来说明出现矛盾不可恃勇斗狠，而要以大局为重。

**原　文**

《郁离子·九头鸟》有语：

孽摇[1]之虚[2]，有鸟焉，一身而九头，得食则八头皆争，呀然[3]而相衔。洒血飞毛，食不得入咽，而九头皆伤。海凫观而笑之曰："而胡不思九口之食同归于一腹乎？而奚其争也？"

**释　义**

① 孽摇：山名。

② 虚：通"墟"。

③ 呀然：口张开的样子。

**故事延伸**

从前，在遥远的孽摇山上生活着一种鸟，它一个身子，却长了九颗头。这种九头鸟生性逞勇好斗，即便是几颗头颅之间，也常常会因小事而闹分歧。

有一次，这只九头鸟飞了老长时间，终于找到食物，其中最先发现食物的那个头，立即伸长脖子准备啄食。其余八个头对此十分眼红，纷纷伸出脖子去争吃，很快它们就再次争斗起来。只见它们几个晃动着，呀呀叫着相互衔啄，不多时就闹了个洒血飞毛，九个头都受了重伤。而那个最初叼住食物的头，更是奄奄一息，连嘴中的食物都无法下咽了。

这一幕恰好被一只海鸭看见，它感到十分可笑，就嘲笑九头鸟说："你们有这么多脑袋，可智慧却一点都不多啊！你们为什么不想一想：不论是哪张嘴吃下食物，到最后还不是都归到一个肚子里去了吗？你们这样赌气争斗，又有什么意义呢？”

**寓　意**

在团队中遇到矛盾，应该积极化解，个人利益应服从集体利益。

# 第六章

## 顺应时势，懂得变通，方能事半功倍，以奇制胜

# 楚人渡河

出自《吕氏春秋·察今》，用来讽那些一味固守、不懂变通的人。

## 原文

《吕氏春秋·察今》有语：

荆人欲袭宋，使人先表[①]澭水。澭水暴益，荆人弗知，循表而夜涉，溺死者千有[②]余人，军惊而[③]坏[④]都舍。向其先表之时可导也，今水已变而益多矣，荆人尚犹循表而导之，此其所以败也。

## 释义

① 表：标记，这里为动词，指做标记。

② 有：通“又”。

③ 而：如同，好像。

④ 坏：崩塌。

## 故事延伸

春秋时期，南方的强国楚国打算偷偷攻打宋国，依照战略部署，他们要先渡过澭河，然后抄近道，来个攻其不备。

然而楚国人对澭河的深浅并不知晓，为了稳妥起见，他们特意先派人对澭河进行了测量，还专门在水浅之处做了标记。做完标记后，楚国人这才松了一口气，觉得这次一定能够打败宋国，扩大自己的领土了。

然而，就在楚国人出兵前夕，澭河的水突然暴涨，可是楚国人却对此毫不知情。不久之后，楚国大军趁夜来到澭河畔，沿着之前做的标记渡河，但他们却惊恐地发现，那些刻有标记的地方，水都深得很！结果，许多士兵、马匹都因不知水的深浅而掉入河中，有的还被卷入了旋涡之中。整个澭河里顿时传来一阵楚国士兵的哀号声，就如同房屋倒塌那样剧烈。经过事后统计，足足有1000多名士兵在这次“渡河”时丧生，而其余的生还者也无法再次渡河了。加上宋国听到消息后有所准备，楚国人只得收拾残局，黯然返回了国都。

楚国人在渡河前测量深浅、设置标记的做法，可以说是十分正确的；假如澭河之水没有突然暴涨，他们的渡河也一定能够成功。但是在他们渡河之前，澭河的水位已经有了变化，楚国人却对此毫不知情，也没有进行再次检查。因此，他们的失败也就在所难免了。

**寓　意**

世间的一切都处于变化发展当中，只有根据实际情况，灵活应变，才能做到万无一失。如果不知变通、拘泥于教条成规，必然铸成大错。

## 鲁施氏有二子

出自《列子·说符》，用来说明行事只有顺应时势，具体问题具体分析，仅凭经验和主观臆断难以获得成功。

**原　文**

《列子·说符》有语：

鲁施氏有二子，其一好学，其一好兵。好学者以术干齐侯，齐侯纳之，为诸公子之傅。好兵者之楚，以法干楚王，王悦之，以为军正[1]。禄富其家，爵荣其亲。施氏之邻人孟氏同有二子，所业亦同，而窘于贫。羡施氏之有，因从请进趋之方。二子以实告孟氏。孟氏之一子之秦，以术干秦王。

秦王曰："当今诸侯力争，所务兵食而已。若用仁义治吾国，是灭亡之道。"遂宫[2]而放之。其一子之卫，以法干卫侯。卫侯曰："吾弱国也，而摄乎大国之间。大国吾事之，小国吾抚之，是求安之道。若赖兵权，灭亡可待矣。若全而归之，适于他国，为吾之患不轻矣。"遂刖之而还诸鲁。既反，孟氏之父子叩胸而让[3]施氏。施氏曰："凡得时者昌，失时者亡。子道与吾同，而功与吾异，失时者也，非行之谬也。且天下理无常是，事无常非。先日所用，今或弃之；今之所弃，后或用之；此用与不用，无定是非也。投隙抵时，应事无方。属乎智。智苟不足，使若博如孔丘，术如吕尚，焉往而不穷哉？”孟氏父子舍[4]然无愠容，曰：“吾知之矣，子勿重言！”

**释义**

① 军正：军队中执掌刑律的官员。

② 宫：施以宫刑。

③ 让：责备。

④ 舍：通“释”，释然。

**故事延伸**

鲁国有一户姓施的人家有两个儿子，其中长子自幼钻研儒家的仁人爱民之学，次子则对法家、兵家之学情有独钟。长大之后，这家的长子用他所学的儒家仁义思想去游说齐王，得到齐王的赏识，被聘为太子的老师；次子则特意到了楚国，用他所学的兵、法两家学识游说楚王，向他阐明自己的思想、观点和道理，也成功地折服了楚王，被任命为楚国的军事长官。这样，兄弟两人一个在齐国任职，一个在楚国做官，家里可谓是日进斗金，很快就成了乡中数一数二的富户。不仅如此，兄弟两人又同时被授予显赫的爵位，因此就连他家的亲戚朋友也显耀起来。

施氏的邻居姓孟，这家的家庭情况与施家以前相仿，都是家境贫穷，并且有两个儿子。更巧的是，这家的长子也与施家的长子一样，从小推崇儒家的仁爱之学；次子则和施家的次子那样，对兵、法两家学说十分喜爱。施家尚未发迹前，两家的儿子还经常在一起讨论学问、研究兵法。看到施家突然暴富显赫起来后，门外总是停满了达官显贵的马车，进出的都是穿着华贵的官员，因家贫而饱受困扰的孟家，也不由得动了心。于是孟家便主动上施家，请教如何让儿子取得官职的方法。施家的两个儿子也没有藏私，而是慷慨大方地把自己怎样去齐国，怎样向齐王游说及如何到楚国，又如何对楚王游说和当官的经过，如实地告诉了他们。

孟家的两个儿子听到后，觉得这是个门路，于是决定效仿。不久后，这家的长子就收拾行李去了秦国，次子则去了卫国。

孟家长子到秦国后，当即入宫觐见秦王，并在秦王面前大谈特谈儒家的仁人爱民之术。可是当他口若悬河地讲完后，秦王却拉下了脸，不满地说："如今诸侯各国林立，不论是哪个国家都要靠实力进行斗争。至于使国家富强，无非是积蓄兵力和粮食。如果光靠仁义治理国家，秦国又岂能与别的诸侯争霸呢？"他心想：这个人固然有才能，可他劝我用仁义之术治国，就是想要我国不练兵打仗、不积蓄粮食，这怎么能行呢？于是，秦王下令士兵对这个长子施行了最残酷的宫刑，然后又将他赶出了秦国。

孟家次子到了卫国以后，处境也没比兄长好多少。原来他到了卫国之后，便开始向卫王陈述兵家、法家的王霸之学，为了能让卫王采纳他的意见，能在卫国授爵当官，他还特意讲了许多关于用兵的道理。但卫王听到后，也像秦王那样十分不满。他说："我们卫国国土面积本就小、军事实力比秦国也差，再加上夹在大国之间。对于比我们强的大国，我们的政策是要恭敬地侍奉它；对于和我们一样或比我们还要弱的小国，我们的方针是要好好地安抚它们，这样才是我们求得自保的好方法。你所说的用兵道理确实不错，但如果我依靠兵力和权谋，周围的大国就会联手攻打我国，我们的国家很快就要灭亡。如果我就这样把你放走，你必定会到别国去宣传你的主张；别的国家一旦听取了你的建议发展军事实力，必定会成为我国的祸患。"卫王感到这个人既放不得，又留不得，于是派人砍断了他的双脚，然后把他押送回鲁国。

等到两个儿子回到家里，已经全数沦为残疾人，原先所期许的荣华富贵，也彻底成为一场空。孟家全家人对此感到又悲又恨，于是便一起去施家，悲痛地责备施家误导自己、害人子弟。施家的人回答说："不论办什么事，凡是适应时势的就会成功、昌盛，违背时势的就会失败、灭亡。你们学的东西与我们相同，但是取得的效果却完全不同，为什么呢？这是由于你们选择的对象不同，同时又违背了时势啊。我们的做法和行为又有什么错误呢？"

听到这番话，孟家父子三人这才明白过来，于是释怀不再生气，说："我们知道了，你们别再说了。"

**寓意**

如果拥有智慧却不能顺应时势，找不准方向，那么自身的才识不但不能发挥，反而很可能给自己带来巨大灾祸。

## 孔子马逸

出自《吕氏春秋》，用来说明说话要懂得变通，面对不同的人，要用不同的方式。

**原文**

《吕氏春秋》有语：

孔子行道而息，马逸①，食人之稼。野人②取其马。子贡请往说之，毕辞，野人不听。有鄙人③始事孔子者，曰："请往说之。"因谓野人曰："子不耕于东海，吾不耕于西海也。吾马何得不食子之禾?"其野人大说④相谓曰："说亦皆如此其辩也！独如向⑤之人?"解马而与之。

**释义**

① 逸：逃跑。

② 野人：农夫。

③ 鄙人：粗鄙的人。

④ 说：通"悦"，高兴。

⑤ 向：之前。

**故事延伸**

春秋时期，孔子带领着门下弟子们周游列国。有一次他走得累了，便在一棵大树下休息，为了慎重起见，又特意吩咐弟子们看好自己所骑的马。然而由于弟子们的疏忽，马还是挣脱缰绳逃跑了，并跑到一户农夫的田里，啃坏了许多庄稼。

这个农夫看到后十分气愤，干脆就把这匹马牵走了。消息传来，孔子和弟子们顿时觉得为难：既然是自己看管不力，导致马糟蹋了别人的庄稼，按理就应该赔偿；可要是没了这匹马，上了年纪的老夫子，怎么能继续周游列国呢？就在他们一筹莫展之际，一向以能言善辩著称的子贡站了出来，拍着胸脯说："还是让我以三寸不烂之舌来说服那位农夫吧！"想到子贡平日里能言善辩，许多人都纷纷点头，觉得可行。

然而这一次，一向自恃能言善辩的子贡，却碰了一鼻子灰。为了说服这个农夫，子贡不知费了多少口水，从三皇五帝一直讲到春秋大义，但这位农夫就是气呼呼地不肯答应。最终子贡还是无奈地败下阵来，只得垂头丧气地去见老师和师兄弟们。

正在所有人都束手无策时，一位刚刚拜师入门不久、不懂什么大道理的人站了出来，说："老师、诸位师兄，还是让我去吧！""就凭你？"听完他的话，所有人都议论纷纷。"我虽然跟随老师时间不长，不懂得什么大道理，但和这一类人打交道，我最擅长了！"听到这里，孔子也点了点头。

于是这人就这样去了。见到农夫后，他先是表明自己的身份，然后就大大咧咧地问对方说："老兄，您是在遥远的东海那头耕种吗？""当然不是啊！"这人又问："我是在遥远的西海那头耕种吗？""也不是啊！"这人于是反问："既然咱俩离得没有那么远，那么我的马跑到您的田里吃了庄稼，不也是很正常的事儿吗？"农夫听后一琢磨，还真是这么个理儿，于是高兴地说道："这才是真正的讲理人、明白话嘛！像刚才来的那位，啰唆了半天，不知道在说些什么！"最终，农夫十分爽快地把马还给了这人。其余弟子看到这一幕，都不由得目瞪口呆。

**寓　意**

每个人都有自己的思维，与人沟通，应该懂得变通，先搞清楚对方的想法。

# 两人一心

出自《燕书》，用来阐述只有放下成见，彼此协作，才能取得更大的成功。

## 原文

《燕书》有语：

越人甲父史与公石师交，甲父史能计而弗决，公石师善决而计疏，各合其长，事无留行，人两而一心也。因语相侵，离去，政辄[①]败。密须奋泣诛二人曰："君不闻海虫有水母乎？水母无目，资[②]虾以行，虾亦资水母食，两不能无也。水母姑置之，又不闻有琐结乎？腹藏蟹，饥则蟹出求食，归则琐结饱，否乃死，蟹失所巢，亦两不能无也。琐结故置之，又不闻夏屋有蟨鼠乎？与邛邛岠虚比，为邛邛岠虚啮甘草，即有难，邛邛岠虚负而走，亦两不能无也。蟨鼠故置之，又不闻西域有共命之鸟乎？枳[③]首一体，性多妒，饥则争味，一俟其瞑，珍毒草害之，及下嗌，皆毙，亦两不能无也。是皆山海虫尔，不足怪。虽人亦有之，北方有比肩之民，迭食而迭望，失一则死，亦两不能无也。今二人甚类之，其所异者，彼以形，此以事尔。奈何离去？"二人相顾曰："微奋言，吾等将愈败。"欢然如初。

## 释义

① 辄：常常。

② 资：帮助。

③ 枳：通"枝"，引申为歧出。

## 故事延伸

越国人甲父史和公石师交往甚深。甲父史非常善于谋划，但优柔寡断；公石师善于决断，但用计粗疏。两人便把各自的长处合起来，办事没有不成功的。人是两个，心却是一个。后来，因为言语冲撞互相争吵，两人分手，自理政事就常遭失败。

密须奋哭着劝二人说："你们没听说大海里有水母吗？水母没有眼睛，依靠虾子走路，虾子也依赖水母吃食过活，两个不能失掉任何一方呀！水母的事情暂且放在一边，你们曾听说过琐结这种动物吗？琐结肚子里藏着螃蟹，饥饿了，螃蟹就爬出去寻找食物，回来后琐结就饱了，否则就要饿死，螃蟹也失去了自己的巢窝，这也是双方不能失掉一方呀！琐结的事姑且放在一边，你们不曾听说夏屋山的蹷鼠吧？它与邛邛岠虚靠近生活，为邛邛岠虚咬取甘草，一碰到灾难，邛邛岠虚就把蹷鼠背起来逃跑，这也是两方不能失掉任何一方呀！蹷鼠的事情暂且不提，你们不曾听说西方有一种共命鸟吗？一个身子两个头，性情多忌，饥饿了两个头就互相咬啄，等到一方打盹儿了，另一方就衔来毒草杀害对方，及至毒草咽下喉咙，两个头就都死了，这也是双方不能失掉一方呀！以上这些都是山虫海物罢了，不足为怪。在人类中也有同样的事情，北方有一种肩膀并生的人，轮流着吃饭又轮流着望路，失去任何一方都会立刻死去，这也是双方不能失去任何一方呀！现在，你们二人的情况很像上面所说的这些例子，你们和他们的区别，只不过是形体不同，而事情的实质却是完全相同呀！你们为什么要分手呢？"

两个人听了互相看着说："假使没有密须奋这一番话，我们将会越来越倒霉！"于是，两人和好如初。

**寓 意**

一人之力终究有限，合作双赢才是最佳选择。

# 东施效颦

出自《庄子·天运》，用来讽刺那些不懂变通，一味生搬硬套的人。

## 原文

《庄子·天运》有语：

故西施病心而矉矉①其里，其里之丑人见而美之，归亦捧心矉其里。其里之富人见之，坚闭门而不出；贫人见之，挈妻子而去之走。彼知矉美，而不知矉之所以美。

## 释义

① 矉：古同“颦”，皱眉头。

## 故事延伸

西施是越国的美女，也是我国历史上的“四大美女”之一，因为天生丽质，所以在举手投足间都是十分引人注意。但西施的身体不是很好，有心痛的毛病。

有一次，西施在河边洗完衣服准备回家，可就在回家的路上，犯起了心痛的老毛病。于是西施便用手捂住胸口，皱着眉头。虽然样子痛苦，但村民们见到美丽的西施却还是忍不住称赞她，并夸她说这样比平时还要漂亮。

这件事情被同村一名叫东施的女孩子知道了，东施是一名长相并不好看的女子，言行粗鲁，还很没有修养，却终日做着当美女的梦。学着西施的穿着打扮，举手投足。当东施听说村民们夸赞西施用手捂住胸口、皱着眉头这一举动比平时更漂亮后，便也学着西施的样子用手捂住胸口、皱着眉头，并故意在人们面前慢慢地走动，以为这样就会有人来称赞她。可因为东施本来就长相丑陋，再加上她这样刻意地去模仿西施的动作，装腔作势、样子古怪，所以更加让人厌恶。村民们看到东施这个样子之后，有的赶紧回家关紧门窗，有的急忙拉着自己的妻子和孩子躲得远远的。因为这件事情，东施在村里更是被村民们看不起了。

**寓　意**

盲目地模仿别人而不看清自身的条件，最终只会适得其反。

## 引婴投江

出自《吕氏春秋·察今》，用来讽刺主观臆断、不注重实际的人。

**原　文**

《吕氏春秋·察今》有语：

有过于江上者，见人方[①]引[②]婴儿而欲投之江中，婴儿啼。人问其故，曰："此其父善游。"其父虽善游，其子岂遽[③]善游哉[④]？以此任[⑤]物，亦必悖矣。

**释　义**

① 方：正要。

② 引：拉着。

③ 遽：就。

④ 岂……哉：难道……吗。

⑤ 任：处理。

**故事延伸**

一天，有个人走到江边，老远就看到一个汉子抱着一个婴儿，正要把他抛到江里去。婴儿大声哭着、叫着，吓得用双手紧抓着汉子的衣襟挣扎着不放。

这人吓了一大跳，以为是家长抛弃婴儿，当即走上前去阻拦。经过询问他才得知，这人根本就不是婴儿的父亲。他更加气愤了，当即厉声质问那汉子："为什么要如此迫害一名可怜的婴儿？"

那汉子听后说道："谁说我要害他了？我只是想把他放到水里，让他自己游水罢了。”

那人一听更加气愤了：“这么小的婴儿哪懂什么水性？你就这样把他丢进水里，岂不是要了他的命吗？”那汉子满不在乎地说：“这个孩子的父亲，可是附近十里八乡水性最好的人；作为他的儿子，水性还能差到哪里去？我把他扔到江里去，正好可以欣赏婴儿游泳嘛！”

听了这番愚昧无知的话，这人又好气又好笑，当即斥责他说：“你这人也太混账了！哪有父亲水性好，孩子就一定水性好的？我问你：你的父亲又擅长什么？”

汉子回答说：“木工。”

这人又问：“你也会木工吗？”汉子理直气壮地回答说：“那当然了，我也是一名木匠。”那人问：“你生下来就会木工的？”汉子说：“是长大后跟随父亲学的。”

这人气呼呼地说：“这不就对了？你父亲擅长木工，你却没在刚生下来时就会，现在又凭什么要求这个婴儿生下来就像他父亲一样会水呢？像你这样办事情，也真是太荒谬了！”说罢，他就赶紧把这个婴儿救了下来。

**寓　意**

解决任何问题都要懂得变通，要具体问题具体分析，然后去解决。同时，如若强迫一个人去完成其无法胜任的工作，只能招致失败。

## 孔子观于吕梁

出自《庄子·达生》，用来说明顺应时势方能成功的道理。

**原　文**

《庄子·达生》有语：

孔子观于吕梁，悬水三十仞，流沫[1]四十里，鼋鼍鱼鳖之所不能游也。见一丈夫游之，以为有苦而欲死也。使弟子并[2]流而拯之。数百步而出，被发行歌而游于塘下。

孔子从而问焉，曰：“吕梁悬水四十仞，流沫三十里，鼋鼍龟鳖之所不能游，向[3]吾见子蹈之，以为有苦而欲死者，使弟子并流将承子。子出而被发行歌。吾以子为鬼，察子则人也。蹈水有道乎？”

曰：“亡，吾无道。吾始乎故[4]，长乎性[5]，成乎命。与齐俱入，与汩偕出，从水之道而不为私焉。此吾所以蹈之也。”

孔子曰：“何谓始乎故，长乎性，成乎命也？”

曰：“吾生于陵而安于陵，故也；长于水而安于水，性也；不知吾所以然而然，命也。”

## 释义

① 流沫：形容水流湍急。

② 并：沿着。

③ 向：之前。

④ 故：本性。

⑤ 性：习性。

## 故事延伸

有一次，孔子带领着他的几位弟子经过吕梁，来到大瀑布前观赏自然美景。只见那条瀑布从千仞之高的山崖上飞泻而下，冲刷出大量的水沫，一直流到了40里外的地方。由于瀑布高低落差太大，就连那些自幼生于水、长于水的鼋、鼍、鱼、鳖等水族动物，也都不敢从这里游过。

就在这时，孔子突然看到一个汉子“扑通”一声跳入水中，这可把他吓了一大跳。孔子以为这个汉子遇到了什么伤心事想要寻短见，于是赶紧招呼自己的几位弟子，要他们顺着水流去救那个人。然而这里水势滔天、声浪阵阵，那个人很快就被淹没在水中。

就在孔子将要扼腕叹息之时，只见几百步远的水面上，突然冒出了一个脑袋，原来那个人竟然没被淹死！很快，这个人就走上岸来，披着头发一边优哉游哉地赶路，一边放声高歌。

孔子放心之余，又不免感到惊异，于是他快步赶上前去，诚恳地请教说："我还以为你是个鬼呢，仔细一看，你实实在在是个人啊！请问你是怎么练出这样一身绝技的呢？"

那汉子听后爽快地回答说："我并没有什么游水的窍门，只不过在开始时出于本性，成长过程中又按照天生的习性，最终顺应自然取得成功。我能随着旋涡一直潜到水底，又能随着旋涡的翻流而浮上来，完全顺着水流的规律，而不以自己的生死得失来左右自己的行为，这就是我的游水之道。"

孔子又问道："什么叫开始时出于本性、成长过程中按照天生的习性、顺应自然呢？"

那汉子回答说："我出生在山地，所以去适应山地的生活环境，这是出自本来的天性；我长在水边，所以去适应水边的生活环境，这就是成长顺着生来的习性；不是有意地去这样做却自然而然地这样做了，这就叫顺应自然。"

听了汉子的一番话，孔子若有所悟地点了点头。

**寓　意**

想要成功就必须顺应时势。出乎本性却不耽于本性，尊重自然的规律行事，成功就近在眼前了。

## 卜子之妻

出自《韩非子》，用来说明做事要懂得变通。

**原　文**

《韩非子》有语：

郑县人卜子，使其妻为裤，其妻问曰："今裤何如？"夫曰："象①吾故裤。"妻子因毁新裤，令如故裤。

**释　义**

① 象：通"像"。

## 故事延伸

郑县有一个人叫卜子，他的妻子十分愚蠢，经常做出种种令人发笑的事情。

有一天，卜子觉得自己的裤子有些破旧，于是便吩咐妻子说：“我的裤子已经穿旧了，请帮我缝制一条新的吧！”妻子回答说：“不知道你想要一条什么样的裤子呢？”卜子想了想说：“就和原来那条旧裤子一样好了。”

听到丈夫的要求后，妻子当即找出那条破旧的裤子，仔细观察面料、花纹，然后又跑到市场上去买。由于年年都出新的布料，她找了好久都没能找到一模一样的布。因此这个愚妻非常焦急，她想：“要是找不到一样的布料，我又怎么能做出一样的裤子呢？”为此，她愈发卖力地向邻居熟人打听，到处寻找自己想要的那种布料。或许是自己的诚心感动了上苍，在一位老婆婆的指引下，她终于买到了那种花纹一模一样的布料。

回家以后，她便开始对照着旧裤缝制新裤。经过几天的时间，她终于将裤子缝制完毕，然而看着崭新的裤子，她却不由得再次犯了难。

原来她发现，旧裤又脏又破，上面到处都是窟窿，而新裤上却没有这些东西，两者仍然“不一样”。这位愚蠢的妻子拿起新裤，绞尽脑汁反复思量，终于想出一个好办法。她把新裤放在地上又揉又搓又捶又踩，一连折腾了好几天，终于把新裤弄得跟旧裤一样又脏又破了。

这天晚上卜子刚刚回来，妻子就拿出做好的“新裤”给他看，并在一旁大肆吹嘘自己的“心灵手巧”。然而卜子看到这条裤子，气得瞠目结舌，半天说不出话来。最后，他指着这条破旧的“新裤”，怒气冲冲地吼道：“如果是这样，我直接穿旧的那条就好了，哪还用得着让你做一条新的吗？”

## 寓意

做任何事都不能固守教条，要学会变通。

# 生木造屋

出自《吕氏春秋·别类》，用来说明做任何事都要注重实际，不能自以为是。

## 原文

《吕氏春秋·别类》有语：

高阳应将为室家，匠对曰："未可也，木尚生[①]，加涂[②]其上，必将挠。以生为室，今虽善，后将必败。"高阳应曰："缘[③]子之言，则室不败也。木益枯则劲，涂益干则轻，以益劲任益轻，则不败。"匠人无辞而对，受令而为之。室之始成也善，其后果败。

## 释义

① 生：木料还未干。

② 涂：泥。

③ 缘：依循。

## 故事延伸

宋国大夫高阳应迫不及待地想要修建一所房屋，由于心急竟然连木料都来不及进购，就直接派人在自己的封地内，砍了一批木材。等到这批木材运到宅基地，他又立刻召来所有工匠，勒令他们马上开工。

工匠们看到地上横七竖八、胡乱堆放的木料，只见其中一些甚至连枝杈和树皮都没有削去，树皮脱落的地方，露出一截光亮、湿润的白皙木芯；树干的断口处，还散发着一阵阵树脂的清香。工匠们顿时愣住了。他们商量了半天，最终还是鼓起勇气对高阳应说："请您恕罪，我们短期内只怕无法动工。您的这些木料都是刚砍下来的，内部水分没有排尽、质地也还没有变硬，一旦抹泥承重之后，很容易就会弯曲。短期内，用这种木料盖的房子或许问题不大；但时间一久，这种房子必然容易倒塌。”

高阳应听到这番话后十分不满，认为工匠们是在故意拖延，于是自作聪明地说：“照你所说，也无非就是湿木料承重后，容易变弯的问题了。但是湿木料却会逐渐变干变硬，湿泥灰也会逐渐变干变轻。这样一来，等到修好房屋之后，就变成了坚硬的干木料承载着变轻的泥灰，又怎么会倒塌呢？所以你们不要再推辞了，从明天起就开始干活吧！”

听到高阳应这番头头是道的分析，工匠们都愣住了。虽然自己多年的工作实践早已证明这种做法不妥，但他们却又说不出个所以然来，而高阳应的话听起来又实在是“很有道理”。万般无奈之下，工匠们只好硬着头皮动工了。由于木料未干，工匠们的工作难度比平日里大了许多，但他们还是努力克服了种种困难，在最短的时间内宣告竣工。

住进新屋之后，高阳应感到十分开心，想起工匠们当时的推脱，他又有些不屑。住了一段时间后，他的新屋果然开始向一边倾斜，高阳应这才感到坐立不安。随着新屋愈发倾斜，高阳应只得带着所有家人搬了出去，再次到旧屋居住。不久之后，这所房子就倒塌了。

**寓意**

做事不能凭自己的主观臆测，如果忽视实际情况，一味地蛮干，结果必然会不尽人意。

## 艾子使于燕

出自《艾子杂说》，用来说明做人要有自知之明，避免不切实际的幻想。

**原文**

《艾子杂说》有语：

艾子使于燕，燕王曰：“吾小国也，日为强秦所侵，征求无已，吾国无以供之，欲革兵一战，又力弱，不足以拒敌，如之何则可？先生为谋之。”艾子曰：“亦有分也。”王曰：“其有说乎？”艾子曰：“昔有龙王，逢一蛙于海滨，相问讯后，蛙问龙王曰：'王之居处何如？'王曰：'珠宫贝阙，翚飞璇题[①]。'龙复问：'汝之居处何若？'蛙曰：'绿苔碧草，清泉白石。'复问曰：'王之喜怒如何？'龙曰：'吾喜，则时降膏泽，使五谷丰稔；怒，则先之以暴风，次之以震霆，继之以飞电，使千里之内，寸草不留。'龙谓蛙曰：'汝之喜怒何如？'曰：'吾之喜，则清风明月，一部鼓吹；怒，则先之以努眼，次之以腹胀，然后至于胀过而休。'"于是，燕王有惭色。

**释 义**

① 翚飞璇题：形容宫殿宏伟壮丽的样子。

**故事延伸**

艾子奉命出使燕国，燕王便向艾子请教说："燕国天天为强秦所侵犯，征敛勒索没有尽头，实在难以供奉；想要装备军队与它打一仗，又怕力量软弱难以攻克，这可怎么办呢，请先生给我出个主意。"

艾子回答说："也无非是各守其分罢了。"燕王问："这是什么意思呢？"

于是艾子讲了一个故事：

"一天，龙王出外巡游，在海滨遇上了一只青蛙。青蛙问：'龙大王您居住的地方是怎样的呢？'龙王说：'我住在用珍珠宝贝建造的海底宫殿，里面珠光宝气、金碧辉煌。'接着龙王反问青蛙：'你居住的地方又是什么样子呢？'青蛙说：'我住在山间小溪边，那里有绿色的苔藓和碧绿的青草，还有清亮的泉水和洁白的山石，简直美丽极啦！'

"青蛙又问龙王道：'龙大王，您高兴和发怒时是怎样的呢？'龙王说：'我高兴的时候，就给人间降下甘露，使五谷丰登；我发怒的时候，就刮起暴风，使天地间飞沙走石，然后，再加以霹雷闪电，使得千里之内寸草难留。你呢？'青蛙回答说：'我跟龙大王您就没法比了。我高兴了，就在风清月明的夜晚亮起我的歌喉，一个劲地'呱呱'叫，唱上一阵；我要是发怒了，就先睁大眼睛凸出眼珠子，接着便鼓胀起我的肚子，表示我的气愤，最后把肚子这么胀过以后也就罢了。因为我就这么大能耐啊！’”

燕王听后十分惭愧。

**寓意**

有雄心壮志固然是好事，但一定要顺应时势，不可一味地逞强。

## 明年同岁

出自《艾子杂说》，用来讽刺那些目光短浅、做事僵化，不知变通的人。

**原文**

《艾子杂说》有语：

艾子行，出邯郸。道上，见二媪相与[①]让路，一曰：“媪几岁？”曰：“七十。”问者曰：“我今六十九，然则明年当与尔同岁矣。”

**释义**

① 相与：表示同时同地做某件事。可译为共同。

**故事延伸**

有一次，艾子前往赵国，在路上，见到两位白发苍苍的老妇人在那里互相让路。

其中一位老妇人问：“不知道您今年多大岁数了呢？”另一位听后当即回答说：“今年已经70岁啦！不知道您今年多大岁数呢？”

原先问话的那位听到后有些不服气，于是说：“我今年69岁，比您还要小一岁。不过等到明年，咱俩可就是同岁啦！”

**寓意**

一切事物都处于不停地发展变化中，只有以发展的眼光多角度地看待问题，才不会受局限。

# 秦士好古

出自《笑林广记》，用来讥讽那些一味好古，却不讲究实际的人。

## 原文

《笑林广记》有语：

秦士有好古物者，价虽贵，必购之。一日，有人持败席一扇，踵[①]门而告曰："昔鲁哀公命席以问孔子，此孔子所坐之席也。"秦氏大惬，以为古，遂以负郭[②]之田易之。

逾时，又有持枯竹一枝，告之曰："孔子之席，去今未远，而子以田售。吾此杖乃太王避狄，杖策去邠所操之箠也，盖先孔子之席又数百年矣，子何以偿我？"秦士大喜，因倾家资悉与之。

继而，又有持朽漆碗一只，曰："席与杖皆周时物，固未为古也。此碗乃舜造漆器时作，盖又远于周矣，子何以偿我？"秦士愈以为远，遂虚所居之宅以予之。

三器既得，而田舍资用尽去，致无以衣食，然好古之心，终未忍舍三器。于是披哀公之席，持太王之杖，执舜所作之碗，行乞于市，曰："那个衣饮父母，有太公九府钱，乞我一文！"

## 释义

① 踵：亲自到。

② 负郭：靠近城墙。

## 故事延伸

秦朝有个读书人非常喜欢古物，即使十分昂贵也一定要求购。

有一天，有人带了一张破席子亲自上门，说："过去鲁哀公向孔子询问国事，就让孔子坐在这张席子上。"秦士听了后心里十分高兴，认为这是一件意义重大的古物，就用近郊的良田换了它。

不久之后，又有一个人拿了一根旧拐杖来，对他说："孔子的坐席距离今日才多久啊，你居然用良田来换它！这是周太王（上古周氏族的领袖）逃难时所用过的拐杖，它比孔子坐过的那席子要早几百年哩，你打算用什么来换呢？"读书人听后，立即把家里所有的钱都给了那人。

又过了一阵，又有人拿来了一只快烂的木碗，对这好古的读书人说："那席子和拐杖还不算很古呐！我这只碗可是舜帝时造的，比孔子和周太王不知古老到哪里去了！"读书人此时已经没有土地与钱了，只得把自己的房子让出来给了这人。

三件古物都得到了，可是田地、钱和房子却都没了，此时的读书人连衣食住行都成问题，却还是不肯放弃追逐古物。他只得披上哀公时的破席子，拄着周太王的拐杖，拿着舜帝时造的碗，到街上去乞讨，不停地哀求说："好心的施主啊，如果有姜子牙铸造的钱币的话，请赐一文给我吧！"

**寓　意**

不管做什么都要懂得变通。

## 郑人逃暑

出自《太平御览》，用来说明做事不能照搬经验，必须结合实际的道理。

**原　文**

《太平御览》有语：

郑人有逃暑于孤林之下者，日流影移，而徙衽[①]以从阴。及至暮，反席于树下。及月流影移，复徙衽以从阴，而患露之濡[②]于身。其阴逾去，而其身逾湿，是巧于用昼而拙于用夕矣。

**释　义**

① 衽：席子。

② 濡：沾湿。

**故事延伸**

一年盛夏时分，天气酷暑难耐，太阳像个大火炉般挂在天上，烤得人们浑身湿透，感觉十分难受。就连树上的知了也在拼命嘶叫，使人听来愈发烦躁。

有个郑国人的院子里有一棵大树，于是他就卷了草席、拿着蒲扇，到树荫下面去乘凉。从早到晚，树荫总是随着太阳慢慢地移动，郑国人发现了这个现象，就也跟着树影不停地挪动他的席子，所以他总是处于树影中，没被太阳晒到过。随着太阳渐渐居中、偏西，树影由远及近，又由近及远，到了傍晚太阳落山的时候，又重新到了树底下，那个郑国人也就跟着回到了树底下。

夜幕降临，月亮升上了天空，又在树下投下了一片阴影。郑国人又出来乘凉了。他想，晚上有露水，要是被露水打湿了衣服可怎么办呢？接着又转念道：不怕，还是用白天的老办法，肯定不会有问题的。

于是，树影紧随着月亮的移动而移动，郑国人则紧随着树影的移动而挪动，他满以为这样就可以躲避露水。可是他却没料到，自已竟和树影一起移动得越来越远了。一夜下来，他的衣服和席子都被露水打湿了。

**寓意**

遇到事情应当具体问题具体分析，不能一味地照搬过去的经验。若是固执教条、不联系实际，最终只能适得其反。

## 三虱争讼

出自《韩非子·说林下》，用来说明做事要认清形势。

**原文**

《韩非子·说林下》有语：

三虱食彘，相与讼。

一虱过之，曰：“讼者奚说？”

三虱曰：“争肥饶之地。”

一虱曰：“若亦不患腊之至而茅之躁耳，若又奚患？”

于是乃相与聚嘬①其身而食之。彘臞②，人乃弗杀。

## 释义

① 嘬：咬。

② 臞：消瘦。

## 故事延伸

一天，三只虱子在一头肥猪的身上，相互争吵起来。它们吵得是如此激烈，以至远处一只路过的虱子也被吸引过来了。

这只虱子见它们吵得不可开交，谁也不肯让步，不禁好奇地问：“你们这是为什么争吵呢？”三只虱子一起回答说：“那还用说吗？当然是为了争夺猪身上最肥的地方啊！”于是，它们又一起拉住那只过路的虱子，让它给它们评评理。

那只虱子听了后，哈哈大笑。三只虱子感到十分奇怪，就问它为何发笑。这只虱子说：“你们难道就没有想到，腊月祭祀的日子即将到来吗？如果这只猪被养肥了，必然会被主人挑选为祭祀牺牲。到那时候，茅草一烧，这头猪就被杀掉丢进汤锅里了，你们又岂能保全呢？你们连死都不害怕，反而担心占不到便宜，我怎能不发笑呢？”三只虱子一听，恍然大悟。于是它们立即停止争吵，挤在一起，拼命地撕咬吞食起来。

在它们的不断吸食下，猪很快就变瘦了。到了腊月祭祀的时候，人们果然没有杀掉这头猪。

## 寓意

做事要认清形势，越是在危难关头，越是要齐心协力、共渡难关。

# 吴王欲伐荆

出自《庄子·山木》，用来说明做事切勿只顾眼前不顾身后。

## 原文

《庄子·山木》有语：

吴王欲伐荆，告其左右曰："敢有谏者死！"舍人有少孺子[1]者欲谏不敢，则怀丸操弹，游于后园，露沾其衣，如是者三旦。吴王曰："子来，何苦沾衣如此？"对曰："园中有树，其上有蝉，蝉高居悲鸣饮露，不知螳螂在其后也；螳螂委身曲附[2]，欲取蝉，而不知黄雀在其傍[3]也；黄雀延颈，欲啄螳螂，而不知弹丸在其下也。此三者皆务欲得其前利，而不顾其后之患也。"吴王曰："善哉！"乃罢其兵。

## 释义

① 少孺子：年轻人。

② 附：通"跗"，脚背。

③ 傍：通"旁"。

## 故事延伸

吴王阖闾想要讨伐楚国，左右大臣都不赞同。阖闾愤怒之下发布命令，说："凡是劝阻我的人，我一定会杀死他！"

吴王的侍从中有个年轻人想要劝谏吴王却不敢，就怀里藏着弹丸，手里拿着弹弓，在后院游荡，以至于露水都打湿了他的衣服，一连几天都是如此。吴王感到十分不解，便问他："你为什么要这样做？"

这个年轻人赶紧回答说："园中有一棵榆树，树上有一只知了。这只知了鼓动翅膀悲切地鸣叫着，准备吮吸些清凉的露水，却不知道有只螳螂正在它的背后。螳螂伸出两只像砍刀一样的前臂，打算把知了逮住吃掉。它正要捉知了的时候，却不知道黄雀就在它的后面。黄雀伸长脖子，想啄死螳螂吃掉它。它正想啄食螳螂时，却不知道榆树下面的我正拿着弹弓，把皮筋拉得长长的，早已瞄准了它。可我一心想射杀黄雀时，却不知道前面有个深坑，后面还有个树桩子，以至于差点绊倒跌进去。这都是贪图眼前利益，而不顾身后隐藏的危机呀！”

吴王听后顿时了然，便说：“你说得对。”于是他下令停止调兵。

**寓 意**

做事不要只图眼前小利，而应该顺应时势。

## 弓与矢

出自《韩非子》，用来强调顺应时势、团结协作的重要性。

**原 文**

《韩非子》有语：

一人曰：“吾弓良，无所用矢。”一人曰：“吾矢善，无所用弓。”后羿闻之曰：“非弓，何以往①矢？非矢，何以中的②？”令③合弓矢，而教之射。

**释 义**

① 往：射出。

② 的：箭靶的中心。

③ 令：教。

**故事延伸**

有一个人背着一张大弓四处游历，可却从来没有用过它。有人感到好奇便问他说：“为什么只见你有弓，却从不见你射箭呢？”那人骄傲地回答说：“我的弓是天下最好的弓，可惜的是还没发现可与它匹配的利箭！”

又有一个人拿着一支箭到处转悠，也同样从来没有使用过它。当有人询问时，他也像之前那人一样回答说：“我这支箭举世无双，可惜的是还没有见到能与它相匹配的神弓啊!"

这两个人的话传到后羿耳中，后羿立即找到他俩，说："你们的弓和箭的确都是上好的。可是，你的箭再好，不用弓发射，这支箭也只能束之高阁或被你永远地握在手中；再说你的弓，再好的弓如果没有箭，也只能是张空泛无用的弓。"

这两个人听了后羿一番话，似乎有些明白了。于是，后羿对他俩说："来，把你们的良弓、利箭合在一起，我来教你们射箭，你们再来真正领略一下你们的弓和箭好在哪里吧!"

**寓意**

一个人即便有很多优点，也需要顺应形势与他人合作，才能充分发挥特长，取得成功。

## 马价十倍

出自《战国策·燕策》，用来说明遇到困难应善借外力，这是一种智慧的变通方式。

**原文**

《战国策·燕策》有语：

人有卖骏马者，比① 三旦立市，人莫知之。往见伯乐曰："臣有骏马欲卖之，比三旦立于市，人莫与言。愿子还② 而视之，去而顾之，臣请献一朝之贾。"伯乐乃还而视之，去而顾之，一旦而马价十倍。

**释义**

① 比：连续。

② 还：通"环"，围绕。

**故事延伸**

从前，有个人偶然得到了一匹骏马，想要卖掉它。可是他一连在集市上站了三天，都没有一个人过来询问价格，这个人因此十分窘迫。

眼瞅着自己已经白白等了好几天，这人心中十分焦躁。就在这时，他得知著名的相马专家伯乐也在当地，于是立即前往拜访。他对伯乐说："我偶然间得到一匹骏马，可惜却没有识货的人来买。因此我想请您明天在经过我那里时，能够围着我的马转一圈，然后在离去时回头看一眼。我愿意以我一天的酬劳来奉送给您。"伯乐答应了。

第二天，伯乐果然如约前来，围着那匹马仔细观察了一圈；临走的时候，又特意回头看了一眼。他的这一举动很快就落在了周围人的眼中，掀起了轩然大波。既然连著名的伯乐都对这匹马如此注意，岂不是说……想到这里，许多人立即围了上去，纷纷抢着买那匹马。最终，那匹马卖出了比原来高出十倍的价钱。

**寓　意**

酒香也怕巷子深，怀才也怕人不识，因此我们要学会变通。

## 东都之旱

出自《郁离子》，用来说明要通过当下的事情推及未来，未雨绸缪，这也是一种变通思维。

**原　文**

《郁离子》有语：

汉愍帝季年，东都大旱，野草皆焦，昆明之池竭。洛巫谓其父老曰："南山之湫[1]有灵物，可起也。"父老曰："是蛟也，弗可用也，虽得雨必有后忧。"众曰："今旱极矣，人如坐炉炭，朝不谋夕，其暇计后忧乎？"乃召洛巫与如湫，祷而起之。酒未毕三奠，蛟蜿蜒出，有风随之，飕飕然山谷皆殷。有顷雷雨大至，木尽拔，弥三日不止，伊、洛、瀍、涧皆溢，东都大困，始悔不用其父老之言。

**释义**

① 湫：水潭。

**故事延伸**

东汉末年，国都洛阳一带发生大旱，不但田间野草全数焦枯，就连昆明池也变得干涸了。当地百姓因此民不聊生，生活十分窘迫。

当时洛阳有个巫师对人们说："在南山水潭里有可以显灵的神物，可以求助于它。"当地的长者们听后纷纷反对，说："那是蛟龙，根本靠不住啊！即便今日得到雨水，之后必然会有更大的灾厄。"年轻些的人却说："现在干旱成这样，人就像坐在火炉子上，朝不保夕，还说什么以后呢！"于是便找来那个巫师，一起来到水潭向蛟龙祈祷。

还没等他们用酒祭献三次，蛟就蜿蜒地爬出来了。一时之间，天地狂风大作，整个山谷都嗖嗖地响起来了。又过了一会儿雷雨大作，树都被连根拔起。暴雨连下三天都不停止，伊河、洛河、瀍河、涧河的水都暴涨，洛阳也因此受到洪涝之灾。直到此时，年轻人才后悔没听长者的话。

**寓意**

真正的智者会由当下的现象去推测未来的情势变化，以早做打算。

## 楚人患狐

出自《郁离子》，用来讥讽那些固守教条、盲目照搬经验的人。

**原文**

《郁离子》有语：

楚人有患狐者，多方以捕之，弗获。或教之曰："虎，山兽之雄也。天下之兽见之，咸詟[①]而亡其神，伏而俟命。"乃使作象虎，取虎皮蒙之，出于牖下。狐入，遇焉，啼而踣。

他日，豕曝于其田，乃使伏象虎，而使其子以戈掎[2]诸衢。田者呼，豕逸于莽，遇象虎而反奔衢，获焉。楚人大喜，以象虎为可以皆服天下之兽矣。

于是，野有如马，被象虎以趋之。人或止之曰："是驳也，真虎且不能当，往且败。"弗听。驳雷呴[3]而前，攫而噬之，颅磔而死。

## 释义

① 詟：恐惧，害怕。

② 掎：牵制，这里有"把守"的意思。

③ 呴：通"吼"。

## 故事延伸

楚国有个人一直深受狐狸困扰，为此想了种种办法来捕捉狐狸，都没有成功。于是有人教他说："老虎是万兽之王，天下的野兽见了它，没有不失魂落魄、趴在地上等死的。"于是这人便用虎皮做了一个假老虎，把它放在窗户之下。等到晚上狐狸闯入院中，看到威风凛凛的假老虎模型，果然吓得惊叫着倒在了地上。

不久之后，野猪又开始损害这人的庄稼，于是他便把老虎的模型放在田间，并让他儿子拿着长戈在宽敞平坦的道路上埋伏起来。等到野猪出现在田里，他便大声吆喝着迫使野猪逃跑，野猪遇到了假老虎后，又不得不回过身向通衢奔去，结果被成功捕获。楚人因此非常高兴，认为通过假老虎就可以降服一切野兽。

后来，野地里突然出现了一只像马的野兽，楚人见后二话不说，披上虎皮就跑了过去。有人急急拦住他说："使不得呀！这是以虎为食的猛兽驳，即便是真的老虎也无法与它抗衡，你去了不是自寻死路吗?"然而楚人不肯听从。看到披着虎皮的楚人后，那只驳雷鸣似的吼叫着扑上前来，抓住了他就咬，楚人很快就被咬碎了头颅。

## 寓意

不同的问题，有不同的解决办法。一味凭经验而不顾实际，是难以取得成功的。

## 鲁人徙越

出自《韩非子·说林上》，用来说明改变思路，善于变通的重要性。

**原文**

《韩非子·说林上》有语：

鲁人身善织屦[①]，妻善织缟，而欲徙于越。或谓之曰："子必穷矣。"鲁人曰："何也？"曰："屦为履之也，而越人跣行[②]；缟为冠之也，而越人被发。以子之所长，游于不用之国，欲使无穷，其可得乎？"鲁人对曰："夫不用之国，可引而用之，其用益广，奈何穷也？"

**释义**

① 屦：古代的一种鞋子，用麻、葛等制成。

② 跣行：光着脚走路。

**故事延伸**

鲁国有个人擅长编织鞋子，他的妻子则擅长编织白绢。由于在本国生意平平，夫妻二人在经过商量后，决定离开鲁国，前往越国谋生。

听说了夫妻俩的搬家计划后，一位邻居赶紧出来劝阻，说："你们搬到哪儿不好啊，非得搬到越国那种地方去。我敢保证，你们要是去了那里，不但不能壮大生意，反而一定会陷入贫穷呢！"

鲁国人问："为什么？"

邻居摇摇头回答说："这还不明显吗？鞋子，是人们用来穿着走路的，但是越国人素来喜欢光脚走路；白绢，是做成帽子给人们用来戴的，但是越国人一直都喜欢披散着头发。他们哪里用得着鞋子和白绢呢！你们的专长在这里，却偏偏要跑到无处施展的地方去，能够生存下去就已经很难得了，还怎么能够发大财呢？"

鲁国人却表示反对。他反驳说："到了不用我们专长的地方，我们不是正好可以引导他们穿鞋戴帽吗？只要能够在那里成功推广开来，我们就可以赚到整个越国的钱了，还怎么会贫困呢？"

**寓　意**

换个角度进行思考，许多看似无解的问题，就会迎刃而解。

## 南海人赠蛇

出自《郁离子》，用来说明为人处事要学会变通。

**原　文**

《郁离子》有语：

南海之岛人食蛇，北游于中国，腊蛇以为粮。之齐，齐人馆①之厚，客喜，贿主人以文鉠②之脩，主人吐舌而走，客弗喻，为其薄也。戒皂臣求王虺③以致之。

**释　义**

① 馆：客店，这里用作动词，指接待。

② 文鉠：带有花纹的蛇。

③ 王虺：最大的毒蛇。

**故事延伸**

宋王想让熊蛰父担任司马，熊蛰父推辞了。宋王对杞离说："熊蛰父是嫌官不够大？那就让他当太宰吧！"杞离说："请先让臣去说服他。"

杞离来到熊蛰父家，却没能见到他，反而在路上遇到了他的仆人，对他说了宋王的意思。他的仆人说："我这个下人不清楚主人是否会接受这个官职，但我曾经听说过这样一个故事：在南海的一座岛屿上，当地人善于腌制蛇肉，将其视为美味佳肴。有一次，一个南海人往北游历中原，临行前还特意带了许多用蛇做成的腊肉。到了山东一带，山东人十分热情地接待了他，这个南海人高兴之下，便特意拿出花斑毒蛇做的肉干来赠给主人。岂料主人见到后，吓得当场就吐着舌头跑开了。那个南海人不明白是怎么回事，还以为是礼物太微薄了，便又吩咐仆役去翻找大毒蛇的肉干，打算再次送给主人。”

顿了顿，他又说：“我家主人将官职视为洪水猛兽，而国君和大夫您却一再对他委以要职。这样一来，岂不是和那个南海人一样了吗？”

杞离听后感到十分惭愧，于是便回去了。

**寓意**

不同的人有不同的志向，一味以自己的喜恶为标准，来衡量他人的想法，是一种固执而不可取的。

## 噪虎

出自《郁离子》，用来讽刺那些懒于思考，不知变通，只知一味附和他人的人。

**原文**

《郁离子》有语：

女几之山，乾鹊所巢，有虎出于朴蔌，鹊集而噪之。鸲鹆[①]闻之，亦集而噪。鹎鶋[②]见而问之曰：“虎行地者也，其如子何哉，而噪之也？”鹊曰：“是啸而生风，吾畏其颠吾巢，故噪而去之。”问于鸲鹆，鸲鹆无以对。鹎鶋笑曰：“鹊之巢木末也，畏风故忌虎，尔穴居者也，何以噪为？”

**释义**

① 鸲鹆：即八哥。

② 鹎鶋：即寒鸦，也叫“雅乌”。

**故事延伸**

郁离子因为大胆直言而触犯了当时的世俗观点，遭到统治者的厌恶，其想要杀掉他。一些大臣认为郁离子满腹经纶，应当加以起用；另外一些奸臣出于畏惧，则在朝堂上大肆诋毁他。在他们的大力批判下，其余一些原本保持中立的人，也开始跟着声讨郁离子。有人问附和者说："你们都认识郁离子这个人吗？"这些人回答说："人倒是不了解，但至少听说过他的名字啊！"

有人把这件事告诉了郁离子，郁离子笑着说："女几山是喜鹊筑巢的地方，有一天，一只老虎从树丛里窜了出来，树枝上的喜鹊当即结成一群，不停地大声啼叫。八哥听见了，也跟着它们成群乱叫。乌鸦于是问喜鹊：'老虎是地上走的，你是天上飞的，它又不能伤害到你，用得着这么嚷嚷吗？'喜鹊说：'你有所不知。老虎咆哮就会生风，我怕它把我的巢给弄掉了，这才喊叫着驱赶它啊！'乌鸦又问八哥为什么啼叫，八哥回答不上来。乌鸦于是笑着讥讽它说：'喜鹊是在树枝上筑巢，因怕风才顾忌老虎；你一个洞子里窝着的家伙，跟着瞎嚷嚷个什么劲儿？'"

**寓 意**

我们不论做什么都不可盲目跟风，要有自己的主见，要懂得变通。

## 句章野人

出自《郁离子》，用来讽刺那些一味迷信经验，而懒于思考的人。

**原 文**

《郁离子》有语：

句章之野人翳[①]其藩以草，闻喈喈之声，发之而得雉，则又翳之，冀其重获也。明日往聆焉，喈喈之声如初，发之而得蛇，伤其手以毙。

郁离子曰：是事之小，而可以为大戒者也。天下有非望之福，亦有非望之祸。小人不知祸福之相倚伏也，则侥幸以为常。是故失意之事，恒生于其所得意，惟其见利而不见害，知存而不知亡也。

**释 义**

① 翳：遮盖。

**故事延伸**

句章有一个农夫，为了防止有东西轻易进入自家院子，便在篱笆外围了一圈草。一天，他从田里耕种回来，听到草里发出一阵“喈喈”的叫声。农夫小心翼翼地扒开那草，居然从中抓出一只山鸡，不禁喜出望外。他意识到这可能是一个额外创收的方法，就又用草遮挡起篱笆，希望能再从那里获得东西。

第二天耕作回家后，他又赶紧凑到篱笆那里细听，果然又听到里面传来先前那样的“喈喈”声。这一次，农夫更是大喜过望。想到昨天那只被炖得喷香的山鸡，农夫这次看也不看，就直接把手伸进草堆猛然一拽。然而这次他抓到的，却是一条浑身光滑的毒蛇。毒蛇受到惊吓，当即狠狠地咬了农夫一口，农夫没过多久就中毒而死。

郁离子说：“这是件小事，却可以成为大事的借鉴。天下有意料之外的福气，也有意料之外的祸端。小人不知道祸福是相伴的，只是把侥幸当作常态。因此失望的事情，常常发生在他得意的时候，就是因为只见到利益却不见弊端，只知获取不知道灭亡啊！”

**寓 意**

世间万物都在不停地发展变化，所以我们要懂得变通。如果一味地依循经验是难以成功的。

# 打蚊伤父

出自《法苑珠林》，用来说明遇事切勿一味地强硬，而是要懂得适当变通。

## 原文

《法苑珠林》有语：

过去有秃头染衣人。共儿持衣诣[①]水边，浣衣已，绞晒持归。尔时大热，眼暗。道中见一树，便以衣囊枕头下睡。有蚊子来饮其头血。儿见己父疲极睡卧，便发恶骂云：是弊恶婢儿蚊子。何以来饮我父血。即持大棒欲打蚊子。蚊子飞去，棒着父头，即死。

## 释义

① 诣：到。

## 故事延伸

从前，有一个秃头的人，他通过为衣服染色谋生。有一天，他带着儿子一起来到河边洗衣服，辛苦劳动了一上午，衣服总算洗完了。于是父子俩就收拾东西，准备回家。

时值盛夏中午，天气酷热难当，知了也一个劲地叫唤着。染衣人干了很久的活，觉得浑身疲惫，再加上暑热的天气，令他大汗淋漓，身上十分难受。于是，他就近在河边找了一棵枝叶茂盛的大树，枕着用来装衣服的袋子躺在树荫下休息。时间不长，他就进入了梦乡。

夏天正是蚊子肆虐的时候，染衣人睡得正香，一只蚊子飞了过来，叮在他的秃头上面，津津有味地吸起血来。他的儿子很爱自己的父亲，是个孝顺的年轻人，当他看到蚊子叮在父亲头上，不禁非常生气。他用手指着蚊子狠狠骂道："你这个下贱的坏蛋，竟然敢吸我父亲的血！你等着，我一定要好好教训你！"

他先准备用手去拍打蚊子，又转念一想：手拍实在太轻，不能这么便宜了蚊子！这样寻思着，他走过去把洗衣服用的大木棒拿来，照准父亲头上的蚊子，抡起棒子，狠命地一棒打了过去。结果蚊子马上飞走了，没有被打中，他父亲却被当场打死了。

**寓 意**

处理事情，懂得变通要把握一定的尺度和分寸。否则，可能会招致更严重的后果。

# 第七章

## 成功“勤”中得，功业“恒”中求

——劳动者可敬，专注者可畏

# 铁杵成针

出自《方舆胜览·眉州·磨针溪》，用来说明做事贵在坚持的道理。

## 原文

《方舆胜览·眉州·磨针溪》有语：

世传李太白读书山中，未成，弃去。过是溪，逢老媪①方磨铁杵，问之，曰："欲作针。"太白感其意，还卒业。

## 释义

① 媪：老年妇女。

## 故事延伸

李白是唐代的著名诗人，他小时候十分顽皮。他的家人为了他能够长大成材，特意要求他从小就阅读经史书籍，然而小李白却对此十分不乐。有时看到深奥处，一时难以理解，李白就会丢下书本，偷偷地跑出去玩耍。

有一天，坐不住了的李白又偷偷地跑了出来，这一次，他选择来到溪边玩耍。他看到一位白发苍苍的老婆婆，坐在一个小小的矮凳上，手里拿着一根铁杵，一边不时地蘸着溪水，一边在石头上不停地磨。这位老婆婆是那么地专注，以至于李白走近之后，她仍然没有察觉到。

看了一段时间后，李白禁不住有些眼角发涩，但这位老婆婆依然无动于衷。李白再也忍不住了，便好奇地问道："老婆婆，您为什么要磨这根大铁棒呢？"听了李白的提问，老婆婆仍没有抬起头来，她一边继续磨，一边回答说："我要把它磨成一根针啊！"

"磨针？"听了这番回答，李白感到十分骇然，"可是，您手里拿的明明是一根很粗很粗的铁棒啊！照这样下去，您得磨到什么时候才行？"听到这里，老婆婆才暂时停下，抬起头来慈祥地看了看小李白。

看到李白一脸不解的神色，老婆婆笑着说："是的，铁棒子又粗又大，要把它磨成针十分困难。可是我每天不停地磨呀磨，总有一天，我会把它磨成针的。孩子，只要功夫下得深，铁棒也能磨成针呀！”

李白虽然年龄小，却是个悟性很高的孩子，他听了老婆婆的话，一下子就醒悟过来了：“对呀！做事情只要有恒心，天天坚持去做，什么事都能做成。读书也是这样，虽然有不懂的地方，但只要坚持多读，天天读，总会读懂的。”想到这里，李白深感惭愧，脸都发烧了。于是他匆匆地向老婆婆道别，然后拔腿便往家跑。回到书房后，李白立即翻开原来读不懂的书，继续读了起来。

**寓　意**

只要持之以恒地做下去，许多看似可怕的困难，最终都会迎刃而解。

## 粤人食芝

出自《郁离子》，用来讽刺那些不肯脚踏实地付出努力，总是抱有侥幸心理的人。

**原　文**

《郁离子》有语：

粤人有采山而得菌，其大盈[①]箱，其叶九层，其色如金，其光四照。以归，谓其妻子曰：“此所谓神芝者也，食之者仙。吾闻仙必有分[②]，天不妄与也。人求弗能得而吾得之，吾其仙矣！”乃沐浴，斋三日而烹食之，入咽而死。

其子视之，曰：“吾闻得仙者必蜕其骸，人为骸所累，故不得仙。今吾父蜕其骸矣，非死也。”乃食其余，又死。于是同室之人皆食之而死。

**释　义**

① 盈：装满。

② 分：应得的命运。

**故事延伸**

粤地有个人，素来笃信神仙。他一天到晚朝思暮想的，就是修成正果，成仙升天，几乎到了走火入魔的地步。

有一次，粤人偶然从一本书中得知了一种名为灵芝的仙草，据说其长得像蘑菇，颜色美丽，吃了它就可以成仙。粤人高兴极了，从此天天不辞劳苦地上山去四处搜寻，希望能在那多得数不清的植物中，发现书中所载的灵芝仙草。

真是踏破铁鞋无觅处，得来全不费功夫，这一天粤人照例上山寻找灵芝，翻山越岭，疲惫不堪。就在他准备坐在一块大石头上休息时，他忽然看到不远处的一个烂树桩上，长出了一个硕大的“灵芝”。这“灵芝”足足有箱子那么大，叶子有九层，颜色就像金子一样光彩四射。粤人顿时喜不自胜，三步并作两步奔过去把它采了下来带回家去。其实，这株“灵芝”并不是什么仙草，只是一株比较罕见的毒蘑菇，可粤人一心只想成仙，连这都忘了仔细分辨了。

回到家里，粤人郑重地对妻子说：“快看，这就是人们所说的神奇的灵芝了，吃了它就可以成仙。我听说成仙一定要有缘分，老天是不肯随便让人成仙的。眼下既然连这么难得到的东西都让我得到了，说明我一定是个有缘之人，很快就会成仙了！”于是粤人诚心诚意地斋戒了三天，天天沐浴焚香，彻底清洁自己。三天之后，粤人恭恭敬敬地捧出蘑菇，将它煮熟。他兴奋地想：“马上要成仙了！”夹起一大块蘑菇就往口里送。这一吃可糟了，他马上感到腹痛难忍，肠子好像要断掉一样。然而此时他已经疼得说不出话来，倒在地上滚了几滚，就气绝而亡了。

粤人的儿子听到这边有动静，忙过来看看情况。他平时受父亲的影响很深，也是一心想做神仙，整天无所事事地做白日梦。这会儿，他见到父亲死了，想了想便对母亲说：“我听说成仙的人，一定要脱去人的形骸。人就是为形骸所累所以才成不了仙。现在，我的父亲已经脱去他的形骸成仙了，这不是死。”说完，他便去吃那剩下的蘑菇。他也像自己的父亲一样，很快就丢了性命。可是粤人家里其他的人还是对成仙执迷不悟，不假思索地又去争吃蘑菇，结果无一例外地全都被毒死了。

**寓意**

欲想成功必然要付出一番努力，如若总抱着侥幸心理，一味地追求捷径，只能距成功越来越远。

## 齐人不辱马匹役

出自《列子·说符》，用来说明工作不分贵贱、劳动最可贵的道理。

**原文**

《列子·说符》有语：

齐有贫者，常乞于城市。城市患[①]其亟[②]也，众莫之与。遂适田氏之厩，从马医作役而假[③]食。廓[④]中人戏之曰：“从马医而食，不以辱乎？”乞儿曰：“天下之辱莫过于乞。乞犹不辱，岂辱马医哉？”

**释义**

① 患：讨厌。

② 亟：多次。

③ 假：凭借。

④ 廓：通“郭”，城外。

**故事延伸**

齐国有个人家境贫穷，上无片瓦遮风，下无寸地立足，自身又没有什么才能，连谋生都做不到。为了养活自己，他只好每天在城里走街串巷、沿途乞讨，这才勉强生存了下来。

那时的城市并不大，他每天走的又都是固定的路线，行乞的也总是那几户固定人家。最初，人们出于同情还接济他一点残羹剩饭；时间一长，人们就觉得他来得实在过于频繁，慢慢地产生了厌恶之情。后来，人们谁也不愿意再给他一点食物，因此这个乞丐很快就再次陷入了忍饥挨饿的境地。

就在这时，有个姓田的贵族因马厩事务繁多、马医忙不过来而招收杂工，这个乞丐得知后便主动找上门去，通过在马厩里给马医打下手，换取一日三餐。尽管马厩又臭又脏、活儿烦琐，但至少他再也不用沿街乞讨，遭人冷眼，晚上也不必露宿街头。因此这人对自己的处境十分满意，干杂活的时候也格外卖力。

看着他忙里忙外、自得其乐的样子，有人嘲笑他说："马医，本就是一个十分卑贱的职业；而你为了混口饭吃，竟然还要给这样的人打杂、当下手，你难道不觉得这是一种巨大的耻辱吗？"

这个杂工听后并没有恼怒，只是平静地回答说："若说羞耻，世间还有什么比得上不愿劳作、以乞讨度日的寄生虫呢？过去，我为了活命而沿街乞讨，这都不能使我感到羞耻；如今我自食其力，帮助马医干活来养活自己，又怎么会觉得耻辱呢？"

**寓意**

工作虽有轻松、困难之分，却没有高低贵贱之别，只要是自食其力、热爱劳动者，就应当受到人们的尊重。

## 曹商舐痔

出自《庄子·杂篇·列御寇》，用来说明谋取财富要用正当的方法，切勿靠阿谀逢迎。

**原文**

《庄子·杂篇·列御寇》有语：

宋人有曹商者，为宋王使秦。其往也，得车数乘。王说[①]之，益[②]车百乘。反[③]于宋，见庄子，曰："夫处穷闾阨巷，困窘织屦，槁项黄馘者，商之所短也；一悟万乘之主而从车百乘者，商之所长也。"

庄子曰："秦王有病召医。破痈溃痤者得车一乘，舐痔者得车五乘，所治愈下，得车愈多。子岂治其痔邪？何得车之多也？子行矣！"

**释 义**

① 说：通“悦”，开心。

② 益：增加。

③ 反：通“返”，返回。

**故事延伸**

宋国有个叫曹商的人，被宋王任命为使者出使秦国，同时还得到了宋王赐给他的几辆马车。抵达秦国、拜见秦王后，曹商百般献媚、千般讨好，极尽阿谀奉承之能事，终于博得了秦王的欢心，于是又得到了一百辆车的赏赐。

出使任务完成，曹商便带着秦王赏的一百辆车，浩浩荡荡地返回了宋国。当时庄子正在宋国过着困顿的生活，于是曹商便主动前去见他，向他炫耀并讽刺说：“像你这样长年居住在偏僻狭窄的陋街小巷，穷困潦倒，整天只能靠着编织草鞋来勉强生活，还不免被饿得面黄肌瘦、脖颈干瘪。这种困窘的日子，有什么值得羡慕的？你再看看我吧，我这次奉命出使秦国，初时只有几辆马车，但靠着三寸不烂之舌，很快就赢得了拥有万辆军车之富的秦王的赏识，一下子就得到了一百辆马车。这才真正说明了我的本事呀！”

庄子早就对曹商这种小人得志的狂态十分讨厌，不等他继续开口就打断他说：“我听说秦王在生病的时候召来了许多医生，对他们当面许诺：凡是能挑破粉刺排脓生肌的，赐予一辆马车；而愿意为其舐痔的，就赐给五辆马车。治病的部位越是靠下，所得的赏赐也就越多。你该不会是用自己的舌头去舔过秦王的痔疮，而且是舔得十分尽心卖力的吧？不然，秦王怎么会赏给你这么多车呢？你这肮脏的东西，还是快点给我走远些吧！”

**寓 意**

孔子曾说“富而可求也，虽执鞭之士，吾亦为之”，可见财富并非不能求，只是要通过正当的方法。如果是通过阿谀逢迎、丧失尊严的方式来换取，那就丝毫不值得欣羡，反而是十分可耻的事情。

# 任公子垂钓

出自《庄子·外物》，用来说明做大事必须要目光长远、坚持到底。

## 原文

《庄子·外物》有语：

任公子为[①]大钩巨缁[②]，五十犗[③]以为饵，蹲乎会稽，投竿东海，旦旦[④]而钓，期年[⑤]不得鱼。已而[⑥]大鱼食之，牵巨钩，錎没而下，骛[⑦]扬而奋鬐，白波若山，海水震荡，声侔[⑧]鬼神，惮赫千里。任公子得若鱼，离[⑨]而腊之，自制河以东，苍梧以北，莫不厌[⑩]若鱼者。

已而后世辁才[⑪]讽说之徒，皆惊而相告也。夫揭竿累，趣[⑫]灌渎，守鲵鲋，其于得大鱼难矣；饰小说以干[⑬]县令，其于大达亦远矣。是以未尝闻任氏之风俗，其不可与经于世亦远矣。

## 释义

① 为：制作。

② 缁：黑丝绳。

③ 犗：被阉割过的牛。

④ 旦旦：整天。

⑤ 期年：一年。

⑥ 已而：后来。

⑦ 骛：奔驰，迅急。

⑧ 侔：相当于。

⑨ 离：剖开。

⑩ 厌：吃饱。

⑪ 辁才：才学浅薄之人。

⑫ 趣：疾走。

⑬ 干：博取。

## 故事延伸

任国有一位胸怀大志的公子，有一天，他特意做了一个硕大的钓鱼钩。然后他又用很粗很结实的黑绳子把鱼钩系牢，然后把足足 15 头阉过的肥牛挂在鱼钩上，当作鱼饵来用。

为了钓鱼，任公子一直走到高高的会稽山上，这才蹲下来把钓钩甩进波澜壮阔的东海里。一天一天过去了，鱼钩始终没有什么动静，但任公子却丝毫不焦虑，一心只等大鱼上钩。一月一月过去了，鱼钩还是没有什么动静，但任公子依旧没有任何焦急。很快一整年就过去了，任公子始终没能等到大鱼，可他还是毫不气馁地蹲在会稽山上，任凭风吹日晒、雨淋霜冻，就是不肯离去。

这天，一条大鱼终于游了过来，一口就将任公子的钓饵吞下。这条大鱼原本打算直接沉入海底，不料却被咬住的大鱼钩挂住嘴角，疼得狂跳乱奔，一会儿钻出水面，一会儿沉入水底。远远看去，只见海面上波浪翻卷有如白色山峰，海水摇撼震荡，啸声排山倒海，大鱼发出的惊叫，直如鬼哭狼嚎一般。即便是远在千里之外的人，仍然被那巨大的威势吓得心惊肉跳、惶恐不安。

经过一番搏斗，任公子终于成功征服了这条筋疲力尽的大鱼，他将这条鱼剖开切成块，然后晒成肉干。任公子把这些肉干分给沿途百姓，从浙江以东到苍梧以北一带的人，全都有幸尝到了这条大鱼的滋味。

不知过了多少年，一些既没学问又爱道听途说、评头品足的人，都以惊奇的口气互相传说着这件事情，言谈之间充满怀疑与不屑。这些人自个儿眼光短浅，只会按照常理用普通的鱼竿，到一些小水沟或河塘去，眼睛盯着鲵鲋一类的小鱼；至于像任公子那样胸怀大志，以海中巨鱼为钓，自然是不能指望了。

## 寓　意

想要成功就要有长远的目光，此外还应当勇于坚持。如果轻易言弃、不愿坚持，是难以获得成功的。

## 楚人养狙

出自《郁离子》，用来说明好逸恶劳，依靠他人，不是长久之计。

### 原文

《郁离子》有语：

楚有养狙以为生者，楚人谓之狙公。旦日，必部分[①]众狙于庭，使老狙率以之[②]山中，求草木之实，赋[③]什一以自奉。或不给，则加鞭箠焉。众狙皆畏苦之，弗敢违也。

一日，有小狙谓众狙曰："山之果，公所树与？"曰："否也，天生也。"曰："非公不得而取与？"曰："否也，皆得而取也。"曰："然则吾何假于彼而为之役乎？"言未既，众狙皆寤[④]。

其夕，相与俟狙公之寝，破栅毁柙，取其积，相携而入于林中不复归。狙公卒馁而死。

### 释义

① 部分：部署。

② 之：去。

③ 赋：征收。

④ 寤：通"悟"，醒悟。

### 故事延伸

从前，楚国有个以饲养猴子为生的老人，别人都称他为狙公。每天早上醒来后，狙公都要在院子里给他的猴子们分配任务，让老猴子带着所有猴子们跑到山中，采摘山中的各种果实。等到晚上猴子们回来后，狙公就逼着猴子们交出它们所采果实的十分之一。仅仅是靠着这些果实，狙公就可以养活自己，而且还能剩下一些。

对于狙公的这种做法，有几个猴子觉得十分不满，想到自己辛苦采摘的果实就这样被拿走，它们决定反抗。狙公一怒之下，就对它们棍棒相加、一阵毒打，迫使它们交出了果实。猴子虽然觉得每天采摘果实是苦差事，可又怕狙公的棍棒，因此只能忍气吞声，不敢流露出丝毫不满。

有一天，一只不懂事的小猴子突然问这群猴子：“大山里面果实累累，这些树难道都是狙公一人亲手所种吗？”大伙都说：“当然不是了。这些都是山里自己长出来的。”“那么除了狙公之外，其余人都不能采摘果实吗？”“当然也不是啊！这些果实都是无主之物，谁想采摘都可以。”听到这里，这只小猴子不解地问：“既然这样，我们干吗一定要给狙公做苦力过苦日子呢？”听到这番无心之言，其余猴子顿时恍然大悟。

当天晚上，等到狙公睡熟之后，猴子们立即行动起来。他们先是打破栅栏、弄坏笼子，然后又偷偷取出狙公平日里积存的果实，手牵着手一起跑进了大山深处，再也不回来了。狙公一觉醒来，才发觉猴子们都已跑光；打开自己家里的瓮，又发现余粮也全数被卷走。狙公因此失去了赖以生存的基础，又因年事已高而无法劳作，很快就活活饿死在家中。

**寓意**

一味依赖他人而不提高自己的能力，不懂得自食其力，一旦失去依靠，必然会难以生存。

## 盗取天地

出自《列子·天瑞》，用来讽刺那些好逸恶劳的人。

**原文**

《列子·天瑞》有语：

齐之国氏大富，宋之向氏大贫；自宋之齐，请其术①。

国氏告之曰：“吾善为盗。始吾为盗也，一年而给，二年而足，三年大穰②。自此以往，施及州闾。”

向氏大喜，喻其为盗之言，而不喻其为盗之道，遂逾垣[3]凿室，手目所及，亡不探也。未及时，以赃获罪，没其先居之财。向氏以国氏之谬[4]己也，往而怨之。

国氏曰："若为盗若何？"

向氏言其状。国氏曰："嘻！若失为盗之道至此乎？今将告若矣。吾闻天有时，地有利。吾盗天地之时利，云雨之滂润[5]，山泽之产育，以生吾禾，殖吾稼，筑吾垣，建吾舍，陆盗禽兽，水盗鱼鳖，亡非盗也。夫禾稼、土木、禽兽、鱼鳖，皆天之所生，岂吾之所有？然吾盗天而亡殃。夫金玉珍宝，谷帛财货，人之所聚，岂天之所与？若盗之而获罪，孰怨哉？"

**释 义**

① 术：方法。

② 穰：大丰收。

③ 垣：墙壁。

④ 谬：欺骗。

⑤ 滂润：灌溉滋润。

**故事延伸**

从前有一个姓国的齐国人，家中十分富有；还有一个姓向的宋国人，家中非常贫穷。姓向的听说姓国的很有钱，便特地从宋国跑到齐国，向对方请教致富之道。

姓国的说："我之所以能够发财，就在于我擅长'偷窃'。我只用了一年的时间，就不再为吃穿发愁；两年之后，就已经有了余财；三年过后，我已经有了大片土地，粮仓里堆满粮食。此后我不但自己丰衣足食，还能向乡邻施舍财物，大家都得到了我的好处。"

姓向的人听了十分兴奋，没等姓国的继续讲述，就一溜烟跑了。他以为姓国的是通过盗窃才致富的，等到自己回家后，就开始到处翻越人家的院墙、凿开人家的房屋，凡是眼睛所看到的、手能拿到的，统统都没有放过。没过多久，他就因失手而被人们抓住扭送到官府，并被狠狠地打了一顿板子。事后，官府不仅勒令他归还所有赃物，还将他以前积累的所有家产全数充公。

姓向的经历了如此惨痛的损失，自然把一切都归咎于姓国的人，认为是他欺骗了自己。于是他再次前往齐国，找到姓国的责备他说："你为什么要骗我，害得我触犯了法令？"

姓国的听了茫然不解，只得问他说："你是怎么去'偷'的呀？"

于是，姓向的就把自己翻墙打洞、偷盗财产的经过讲了一遍，姓国的听后拍着大腿叹着气说："你呀你呀，实在是太愚蠢了！你根本就误解了我所说的'偷窃'的意思。现在让我来原原本本地告诉你吧：人都说天有四时轮替的变化，地有丰富的出产，我偷的就是这天时和地利呀！天降雨水可以滋润我的庄稼，山林物产可以充实我的仓库，湖泽养殖可以扩大我的产业，帮助我修建起更多的房子。在陆地上，我可以'偷窃'飞禽走兽；在水泽中，我可以'偷窃'鱼虾龟鳖。无论是庄稼土木、飞禽走兽还是鱼虾龟鳖，它们都是生于大自然、产于大自然，并不是我原本所有的。我依靠自己的努力劳动，向自然界索取财富，当然不会得罪天地，也不会受到追究。而那些金银宝石、珍珠宝贝、粮食布匹，却是别人辛辛苦苦积攒的财富，属于私人所有，你用不劳而获的手段去盗窃别人的劳动成果，这不是犯罪是什么？你因盗窃而受到处罚，又怎么能够怪罪别人呢？"

**寓　意**

天上不会掉馅饼，想要过上富裕的生活就必须付出劳动。采取非法手段占有别人的劳动成果是违法犯罪行为，自然要受到严惩。

# 蒙鸠筑巢

出自《荀子·劝学》，用来说明好逸恶劳，最终招致失败的道理。

**原 文**

《荀子·劝学》有语：

南方有鸟焉，名曰蒙鸠，以羽为巢，而编之以发，系之苇苕①，风至苕折，卵破子死。巢非不完也，所系者然也。

**释 义**

① 苇苕：芦苇秆。

**故事延伸**

在南方，有一种鸟叫“蒙鸠”。蒙鸠有一个很大的缺点，就是在筑巢时漫不经心、懒惰懈怠。因此它所筑的巢往往根基不牢，很容易就被毁坏。

和衔泥筑巢的燕子等鸟类不同，蒙鸠不愿飞到泥塘边，用脏兮兮的泥筑巢，它喜欢用发丝把羽毛编织起来，做成它的窝。在选择地点的时候，其他鸟儿都会把巢筑在高高的树杈上，但蒙鸠却从不愿飞那么高。于是它想到了一个办法，把巢筑在芦苇秆的顶尖上，这样一来不仅美观，而且十分舒适。

在风和日丽之时，蒙鸠自然住得十分舒心；可一旦天气有变，它就再也无法安居。一旦大风吹来，脆弱的芦苇秆很容易就被折断，蒙鸠的巢自然也会被大风吹到地上。就这样，嗷嗷待哺的雏鸟经常被活活摔死，还未孵化的蛋也会彻底摔破。

蒙鸠之所以遭遇到这样的不幸，原因就在于它过于偷懒，总想着偷工减料、节省力气。

**寓 意**

做任何事情都要认真仔细，打好基础，如果想着偷懒省事，必然不能成功。

## 纪昌学射

出自《列子·汤问》，用来说明持之以恒方能成功的道理。

### 原文

《列子·汤问》有语：

甘蝇，古之善射者，彀[①]弓而兽伏鸟下。弟子名飞卫，学射于甘蝇，而巧过其师。

纪昌者，又学射于飞卫。飞卫曰：“尔先学不瞬，而后可言射矣。”纪昌归，偃卧其妻之机下，以目承牵挺[②]。三年后，虽锥末倒眦，而不瞬也。

以告飞卫，飞卫曰：“未也，必学视而后可。视小如大，视微如著，而后告我。”昌以氂[③]悬虱于牖[④]，南面而望之。旬日之间，浸[⑤]大也。三年之后，如车轮焉。以睹余物，皆丘山也。乃以燕角之弧、朔蓬之簳射之，贯虱之心，而悬不绝。

以告飞卫。飞卫高蹈拊膺曰：“汝得之矣！”

### 释义

① 彀：拉开。

② 牵挺：织布机上提综的踏脚板。

③ 氂：牛尾巴上的毛。

④ 牖：窗户。

⑤ 浸：渐渐地。

### 故事延伸

从前有一位名叫甘蝇的神射手，他只要一拉弓射箭，飞禽走兽无不应声而死，所有见过他射箭的人，没有哪个不称赞他的技艺。甘蝇有个学生叫飞卫，本领比老师还要青出于蓝，可谓名师出高徒。后来，又有一个名叫纪昌的人来拜飞卫为师。

飞卫收下纪昌做徒弟后，十分严肃地对他说："你真要跟我学射箭吗？要知道，你如果不肯用功，是不可能学到真本事的。"纪昌回答说："只要能学会射箭，我不怕吃苦，愿听老师指教。"于是飞卫严肃地对他说："你先去学不眨眼吧！只有做到了这一点，才可以继续学箭。"

于是纪昌就回到家里，每天仰面躺在他妻子的织布机下面，两眼一眨不眨地，直直地盯着织布机的脚踏板。他心里时时不忘老师的要求，以及自己曾经发过的誓言。就这样，纪昌一连坚持练了两年，期间没有一天间断。到了后来即使妻子用锥子的尖端刺他的眼眶附近，他的双眼也一眨不眨。修炼有成之后，纪昌当即辞别妻子前去报告飞卫。然而飞卫听完纪昌的汇报后，却只是冷淡地说："仅仅这样是不行的！想要学好射箭，你还必须练好眼力，要练到看小的东西像看到大的一样、看隐约模糊的东西像明显的东西一样。等你练到了那种程度时，再来告诉我吧！"

听了这番话，纪昌没有气馁，而是再次回到家中，按照老师的吩咐练了起来。他特意选了一根最细的牦牛尾巴毛，一端系上一个小虱子，把它悬挂在自家的窗口上，每天瞪大两眼，一动不动地注视着吊在窗口牦牛毛下端的小虱子。就这样过了十天左右，纪昌突然发现那虱子在自己眼中，渐渐变大了。纪昌心中十分喜悦，但却没有因此放松，仍然坚持不懈地刻苦练习。等到三年之后，他眼中的那个小虱子，已经大得如同车轮；纪昌再看其他的东西，也都大得如同一座山丘了。于是，纪昌马上找来用北方的牛角所装饰的强弓，用出产在北方的蓬竹所造的利箭，左手张弓右手搭箭，目不转睛地瞄准那仿佛车轮大小的虱子，将箭射了过去。结果箭头恰好从虱子的中心穿过，而悬挂虱子的牦牛毛却没有被射断。这时，纪昌终于领悟到老师之前所说的话，于是他再次动身，把这一成绩告诉飞卫。

飞卫听了之后，也为纪昌的努力感到高兴，当场就跳了起来拍着胸脯，走过去对他说：“你已经掌握了射箭的奥妙啊！”

**寓　意**

越是高深的技艺，越是需要下苦功，如果不肯吃苦、半途而废，就不能取得成功。

## 造父学御

出自《列子·汤问》，用来说明只有勤学苦练，才能成功。

**原　文**

《列子·汤问》有语：

造父之师曰泰豆氏。造父之始从习御也，执礼甚卑，泰豆三年不告。造父执礼愈谨，乃告之曰：“古诗言：‘良弓之子，必先为箕；良冶之子，必先为裘。’汝先观吾趣。趣如吾，然后六辔可持，六马可御。”造父曰：“唯命所从。”泰豆乃立木为涂①，仅可容足；计步而置，履之而行。趣走往还，无跌失也。

造父学之，三日尽其巧。泰豆叹曰：“子何其敏也！得之捷乎！凡所御者，亦如此也。曩汝之行，得之于足，应之于心。推于御也，齐辑乎辔衔之际，而急缓乎唇吻之和；正度乎胸肌②之中，而执节乎掌握之间。内得于中心，而外合于马志，是故能进退履绳而旋曲中规矩，取道致远而气力有余，诚得其术也。”

“得之于衔，应之于辔；得之于辔，应之于手；得之于手，应之于心。则不以目视，不以策驱；心闲体正，六辔不乱，而二十四蹄所投无差；回旋进退，莫不中节。然后舆轮之外可使无余辙，马蹄之外可使无余地；未尝觉山谷之崄③，原隰之夷，视之一也。吾术穷矣，汝其识之！”

**释　义**

① 涂：通“途”。

②肊：通“臆”。

③崄：通“险”。

**故事延伸**

造父是一位驾车的高手，他的老师是泰豆氏。学艺时，造父十分尊师重道，可泰豆氏却一连三年都没有传授他任何技艺。对于老师的刻薄，造父仍然恭敬地执弟子之礼，不敢有丝毫懈怠。三年后，泰豆氏才对造父说：“古诗中说过：擅长造弓的巧匠，一定要先学会编织簸箕；擅长冶炼的铸匠，一定要先学会缝接皮袄。你如果想学驾车的技术，首先要学会快步行走。除非你能像我一样快，才可以手执六根缰绳，驾驭六匹马拉的大车。”

造父当即表示自己一定会按照要求去做。

于是泰豆氏在地上竖起了许多木桩，铺出一条窄得仅供立足的道路，然后自己踩在木桩上来回疾走，竟然没有一次跌下。泰豆氏本以为造父要学很久才能学会，没想到仅仅过了三天，造父就掌握了其中全部的窍门。

泰豆氏最初时不太相信，直到看到造父在木桩上健步如飞，这才不禁赞叹道：“想不到你竟如此机敏灵活，在这么短的时间里就掌握了技巧。如果没有你这样的能力，又怎么能学习驾车呢！凡是人走路的时候，都是用脚发力、用心支配，驾车的道理也是如此啊！想要使六匹马走得整齐划一，就必须掌握好缰绳和嚼口，使马走得缓急适度，互相配合，恰到好处。但想要做到这一点，仅仅在内心领悟尚且不够，你还必须通过调试来适应马的脾性，这样才能在驾车时进退合乎标准，转弯合乎规矩，即使跑很远的路也尚有余力。真正掌握了驾车技术的人，应当是用双手握紧缰绳、用内心指挥双手，一旦上路后既不用四处张望，也不用举着鞭子驱赶；内心轻松惬意，身体端坐正直，六根缰绳一根不乱，24只马蹄齐齐落地，进退旋转无不合于节拍。如果能够达到这样的境界，不论是山地还是平地，只要车道的宽窄容下车轮和马蹄，对驾车人来说就没有任何困难了。这些就是我的全部驾车技术，你要将它熟记于心！”

**寓 意**

合抱之木生于毫末，九层之台起于累土，想要掌握高深的技艺，就要从苦练基本功做起。如果畏惧辛苦不肯付出，是不可能取得进步的。

## 雨钱

出自《聊斋志异》，用来讽刺那些贪求财富、不劳而获的人。

**原 文**

《聊斋志异》有语：

滨州一秀才，读书斋中。有款门者，启视，则皤然一翁，形貌甚古。延之入，请问姓氏。翁自言：“养真，姓胡，实乃狐仙。慕君高雅，愿共晨夕。”秀才故旷达，亦不为怪。遂与评驳今古。翁殊博洽，镂花雕绘，粲于牙齿；时抽经义，则名理湛深，尤觉非意所及。秀才惊服，留之甚久。

一日，密祈翁曰：“君爱我良厚。顾我贫若此，君但一举手，金钱自可立致。何不少为周济？”翁默然，似不以为可。少间，笑曰：“此大易事。但须得十数钱作母。”生如其请。翁乃与共入密室中，禹步[①]作咒。俄顷，钱有数十百万，从梁间锵锵而下，势如骤雨，转瞬没膝；拔足而立，又没踝。广丈之舍，约深三四尺余。乃顾语秀才：“颇厌君意否？”曰：“足矣。”翁一挥，钱即画然而止。乃相与扃[②]户出。秀才窃喜，自谓暴富。顷之，入室取用，则满室阿堵物[③]皆为乌有，惟母钱十余枚寥寥尚在。秀才失望，盛气向翁，颇怼其诳。翁怒曰：“我本与君文字交，不谋与君作贼！便如秀才意，只合寻梁上君交好得，老夫不能承命！”遂拂衣去。

**释 义**

① 禹步：跛行，旧时巫师、道士作法时的步法。

② 扃：关闭。

③ 阿堵物：这里指钱。阿堵，这，这个。

**故事延伸**

一位秀才正在书房里读书，突然听见敲门声。他开门一看，原来是位白发苍苍、相貌奇古的老翁。他将老翁让进屋后询问其来历，老人回答说：“我姓胡，名养真，其实是一只修炼得道的千年狐仙。听说您高才博雅，因此我想和您交个朋友，一起谈论学问和诗文。”

秀才为人胸怀豁达，听了这番解释也不畏惧，反而热烈地同老翁谈起了古今之事。老翁十分博学，谈吐极为精彩风雅，秀才随意向他询问经史百家的经典要义，老翁都能理解深透，解释精妙，真是出口成章，气度不凡。秀才在出乎意料之余，也对老翁十分佩服，于是与他结为至交，将他留在家中很久。

秀才虽然热情却家中贫困，眼下又多了一张吃饭的嘴，很快就捉襟见肘了。有一天，他在谈论学问时突然压低嗓音，对老翁请求说：“您对我实在很好，可是我却是一个穷得连饭都吃不饱的人。您既然是得道仙人，想必不费吹灰之力就能弄来金钱，您为什么不给我一点小小的周济呢？”老翁听后沉默了一阵子，有些不以为然，随后又笑着说：“这的确是很容易的事情，只不过需要十几个铜钱做母钱，这才可以得到子钱。”秀才听后，赶紧从身上摸出十几个铜板，全数交到老翁手里，然后带着他来到另外一间密室，请他施法。

只见这位老翁一边慢慢踱步，嘴里一边念咒语，忽然，只见无数的钱哗啦啦地从房梁上下雨似地往下落，转眼之间钱就堆了半屋，足有三尺高。老翁问秀才：“你看够了吗？”“够了够了。”秀才喜不自胜地回答。于是两人先后出来，把门关好。送走老翁后，秀才就进密室去取钱。可等他开门一看，却发现满屋的钱顷刻都不见了，只剩下原来做母钱的十几个钱，还稀稀落落地丢在地上。秀才大失所望，便气呼呼地跑去责问老翁说：“为何要欺骗和戏弄我？”

老翁淡淡地对秀才说：“我与你本就是以文相交、相互切磋，从不曾想要跟你合谋去广积钱财。刚才满屋子钱都是我临时从别人那里借来的，为了清白，还要再还给人家。如果你还想发分外之财，那还是去找‘梁上君子’做朋友吧！老夫不能成全你了。”说完，老翁拂袖而去。

**寓　意**

君子爱财取之有道，不可想邪门歪道，如果是那样，不如安贫乐道。

## 楚人贻笑

出自《笑林》，意在说明获取财富一定要通过正当的途径。

**原　文**

《笑林》有语：

楚人贫居，读《淮南方》，得“螳螂伺蝉自鄣叶，可以隐形”，遂于树下仰取叶。螳螂执叶伺蝉，以摘之。叶落树下，树下先有落叶，不能复分别。扫取数斗归，一一以叶自鄣，问其妻曰：“汝见我不？”妻始时恒答言“见”。经日，乃厌倦不堪，绐①云“不见”。嘿然大喜，赍②叶入市，对面取人物。吏遂缚诣县。县官受辞，自说本末，官大笑，放而不治。

**释　义**

① 绐：欺骗。

② 赍：携带。

**故事延伸**

从前，楚地有个非常贪心，又不肯辛勤劳作的人，他总是想着有朝一日能够发大财。于是他特意找了一大堆讲歪门邪道的书回来研究，成天念叨着如何发家致富。

某天，他正在看一本叫《淮南子》的书，看了很久仍是一无所获，不禁有些失望、疲惫，打算去睡个觉。就在这时，他的眼光落在随便翻到的一页上，顿时再也移不开了。只见书上有这么一句话："人如果能得到螳螂捕蝉时用来隐蔽自己的那片树叶，就可以隐形。"

看到这句话后，这个人顿时大喜过望，他想：只要自己能够隐身，那不就可以轻而易举地取得许多财富了吗？他顾不上睡觉，扔下书就匆匆忙忙地跑到山上的树林里，去寻找所谓的"隐身叶"了。他仰着脖子在山里到处仔细地看啊、找啊，几个时辰下来，脖子已经酸痛得十分难受，却还是没有找到。

就在他准备放弃时，终于看到了一片树叶后面潜伏着一只螳螂，正伺机扑向身前即将到口的蝉儿。这个人忙爬到树上，把这片叶子摘下来，如获至宝般捧在手里。就在此时，一阵风突然吹来，那片叶子也落到地上，和早已落了厚厚一层的落叶混在了一起。这人跑过去，瞪大眼睛看了又看，怎么也分辨不出究竟哪一片才是他刚才摘到的树叶。无奈，他只得把这一大堆树叶全都扫到背篓里带回去。

回到家里，他把带回来的树叶全都倒在地上，顺手拿了一片挡在脸前问妻子："喂，你看得见我吗？"妻子正忙着做家务，随便瞟了他一眼，漫不经意地回答："看得见！"这人又拿了一片叶子遮住脸问："现在呢？还能看得到吗？"妻子还是回答说："看得见！"

如此反反复复问了几百遍后，妻子实在是不耐烦了，于是当丈夫再次发问时，她就随口敷衍地说："看不见了，看不见了！"这人听后欣喜若狂，以为自己终于找到隐身叶子了。他将叶子小心地藏在身上，手舞足蹈地对妻子说："你在家里等着吧！我们马上就要发大财，过好日子了！"说完，他也不顾妻子一脸的惊诧，就自个儿跑到集市上去了。

此时正是白天，集市上做生意、买东西的人熙熙攘攘、你来我往，实在是热闹非凡。放眼望去，只见大大小小的铺子里摆满了各色货物：衣服、鞋子、首饰……真是琳琅满目。这个人在集市上看了半天，终于看中了一件贵重的头饰，于是他取出叶子遮住脸，伸手就往柜台里去拿。店里的伙计先是吃惊地看着他，不明白他为什么这么猖狂，一会儿终于回过神来，一把抓住他的手大叫道："来人哪，快来抓强盗啊！"附近的捕快闻声赶来，当场就把这个人扭送到了县衙。

到了县衙后，县官质问他为何要这样做，这人便将事情的经过从头到尾讲了一遍。县官、衙役和众多听众弄清楚缘由之后，个个捧腹大笑。鉴于其愚昧无知，县官最终下令放了他，没有追究他的过错，这才使他侥幸逃过一劫。

**寓 意**

世间没有不劳而获的钱财，也没有从天而降的富贵，想要拥有财富就必须付出努力与汗水。任何不劳而获的想法，都是愚蠢的。

## 熊渠子射石

出自《新序·杂事四》，用来说明成功需要勤学苦练的道理。

**原 文**

《新序·杂事四》有语：

昔者楚熊渠子夜行，见寝①石以为伏虎，关弓射之，灭矢饮羽，下视，知石也。却复射之，矢摧②无迹。

**释 义**

① 寝：躺着。

② 摧：毁坏。

**故事延伸**

从前，有个名叫熊渠子的楚国人，他一心想要练就过硬的射箭本领。因此在 15 岁那年，熊渠子毅然辞别父母外出，拜名师学射。但在一开始时，老师既不给他弓，又不给他箭，反而让他每天举石锁。熊渠子并不能理解老师的用意，但是他想，既然老师让这么做，那总是有道理的，于是十分认真地用两只手轮换着将 50 斤重的大石锁一次又一次举起来。

起初举石锁时，熊渠子的双手总是不停发抖，但在这样持续举了一年后，50 斤重的石锁在他手里，已不算什么了。于是老师又给他换成 100 斤的石锁继续苦练臂力。五年后，熊渠子已经能举起 300 斤重的大石锁，这时老师才交给他一把大硬弓。但是，老师却并没给他箭，只是让他每天对着目标瞄准，拉开弦和放开弦时，双手不能有丝毫的颤动。熊渠子按照老师的教导又练了三年空弦，老师这才拿出箭来。此时的熊渠子除了有强大的臂力外，还练就了敏锐精细的眼力，他在老师的指导下，抬弓搭箭，对准目标，百发百中，不论是空中的飞禽还是地上的走兽，就连敏捷的野兔子，只要被熊渠子的弓箭瞄准，便难以逃脱。更为精彩的是，熊渠子百步开外举箭穿杨的本领，使他成为远近闻名的神射手。

25 岁那年，熊渠子告别老师回家乡，一路上晓行夜宿，餐风饮雨。这一天他走在路上，行至一片荒郊时已经到了深夜。突然，熊渠子发现前面有一只老虎伏在路边，冷不防吓出一身汗。他立刻下意识地抽出箭来，拉开硬弓，奋力朝老虎射去，不偏不斜正好射中。熊渠子赶紧趴下，等待老虎作垂死挣扎，可好一会儿过去了，老虎却一点声响也没有，熊渠子感到很纳闷：老虎怎么就这么无声无息地死了呢？待他走近一看，才发现哪里是什么老虎，原来是一块巨石！而他先前射出的那支箭，有大半截已经深深扎进石头中了。

熊渠子不禁感到奇怪：我怎么会有如此大的力气，竟将箭几乎全射进了巨石之中？于是他重新回到原来的位置，使足力气，朝巨石再射出一箭。只听咣当一声，箭并没有射入石中。熊渠子不服气，顿时连发几箭，可尽管使出全身力量，却只见到箭与巨石相击时的火星飞迸，不但没有一箭射中，而且连箭都不知弹飞到哪里去了。

**寓 意**

成功不是一朝一夕的，想要学有所成就必须不断努力，付出辛劳与汗水。

# 陈康肃公善射

出自《欧阳文忠公文集·归田录》，用来说明只有持之以恒才能成功。

## 原文

《欧阳文忠公文集·归田录》有语：

陈康肃公尧咨善射，当世无双，公亦以此自矜。

尝射于家圃，有卖油翁释担而立，睨之，久而不去。见其发矢十中八九，但①微颔之。

康肃问曰：“汝亦知射乎？吾射不亦精乎？”翁曰：“无他，但手熟尔。”康肃忿然曰：“尔安敢轻吾射？”翁曰：“以我酌油知之。”乃取一葫芦置于地，以钱覆其口，徐以杓②酌油沥之，自钱孔入，而钱不湿。因曰：“我亦无他，惟手熟尔。”康肃笑而遣之。

## 释义

① 但：仅仅。

② 杓：通“勺”。

## 故事延伸

宋朝有个叫陈康肃的人，他的射技举世无双，没有第二个人能够比得上。陈康肃对自己的本领很是自负。

有一次，陈康肃在自家后花园的场地上练习射箭，有一位卖油的老头儿看到后就停下来，放下担子，斜着眼睛看陈康肃射箭，很久都没有离开。

陈康肃的箭术果然名不虚传，射出的箭十次有八九次都射中靶心。然而那位卖油的老头儿仍是斜眼瞅着，只稍微点了下头。

陈康肃看到老头儿的反应后很不高兴，就放下弓箭走过去问老头儿说："你也懂得射箭吗？难道你认为我的射艺还不够精湛吗？"

老头儿平静地回答说："我觉得这没啥了不起的，只不过你练得多了，手熟而已。"

陈康肃一听就生气了，质问道："你怎么敢如此贬低我的绝技！"

老头儿也不急，不慌不忙地说："我是从多年来倒油的技巧中懂得这个道理的。我就演示给你看一看吧。"

说完，老头儿把一个葫芦放在地上，又取出一枚圆形方孔的铜钱盖在葫芦嘴上，然后他舀了满满一瓢油，往盖着铜钱的葫芦嘴里倒。只见那油成细细的一线流向葫芦嘴，均匀不断。等油倒完了，把铜钱拿下来细细验看，竟然连一点油星子都没有沾上。卖油翁笑了笑，说道："我这点雕虫小技也没有什么了不起的，不过是手熟而已。"

陈康肃看完笑了起来，客客气气地把卖油翁送走了。

**寓意**

只要持之以恒地勤学苦练，便可以掌握一门技艺。

## 佝偻承蜩

出自《庄子·达生》，用来阐述专注学习、心无旁骛的重要性。

**原文**

《庄子·达生》有语：

仲尼适楚，出于林中，见痀偻[①]者承蜩，犹掇[②]之也。仲尼曰："子巧乎！有道邪？"曰："我有道也。五六月，累二丸而不坠，则失者锱铢；累三而不坠，则失者十一；累五而不坠，犹掇之也。吾处身也，若厥[③]株拘；吾执臂也，若槁木之枝；虽天地之大，万物之多，而唯蜩翼之知。吾不反不侧，不以万物易蜩之翼，何为而不得？"孔子顾谓弟子曰："用志不分，乃凝于神，其佝偻丈人之谓乎！"

## 释义

① 痀偻：颈椎向前弯曲。

② 掇：拾取。

③ 厥：通“橛”，断掉的树木。

## 故事延伸

孔子带领学生去楚国，经过一片树林时，看见一位驼背翁正在捕蝉。他拿着竹竿粘捕树上的蝉就像在地上拾取东西一样自如。

“老先生捕蝉的技术真是高超啊！”孔子恭敬地对老翁表示称赞后问，“您对捕蝉想必是有什么妙法吧？”

“方法肯定是有的，我练捕蝉五六个月后，在竿上垒放两粒粘丸而不掉下，蝉便很少有逃脱的。如垒三粒粘丸仍不落地，蝉十有八九会被捕住；如能将五粒粘丸垒在竹竿上，捕蝉就会像在地上拾东西一样简单容易了。”捕蝉翁说到此处捋捋胡须，然后又说：“捕蝉首先要学练站功和臂力。捕蝉时身体定在那里，要像竖立的树桩那样纹丝不动；竹竿从胳膊上伸出去，要像控制树枝一样不颤抖。另外，注意力高度集中，无论天大地广，万物繁多，在我心里只有蝉的翅膀，我专心致志，神情专一。精神到了这番境界，捕起蝉来，那还能不手到擒来，得心应手吗？”

孔子听后，深有感触地对身边的弟子说：“神情专注，专心致志，才能出神入化、得心应手。捕蝉老翁讲的可是做人做事的大道理啊！”

## 寓意

做事情要精神集中、不为外物所动。如果三心二意就难以成功。

# 凿钟

出自《艾子杂说》，用来讽刺那些做事只图一时轻松，不顾后果的懒人。

## 原文

《艾子杂说》有语：

齐有二老臣，皆累朝宿儒大老，社稷倚重，一曰冢相，凡国之重事乃关预焉。

一日，齐王下令迁都，有一宝钟，重五千斤，计人力须五百人可扛。时齐无人，有司计无所出，乃白亚相，久亦无语，徐曰："嘻，此事亚相何不能了也了！"于是令有司曰："一钟之重，五百人可扛，今思均凿作五百段，用一人五百日扛之。"有司欣然从命。

艾子适见之，乃曰："冢宰奇画，人固不及；只是搬到彼，莫却费锢鏴[①]也无?!"

## 释义

① 锢鏴：当时俗语，焊补，锔接。

## 故事延伸

齐国有两位老臣，都是数朝的元老和有声望的博学之士，深得齐王的倚仗和器重。其中一位称冢相，是正职；另一位称亚相，是副职。凡是国家的重大事件，他们都要关心和参与。

一天，齐王下令迁移京都，但却遇到了一个难题。当时国都中有一口大宝钟，重五千斤，估算最起码也要五百名壮丁才可以拉得动。可在当时的齐国，根本就抽调不出那么多的大力士，也没有多余的人力。负责迁都事宜的官员实在是无计可施，只得先去禀告亚相，征求他的意见。

亚相虽然博学多才，却也被这个问题给难住了，久久说不出话来。

这时，冢相慢慢地说：“咳，像这种事，亚相怎么就不会办了呢?”于是他下达指示说：“这一口宝钟的重量，要五百人才可以扛得动；现在既然没有那么多人，就干脆把钟截作五百段，让一个人用五百天把它扛完，这样不就可以了吗?”听到了指示后，负责人便很高兴地按他的命令去办了。

艾子正好从旁看见了，便语带讥讽地说：“冢相的谋划实在是高明，普通人难以企及呀！只是等到把宝钟搬过去后，却不知要耗费多少的焊接工夫了。”

**寓意**

遇到难题应该想办法去解决，而不是为了一时之快而偷懒省事。否则会遇到更大的困难，最终得不偿失。

## 郑人学艺

出自《郁离子·虞孚》，用来说明坚持的重要性。

**原文**

《郁离子·虞孚》有语：

郑之鄙人学为盖[①]，三年艺成而大旱，盖无所用，乃弃而为桔槔[②]，又三年艺成而大雨，桔槔无所用。则又还为盖焉。未几而盗起，民尽改戎服，鲜有用盖者。欲学为兵，则老矣。

郁离子见而嗟之曰：“是殆类汉之老郎与，然老与少非人之所能为也，天也。艺事由己之学，虽失时在命，而不可尽谓非己也。故粤有善农者凿田以种稻，三年皆伤于涝，人谓之宜泄水以树黍，弗对，而仍其旧。其年乃大旱，连三岁，计其获，则偿所歉而赢焉。故曰：旱斯具舟，热斯具裘。天下之名言也。”

**释义**

① 盖：伞具。

② 桔槔：一种由杠杆从井中汲水的装置。

**故事延伸**

从前，有个郑国人想学一门手艺谋生。他认为伞是人人都需要的工具，便专门拜了一位师父，花了三年时间刻苦学习。学成出师之后，师父又送给他一套做伞的工具，让他自谋生计。可是当时正好连年大旱，人们见到伞连价格都懒得问。郑人一气之下，就把工具全扔了。

后来，他又看到卖取水工具的生意很兴隆，便改行去学做水车。这一次，他又花费了三年的时间才学成，谁知却又遇上连年大雨，河水暴涨，根本用不到什么汲水工具。郑人无奈之下，只好重新做起了制作伞具的生意。

可他重操旧业没多久，郑国国内就开始出现盗贼，普通百姓为了自保，也都纷纷开始购置戎装、兵器，伞具什么的反而成了无人问津的累赘。于是郑人又想去学打铁。可是此时的他岁数已大，力气大不如前，已经很难抡起沉重的大铁锤了。

郁离子知道后感叹说："这人就跟汉朝的那个'老郎'一模一样啊！可惜年龄的老与少不是人所能左右的，真的是天意呀！一个人想要学习什么技艺，取决于个人的选择，虽然因时代变迁而遭受挫折，但也不能说自己一点儿责任都没有啊！过去广东有善于种田的人开垦田地来种稻子，三年都受到涝灾，有人劝他开挖沟渠，泄水来种糜子，那人却始终埋头耕作，不理不睬。之后又是一连三年天下大旱，可他最后计算收成，不但弥补了歉收，而且还有盈余。因此说：'旱天准备船只，热天准备皮袄。'这真是天下名言呀！"

**寓 意**

郑人学艺的确下了很多功夫，可他却不知道做事应当谋定而后动，善始善终。如果遇到暂时的挫折就放弃，到头来很有可能一事无成。

# 和氏献璧

出自《韩非子·和氏》，用来说明坚持就能胜利。

## 原文

《韩非子·和氏》有语：

楚，卞和，游荆山，得璞[①]玉，奉献武王。王使人相之曰：“石也。”以和为诈，而刖[②]其左足。及文王即位，和复奉献之，王使人相之曰：“石也。”又以和为诈，而刖其右足。及成王立，和又欲献，恐见害，乃抱璞哭于荆山之下，三日三夜泣尽，继之以血。成王闻之，使人问之：“天下刖者多矣，子奚泣之悲耶？”和曰：“吾非悲刖也。悲夫宝玉而题之以石，贞士而名之以诳，吾是以悲。”随使献玉。王使玉人琢其璞，果得美玉，遂命之曰：“和氏璧。”

## 释义

① 璞：未经雕琢、内部含玉的石头。

② 刖：古代一种砍脚的酷刑。

## 故事延伸

楚国有个名叫卞和的人，有一次他在楚山无意间发现了一块璞玉。卞和为此十分激动，于是决定把它献给楚厉王。然而厉王的玉匠在随便看了几眼后，就不屑地说：“这不过是一块普通的石头罢了。”听了这番话，昏庸的楚厉王气不打一处来，当即怒斥卞和欺骗国君，下令砍去了他的左脚。无辜失去一只脚的卞和十分痛苦，只得黯然离去。

楚厉王死后，楚武王继承了国君之位。听说这一消息后，卞和当即决定再次入宫，进献手中的这块璞玉。和厉王生前一样，武王也不懂如何分辨玉石，于是也找了一名玉匠进行鉴定。这一次，玉匠仍是随便打量了几眼，就断定这不过是一块石头。武王听后也是勃然大怒，于是下令将卞和的右脚砍去。

后来武王也死了，楚文王继承了王位。此时的卞和已失去双脚，再也没有办法去向新的国君献宝了。于是他再次来到当时发现璞玉的山脚下，抱着璞玉大哭不止。卞和就这样哭了三天三夜，直到把所有的眼泪都哭干了，最后又哭出了血。路过的人看到后，都对此议论纷纷，很快就连文王也得知了此事。

文王特意派使者来问他说："天下因受刑而失去双脚的人很多，为什么只有你哭得这么悲痛呢?"卞和听后哭着回答说："我之所以悲痛，并不是因为失去双脚的缘故。我只是痛心一块宝玉却被说成是普通的石头；一个忠心耿耿的人却被说成是骗子。"于是，那位使者把卞和带到了楚文王面前。

听了使者的汇报，再看着卞和哀泣悲痛的模样，楚文王想来想去，还是决定派玉匠仔细打磨这块石头，断定其真伪。当玉匠敲掉石头的表皮后，里边果然发出光泽，显示出一块非凡宝玉。文王非常震惊，立即下令将这块美玉雕琢成一块玉璧，并将它命名为"和氏璧"，以此来称颂卞和的忠贞。

**寓意**

无论做什么事情，只要我们坚持下去，一定会成功。

## 心不在马

出自《韩非子》，用来说明做事要专心致志，集中精力。如若太过患得患失，为名利所累，往往会事与愿违。

**原文**

《韩非子》有语：

赵襄主学御[①]于王子期，俄而于子期逐[②]，三易马而三后。

襄主曰："子之教我御，术未尽也。"

对曰：“术已尽，用之则过[③]也。凡御之所贵[④]，马体安于车，人心调于马，而后可以追速致远。今君后则欲逮[⑤]臣，先则恐逮于臣。夫诱道[⑥]争远，非先则后也。而先后心皆在于臣，上[⑦]何以调于马？此君之所以后也。”

## 释义

① 御：驾车。

② 逐：比赛。

③ 过：不恰当。

④ 贵：关键。

⑤ 逮：超过。

⑥ 诱道：诱导。

⑦ 上：通“尚”，还。

## 故事延伸

赵襄王向王子期学习驾车，等到王子期把所有技艺全部传授之后，他就与王子期进行比试，看看谁更快。比赛开始前，赵襄王踌躇满志、满怀希望；然而比赛开始后，他顿时就傻了眼。他一连换了三次马，比赛了三场，结果竟然没有一次能跑在王子期之前！

赵襄王感到很没面子，又怀疑王子期故意藏私，于是气愤地叫来王子期，大声责问道：“你既然教我驾车，为什么不肯全盘传授给我？难道你还想继续藏私吗？”

王子期摇了摇头，回答说：“大王，关于驾车的技艺，我已经全部教给您了。您之所以输了比赛，不是技不如人，而是您在运用的时候，有些不太恰当之处。驾车的关键，就在于使马在车辕里松紧适度，自在舒适；而驾车人则要把全部的注意力，都放在马的身上。只有沉心静气、从容不迫，使自己与马的动作配合协调，这样才可以使车跑得快、跑得远。可是大王您在与我比赛的时候，只要稍微落后一点，您就急得使劲鞭打奔马，拼命要超过我；而一旦跑到了我的前面，又时常回过头来忧心忡忡地观望，唯恐我再次赶超。总之，您是不顾马的情况，一心一意只想着要超过我罢了。”

“比赛本就是为了超过对手，我这样想难道不对吗?”赵襄王不解地问道。

“其实在比赛中，不论超前还是落后，都是十分正常的情况，不能够过于在意。而您呢，不论领先还是落后，心中始终十分紧张，几乎把全部的注意力都集中在比赛的胜负上了，又怎么可能去调好马、驾好车呢?这就是您三次比赛而不胜的根本原因啊。”

听了这番话，赵襄王恍然大悟。

**寓 意**

一个人如若太在乎成败，而无法专注于事情本身，就等于背离了至诚之道，是舍本逐末。

## 梓庆为鐻

出自《庄子·达生》，用来说明成功在于专注。

**原 文**

《庄子·达生》有语：

梓庆削木为鐻①，鐻成，见者惊犹鬼神。鲁侯见而问焉，曰：“子何术以为焉?”

对曰：“臣工人，何术之有？虽然，有一焉。臣将为鐻，未尝敢以耗气也，必齐②以静心。齐三日，而不敢怀庆赏爵禄；齐五日，不敢怀非誉巧拙；齐七日，辄然忘吾有四枝形体也。当是时也，无公朝，其巧专而外滑③消。然后入山林，观天性。形躯至矣，然后成见鐻，然后加手④焉。不然则已。则以天合天，器之所以疑神者，其是与!”

**释 义**

① 鐻：古代一种像钟的乐器。

② 齐：通“斋”，斋戒。

③ 滑：乱。

④ 加手：加以施工。

## 故事延伸

镓是一种乐器。梓庆做的镓十分精美，看到的人都惊叹不已，称之为鬼斧神工。鲁国的君王看到后也十分惊叹，于是特意召见梓庆，问：“你是如何做出如此精妙的镓的?”

梓庆回答说：“我只是个普通工匠，谈不上什么技法，只是在做镓时，力求做到专心而已。每次在动工之前，我都要进行斋戒、沐浴，以此来摒除杂念。一般斋戒到第三天时，我就已经忘记了庆功、封官、俸禄；斋戒到第五天时，别人的非议、褒贬，也无法撼动我的心神；斋戒到第七天时，我已经进入了忘我的境界。此时，我心中已经不再惦记君王和公堂之事，既不希求赏赐，也不惧怕惩罚。”

“只要这样，就可以成功地做出镓了吗?”鲁君听后疑惑地问。

“仅凭这样当然不够了”，梓庆又回答说，“在排除了一切外界干扰之后，我这才进入到山林中，仔细观察树木的质地，精心选取自然形态合乎制镓的材料，直至一个完整的镓已经成竹在胸，这个时候才开始加工制作。否则，我是绝对不会动手的。”

鲁君听得频频点头。

## 寓意

匠心意味着专注和对完美的追求，只有专注才能创作出令人惊叹的作品。

# 第八章

## 福祸无门，趋利避害

——修身克己能养德，

谨言慎行能避祸

# 扁鹊见蔡桓公

出自《韩非子·喻老》，用来讽刺那些不正视自己缺点和错误的人。

## 原 文

《韩非子·喻老》有语：

扁鹊见蔡桓公①，立有间②，扁鹊曰："君有疾在腠理③，不治将恐深。"桓侯曰："寡人无疾。"扁鹊出，桓侯曰："医之好治不病以为功。"

居十日，扁鹊复见曰："君之病在肌肤，不治将益深。"桓侯不应。扁鹊出，桓侯又不悦。

居十日，扁鹊复见曰："君之病在肠胃，不治将益深。"桓侯又不应。扁鹊出，桓侯又不悦。

居十日，扁鹊望桓侯而还走。桓侯故使人问之，扁鹊曰："疾在腠理，汤熨之所及也；在肌肤，针石之所及也；在肠胃，火齐之所及也；在骨髓，司命之所属，无奈何也。今在骨髓，臣是以无请也。"

居五日，桓侯体痛，使人索扁鹊，已逃秦矣，桓侯遂死。

## 释 义

① 蔡桓公：楚国国君，因迁移国都至河南上蔡被称为蔡桓公，一说为齐桓公。

② 有间：一会儿。

③ 腠理：中医学名词，指人体肌肤之间的空隙和肌肉、皮肤纹理。

## 故事延伸

扁鹊本姓姬，秦氏，名缓，是春秋时的一代神医，被人们称为"扁鹊"（扁鹊是传说中黄帝时期的神医）。有一天，扁鹊来到蔡桓公的王宫，站着观察了一会儿后，他就对桓公说道："大王您的皮肤上有些疾病，请允许我来给您治疗吧！否则，我担心疾病会逐渐加重。”听了这番话，桓公感到十分晦气，于是他气愤地说：“我才没有病呢！”扁鹊走后，桓公不满地说：“医生都喜欢夸大其词，以此来显示自己的医术高明，我才不会搭理他呢。”

十天之后，扁鹊又来了，这次他又对桓公说：“大王您的疾病已经到了肌肉里了。不治的话，只怕会更加严重。”这一次桓公对他不理不睬。扁鹊只好再次告退，走后桓公又很不满意。

十天之后，扁鹊又来了，这次他又对桓公说：“大王您的疾病已经到了肠胃里了。不治的话，只怕会继续恶化。”这一次桓公还是不理不睬。扁鹊只得再次告退，走后桓公愈发不满。

十天之后，扁鹊远远地望见了蔡桓公，掉头就走。眼见扁鹊没有对自己说“晦气话”，桓公反而十分好奇，于是便派人前去追问。见到使者，扁鹊叹了口气说：“一开始桓公病在皮肤，用汤药就可治好；病到了肌肉里，用针灸就可治好；病到了肠胃里，服用草药汤剂也可治好。但现在桓公已经病入骨髓，生死已经完全掌控在老天爷手里，我还有什么办法呢？”

五天之后桓公突然感到身体剧痛，这时他才感到恐慌，慌忙派人去寻找扁鹊医治。但是扁鹊由于担心治不好会被问罪，已经逃到了秦地。不久之后桓公就病重而死。

**寓 意**

生活中，我们要正视自身的缺点与错误，更要听取他人的意见，否则会自酿苦果。

# 鹬蚌相争

出自《战国策·燕策》，用来讽刺那些固执己见的人。

## 原文

《战国策·燕策》有语：

赵且伐燕，苏代为燕谓惠王曰："今者臣来，过易水，蚌方出曝[①]，而鹬啄其肉，蚌合而箝其喙。鹬曰：'今日不雨，明日不雨，即有死蚌！'蚌亦谓鹬曰：'今日不出，明日不出，即有死鹬！'两者不肯相舍。渔者得而并擒之。今赵且伐燕，燕赵久相支，以弊大众。臣恐强秦之为渔父也。故愿王熟计之也。"惠王曰："善！"乃止。

## 释义

① 曝：晒太阳。

## 故事延伸

战国时期，诸侯国中以秦国最为强大，它对其余各诸侯国虎视眈眈。此时的赵国君主赵惠文王却不知防备秦国，反而一心想要攻打燕国。

有一个名叫苏代的燕国人得知后，便主动跑到赵国去求见赵惠文王，打算劝他停止用兵。苏代心知惠文王心意坚定，不能一味苦求，于是便对他讲了这样一个故事：

有一天，一只在水底待了很久的河蚌突然爬到岸上，一边懒洋洋地晒着太阳一边打盹儿。就在这时，一只正在觅食的鹬鸟飞了过来。看到河蚌后，这只鹬鸟立即悄悄地落了下来，并用自己又尖又长的嘴去啄河蚌的肉。河蚌因刺痛而惊醒，并将蚌壳猛地一夹。这下，鹬鸟的嘴无法抽出了。

鹬鸟感到十分恼怒，但又不愿示弱，于是便恶狠狠地对河蚌说：

"我就看你还能在岸上待多久！如果今天不下雨、明天不下雨，你就会被干死、晒死，到时候，你就会成为一只死蚌了！”

河蚌听后也十分气愤，立即反唇相讥说：

“我也看你能饿多久！我今天不松开你的嘴，明天也不松开你的嘴，你就会在这里被饿死，到时候你也只不过是一只死鹬罢了。”

就这样，二位从大早上一直对峙到傍晚，谁也不肯先行屈服，局势顿时变得僵化起来。就在它俩不愿让步之时，一位双手空空的渔翁走了过来。这位渔翁正为今天一无所获而感到苦恼呢，看到这一幕后，眼前顿时一亮。他立即走上前去，将鹬和蚌一把抓在手里，兴高采烈地回家去了。

苏代意味深长地讲完这个故事，赵惠文王顿时明白了利害。他赶紧站起身子向苏代道谢说：“多谢先生的启发，如果我们小国间自相残杀，却让秦国白白得利，那我们跟这故事里固执己见的鹬和蚌又有什么区别呢?”于是，他取消了攻打燕国的念头。

**寓　意**

固执己见，逞意气，不肯做出让步妥协，最终只会使事情越变越糟。

## 宾卑聚自杀

出自《吕氏春秋》，用来说明凡事不要斤斤计较。

**原　文**

《吕氏春秋》有语：

齐庄公时，有士曰宾卑聚。梦有壮士，新素履，墨剑囊。从而斥之，唾其面。宾卑聚寤，徒梦也，终夜坐自不快。明日，召其友而告之曰：“吾少好勇，年六十而无所挫辱。昨夜辱，吾将索其形。期得之，则可；不得，将死之。”每朝与其友俱立于衢①。三日不得，却而自殁②。

**释义**

① 衢：四通八达的大路。

② 殁：死。

**故事延伸**

齐庄公时，齐国有个著名的勇士，名叫宾卑聚。有一天晚上，宾卑聚突然看到一个身材魁梧的猛士，头戴白色绢帽，外穿耀眼的红色麻布盛装，内穿棉布做的衣服；帽上坠着红色的丝穗，脚穿一双崭新的白色缎鞋，身后还背着一个黑色的剑囊。这个威武的大汉走到宾卑聚面前，不仅大声地呵斥他，还朝他脸上吐唾沫。

宾卑聚被这个突如其来的凶狠汉子吓得猛然起身，这才发现原来是做了个梦。按理说一般人遇到这样的情况，顶多也就是翻个身再睡而已，但是一向受不得半点气的宾卑聚，竟然为此整整一晚没有睡，坐在那里越想越气。

第二天一大早，宾卑聚就把所有的亲朋好友请到家中，把自己晚上所做的梦从头到尾讲了一遍。就在所有人都十分疑惑，不知道他打算做什么时，只听见宾卑聚以斩钉截铁的语气，气呼呼地说道："我自幼崇尚勇武，好胜争强，活了 60 多年，就从来没有受到过任何人的欺负。可是昨天晚上梦里的那人，却让我受到了这辈子从没经历过的侮辱，我无论如何都不能与他干休。我宾卑聚今天在此发誓：一定要找到那个敢在梦中骂我，并向我吐唾沫的人。如果在三天之内找到他，我就和他一决生死；如果三天之内找不到他，我也没有什么脸面继续活着，只能以死洗刷耻辱了。"

听了这番话，所有人都为他捏了一把汗；有几个人站出来劝说，但宾卑聚却不肯听人劝。为了防止悲剧发生，他们只好跟着宾卑聚一起来到熙熙攘攘的大街上，依照之前的描述，努力地搜寻宾卑聚的"梦中人"。但在现实当中，又怎么能找到和梦里一模一样的人呢！

三天的时间很快就过去了。到了第三天傍晚，宾卑聚等人始终没能找到梦中那个人，只得无奈地回家了。到家之后，宾卑聚长长地叹了一口气，然后就拔剑自刎了。

**寓　意**

人活一世，没有什么事比快乐更重要。像宾卑聚这样连梦里的事儿都要斤斤计较，无疑是十分愚蠢的。

## 公仪休嗜鱼

出自《初潭集·廉勤相》，用来说明太过放纵自己的欲望，必然会招致祸端。

**原　文**

《初潭集·廉勤相》有语：

公仪休相鲁而嗜[①]鱼，一国尽争买鱼而献之，公仪子不受。其弟谏曰："夫子嗜鱼而不受者，何也？"对曰："夫唯嗜鱼，故不受也。夫即受鱼，必有下人[②]之色，有下人之色，将枉于法；枉于法，则免于相。免于相，虽嗜鱼，此必不能致我鱼，我又不能自给鱼。即无受鱼而不免于相，虽不受鱼，我能长自给鱼。"此明夫恃人不如自恃也；明于人之为己者，不如己之自为也。

**释　义**

① 嗜：喜欢。

② 下人：退让别人，不敢责求别人。

**故事延伸**

公仪休在鲁国做过相国。他有一个家喻户晓的爱好，就是特别爱吃鱼，因此当时的国人为了讨好他，纷纷提拎着鲜美的大鱼上门。然而每次见到人们送来的鱼后，公仪休尽管再怎么喜欢，最终却还是一一拒绝，从没有收受过哪怕半条鱼。

公仪休的弟弟对此十分不理解，于是就问他说："既然你喜欢吃鱼，为什么还要拒绝这些人的一番好意呢？”公仪休回答说：“正是因为我喜欢吃鱼，所以才更不能接受别人的馈赠啊！倘使我今日接受了他们的馈赠，来日就不得不迁就他们；倘若我迁就了他们，就等于是徇私舞弊、贪赃枉法。我身为一国之相却知法犯法，国相的位置必然无法坐长；等到我丢掉官位后，这些人还会上门给我送鱼吗？到了那个时候，我既丢失了官职，又失去了俸禄，不是再也不能给自己买鱼吃了吗？如果我现在不接受他们的鱼，将来就不必被迫徇私情，那么也就不会丢掉自己的官位了。这样一来，就算没有一个人送鱼，我照样可以用自己的俸禄买鱼吃。”

**寓 意**

不要只看眼前利益，切勿因贪小而失大，为官更应该知法守法、清廉自持。

## 好谀之君

出自《虢君好谀》，用来说明忠言虽逆耳却利于行。

**原 文**

《虢君好谀》有语：

昔者虢君骄恣[①]自伐[②]，谄谀亲贵，谏臣诛逐，政治踳乱[③]，国人不服。晋师伐之，虢人不守。虢君出走，至于泽中，曰：“吾渴而欲饮。”其御乃进清酒。曰：“吾饥而欲食。”御进腶脯梁糗[④]。虢君喜曰：“何给[⑤]也？”御曰：“储之久矣。”曰：“何故储之？”对曰：“为君出亡而道饥渴也。”君曰：“知寡人亡邪？”对曰：“知之。”曰：“知之，何以不谏？”对曰：“君好谄谀，而恶至言[⑥]，臣愿谏，恐先说虢亡。”虢君作色而怒，御谢曰：“臣之言过也。”有间，君曰：“吾之亡者诚何也？”其御曰：“君弗知耶？君之所以亡者，以大贤也。”虢君曰：“贤人之所以存也，乃亡，何也？”对曰：“天下之君皆不肖，夫疾[⑦]吾君之独贤也，故亡。”虢君喜，据式[8]而叹曰：“嗟！贤固若是苦耶？”遂徒行而于山中居，饥倦，枕御膝而卧，御以块[9]自易，逊行[10]而去。君遂饿死，为禽兽食。

## 释义

① 骄恣：骄傲放纵。

② 自伐：刚愎自用。

③ 踳乱：杂乱。

④ 腶脯粱糗;：肉及粮食等食品。

⑤ 给：丰足。

⑥ 至言：忠言。

⑦ 疾：通“嫉”，嫉妒。

⑧ 式：通“轼”，车厢扶手。

⑨ 块：石块。

⑩ 逊行：偷偷溜走。

## 故事延伸

虢国的君主平日里喜好阿谀奉承之言，听不进逆耳忠言，以至于朝堂之上，都是不会治国的奸邪小人，那些敢于直言的重臣却纷纷被贬。在他的倒行逆施下，虢国终于被晋国攻灭，那些平日里围着他的小人，也一个个作鸟兽散，没有一个人愿意追随虢君。他仓皇逃出之后，身边，就只剩下一个车夫了。

为了保护虢君，这位车夫驾着马车，两人一直逃到荒郊野外。此时的虢君好不容易松了口气，却觉得又渴又饿，车夫立即从车上拿出食品袋，送上清酒、肉脯和干粮让他吃喝。虢君在吃饱喝足后，感到十分奇怪，于是一边擦嘴一边问车夫：“你从哪里弄来的这些东西呢？”

车夫恭敬地回答说：“启禀大王，这是我在很早前就准备好的。”

虢君更加好奇了：“你事先准备这些东西干什么？”

车夫诚实地回答说：“为了方便您在逃亡的路上充饥、解渴呀。”

听到这里虢君有些不高兴："你早就知道我会有今天了吗?"

车夫低着头回答说："是的，我早就想到会有这一天了。"

虢君听后十分生气，不满地说："既然这样，你之前为什么不早点告诉我?"

车夫叹了一口气说："您只喜欢听奉承的话，那些逆耳忠言却从来不肯相信。如果我之前给您提意见，您不但听不进去，说不定早就把我杀了！要是那样，今天您身边就连一个跟随的人都没有了，还有谁来带您逃亡，为您提供吃喝呢!"

听到这番话，虢君顿时怒不可遏，指着车夫厉声训斥。

车夫万万没想到直至此时，虢君仍是不知悔改，他知道这个昏君已经无可救药了，于是连忙谢罪说："大王息怒，是我说错了。"听到这句话，虢君才安静下来。

就这样两人都沉默着走了一程，余怒未消的虢君又忍不住开口问道："你说，我到底为什么会落到今天这个下场?"

眼见虢君眼神不善，车夫只得改口说："是因为大王您太仁慈贤明了。"

听了这句话，虢君眼中一喜，他立即追问说："既然我如此贤明仁慈，那为什么不能继续享受荣华富贵，反而要颠沛流离、逃亡在外呢?"

车夫说："天下各国的君主都不是什么贤良之辈，只有大王您一人除外。因此他们才会因嫉妒而发兵攻打我国，致使您今日逃亡在外。"

听到这里，虢君总算是消了气，他靠在车前的横木上，自我陶醉地说："唉，难道贤明的君主就该如此受苦吗?"渐渐地，他觉得自己有些困乏，于是便枕着车夫的腿睡着了。

直到这时，车夫总算是松了一口气，同时也彻底看清了这个昏君的面目。他觉得自己已经没有必要再跟随他了。等到虢君睡熟之后，车夫慢慢从他头下抽出自己的腿，换了一块石头给他枕上，然后离开国君，头也不回地走了。

等到虢君醒来后，发现车夫早已不知所踪，顿时十分慌张。很快地，所有的储粮都被吃光，他就这样饿死在荒郊野外，沦为猛兽的肚中餐。

**寓　意**

忠言逆耳却利于行，如果弃之不听就很容易陷入昏昧，对眼前的危机视而不见。所以，生活中我们要多听他人的意见或建议。

## 东野稷驾车

出自《庄子·达生》，用来说明物极必反的道理。

**原　文**

《庄子达生》有语：

东野稷以御①见庄公，进退中绳②，左右旋中规。庄公以为文③弗过也，使之钩④百而反。颜阖遇之，入见曰："稷直马将败。"公密而不应。

少焉，果败而反。公曰："子何以知之？"曰："其马力竭矣，而犹求焉，故曰败。"

**释　义**

① 御：驾车。

② 中绳：符合规矩。

③ 文：线条交错的图案、花纹，引申为绘画。一说为造父。

④ 钩：来回。

**故事延伸**

东野稷因擅长驾驭马车，而得到鲁庄公的接见。在庄公的命令下，他当场就表演起自己的绝技来。

庄公放眼看去，只见东野稷驾着马车，前后左右进退自如，技术十分娴熟。他驾车时，不管是进还是退，车轮的痕迹都十分笔直，有如木匠画的墨线；不管是向左还是向右旋转打圈，车辙都十分圆，有如木匠用圆规画的那样。鲁庄公看得津津有味，高兴地称赞说："你驾车的技巧如此高超，想来就算是精于驾车的造父，也无法与你相提并论了。"说完，鲁庄公又兴致勃勃地叫东野稷兜了一百个圈子，然后返回原地。

正在这时，一个叫颜阖的人前来觐见，看到这一幕后便对鲁庄公说："照我看来，东野稷的马车很快就会翻的。"

听了这句大煞风景的话，鲁庄公心中十分不满，但他并没有理搭理颜阖，只是想着等东野稷驾车归来，自然就可以说明一切了。然而就在此时，意外果然发生了。由于太过疲累，东野稷的马突然一失前蹄，弄了个人仰马翻，东野稷也因此灰头土脸，见了庄公后十分难堪。

庄公这才不得不服气，同时又不解地问颜阖说："你怎么知道东野稷要翻车了呢?"颜阖回答说："即便是再神骏的马，它的力气也是有限的。之前我看到的时候，东野稷驾的那匹马已经耗尽力气，可他还是不管不顾地要马拼命奔驰。像他这样蛮干，马不累垮才怪呢!"听了颜阖的话，鲁庄公无言以对。

**寓　意**

做任何事情都要量力而行，不能操之过急和一味地蛮干。否则，结果只会与自己的期许背道而驰。

## 曳尾于涂

出自《庄子·秋水》，用来说明功名利禄不可贪。

**原　文**

《庄子·秋水》有语：

庄子钓于濮水，楚王使大夫二人往先①焉，曰："愿以境内累②矣!"庄子持竿不顾，曰："吾闻楚有神龟，死已三千岁矣，王巾笥③而藏之庙堂之上。此龟者，宁其死为留骨而贵乎，宁其生而曳尾涂中乎?"二大夫曰："宁生而曳尾涂中。"庄子曰："往矣！吾将曳尾于涂中。"

**释　义**

① 先：致意、问候。

② 累：劳烦。

③ 巾笥：巾，麻织品。笥，盛饭食或放衣物的竹器，此处用作动词，指用锦缎裹，用竹箱装。

**故事延伸**

庄子在河南濮水悠闲地垂钓。楚威王得知这位贤人到了自己国中，认为这是个大好时机，于是当即派出两位大夫前去拜见。见到庄子后，两位大夫毕恭毕敬地向他问好，并传达了楚威王的旨意，表示威王愿以重礼邀请庄子入宫，帮助自己管理国家大事。

早在两位大夫到来之前，庄子就知道了威王的意思，但他心中并不愿因纷繁国事而累及自己。于是他手持钓竿，头也不回地望着水面沉思片刻，问道："之前我曾听说楚国有一只神龟，死去已有三千年。为了表示对神鬼的敬意，楚王将它的骨甲装在竹箱里，罩上一层锦帛，珍藏在太庙的明堂之上供奉。请问两位：你们觉得对这只神龟来讲，它是愿意死去遗下骨甲以显示珍贵呢，还是宁愿活着，哪怕是在泥塘里拖着尾巴爬行呢？"

两位大夫听后，不假思索地回答："当然是宁可活着在泥塘里爬行了。"

庄子见他们如此回答，于是回过头悠然地告诉他俩说："既然如此，那就有劳两位大夫回禀楚王，就说我宁愿在烂泥里活着！"

**寓　意**

太过贪图功名权位只会给自己带来不必要的麻烦。

# 鹳鸟迁巢

出自《郁离子》，用来说明做人做事要有远见。

## 原文

《郁离子》有语：

子游为武城宰，郭门之垤①，有鹳迁其巢于墓门之表。墓门之老以告，曰：“鹳，知天将雨之鸟也。而骤迁其巢，邑其大水乎？”

子游曰：“诺。”命邑人悉具舟以俟②。

居数日，水果大至。郭门之垤没，而雨不止。水且及于墓门之表，鹳之巢翘翘然。徘徊长唳，莫知其所处也。

子游曰：“悲哉！是亦有知矣，惜乎其未远也！”

## 释义

① 垤：小土堆。

② 俟：等候。

## 故事延伸

子游是孔子的学生，曾经在武城担任过宰相。当时在武城城门外的土墩上，有一只鹳鸟把自己的巢窠筑在了那里。

有一天，这只鹳鸟不知为何，竟突然把自己的巢窠，搬到了一个坟墓前面的石碑上去。当地正好有一位负责看守坟墓的老汉，见到后立即去向子游禀告此事。他说：“鹳鸟，是一种能够预知天将下雨的鸟。它突然把巢搬到高处，岂不是说明我们这里很快就要遭遇大雨，说不准还要暴发洪水呢！”子游听后觉得十分在理，于是立即下令，要求所有的城里人都准备好船只，只等洪水来临就渡船避水。

几天之后果然天降暴雨，山洪很快暴发，城门外的小土墩也被彻底淹没。此时雨仍然下个不停，水势也持续上涨，眼瞅着就要没过坟前的石碑。鹳鸟心知自己的巢即将被大水冲走，只得盘旋在上方悲鸣不已，不知道跑到哪里去安居才好。

子游在船上恰好看到这一幕，不由感叹地说：“鹳鸟虽有预见，但考虑得却不够长远，真是可悲啊！”

**寓意**

目光长远才能趋利避害。

## 虎死撤备

出自《寓林折枝》，用来说明无论何时都要有危机意识，都不要对危险放松警惕。

**原文**

《寓林折枝》有语：

若石隐于冥山之阴，有虎恒蹲以窥其藩①。若石帅其人昼夜警。日出而殷钲，日入而燎辉，宵则振铎以望。植棘树、墉坎山谷以守。卒岁，虎不能获。

一日而虎死，若石大喜，自以为虎死无毒己者矣。于是弛其机，撤其备。垣坏而不修，藩绝而不理。无何，有貙逐麋来，止其室之隈②，闻其牛羊豕之声而入食焉。若石不知其为貙也，叱之，不走，投之以块，貙人立而爪之，毙。

**释义**

① 藩：藩篱。

② 隈：角落。

**故事延伸**

有个名叫若石的人在冥山北面建造了一座房屋。由于地处偏远的茂密森林，没有别的邻居，若石一家从来没有受到任何打扰，生活十分安逸平静。

然而好景不长，很快若石就发现，森林里不知何时来了一只凶猛的老虎。这只老虎常常蹲在不远的山崖上，朝着自己的住处虎视眈眈，若石全家人都因此十分惶恐。为了防止老虎暴起伤人，若石每天带领着全家老小，日夜轮流监视老虎的动向，同时又用白天敲锣、傍晚点火和晚上摇铃的方法驱赶老虎。为了进一步加强防御，他又把篱笆改成结实的土墙，在墙的四周立起一道用荆棘筑成的屏障，甚至还在山谷里挖掘了洞穴用来躲藏。面对若石的这些周全举措、巩固设施，老虎始终无法突破，直到一年后仍然一无所获。

有一天，若石听说附近出现了一只死老虎，他跑去一看，认出是经常在自己屋子周围转悠的那只，心中感到十分高兴。他认为老虎既然身死，就表示大患已除，不再需要费心防备了。从此之后，他放松了对野兽的监视，撤除了防备猛兽的武器。土墙的边缘损坏了，若石也从不去修复；荆棘围成的篱笆破烂了，他也不修补。

没过多久，一只 貙在追逐麋鹿的时候经过若石家，它灵敏地听到了若石家里牛、羊、猪等牲畜的叫声。于是这只 貙偷偷地溜进院子，躲在墙角窥视了一会儿，见周围没有一个人，便跑进牲畜棚里乱咬乱抓起来。若石听到动物的叫声后匆忙赶去观察，发现一个像山猫似的家伙正在撕咬家禽。由于孤陋寡闻，他并不知道那是性情凶猛的 貙，不仅没有号召家人拿起武器，反而独自一人大声地呵斥去赶它。眼见貙对自己并不害怕，不肯逃离，若石又拾起一块石头向它狠狠砸去。那只 貙于是突然丢开了嘴里的猎物，转过身举起两只前腿，像人一样直立而行，猛地向若石一扑。不一会儿，若石就惨死在它的利爪下了。

**寓 意**

风险与危机总是不可预测，如果一时放松警惕，当灾难再次来临时就难以应对了。

# 宋元君与神龟

出自《庄子·杂篇·外物》，用来阐述做人应当深谋远虑，不能自恃聪明的道理。

## 原文

《庄子·杂篇·外物》有语：

元君夜半而梦人被发窥阿门，曰："予自宰路之渊，予为清江使河伯之所，渔者余且得予。"元君觉，使人占之，曰："此神龟也。"君曰："渔者有余且乎？"左右曰："有。"君曰："令余且会朝。"明日，余且朝。君曰："渔何得？"对曰："且之网得白龟焉，其圆五尺。"君曰："献若①之龟。"龟至，君再欲杀之，再欲活之，心疑，卜之，曰："杀龟以卜吉。"乃刳②龟，七十二钻而无遗策。仲尼曰："神龟能见梦于元君，而不能避余且之网；知能七十二钻而无遗策，不能避刳肠之患。如是，则知有所困，神有所不及也。虽有至知，万人谋之。鱼不畏网而畏鹈鹕。去小知而大知明，去善而自善矣。婴儿生无石师而能言，与能言者处也。"

## 释义

① 若：你。

② 刳：挖出。

## 故事延伸

有一个名叫余且的渔夫，偶然间捕获了一只神龟。这只神龟为了解救自己，便在晚上特意托梦给宋国国王宋元君。

到了晚上，宋元君突然梦到一个人躲在侧门，披头散发、探头探脑地窥视，于是便主动发问。只听见那人说："我来自一处名叫宰路的深潭，我是奉命替清江水神去问候河伯的。但是现在我却被一名叫作余且的渔夫捕获了。”

宋元君一觉醒来，觉得十分奇怪，于是便召来卜者询问。卜者经过占卜后回答说：“这是一只灵异的神龟在给大王托梦。”宋元君便询问左右说：“有谁知道一个叫余且的渔夫?”一位大臣回答：“国内是有这么一位渔夫，就住在河边。”宋元君于是下令通知余且前来朝见。

第二天余且来了，元君立即问他说：“你最近捕鱼时，有没有抓到什么奇怪的东西?”余且不敢隐瞒，恭敬地回答说：“我最近用鱼网捕到了一只好大的白龟，背围足有五尺长。”宋元君听后十分讶异，便说：“那就献出你捕获的这只龟。”余且听后立即告退，赶紧回家将那只龟献给了元君。

得到这只神龟后，宋元君既想杀掉它，又想把它放掉，心中总是犹豫不决，只得再次让卜者来替自己参详。卜者经过占卜后得出结论：“杀掉这只龟进行占卜，吉。”得到这一结论后，宋元君立即命人将白龟杀死并剖空它的肠肚，用龟壳进行占卜。宋元君先后占卜了 72 次，竟然没有一次不灵验。

后来孔子也听说了这件事，于是深有感慨地说：“这只神龟有本事托梦给宋元君，却没法逃脱余且的网；它的智慧能达到占卜 72 次无不灵验，却无法避免自己被开肠剖肚的灾祸。这样看来，即便是聪明也有受局限的地方，即便是智慧也有想不到的事情啊!”

**寓 意**

一个人的智慧终究有限，如果过于相信自己，就很容易考虑不周，犯下大错。

# 蜀鸡与乌鸦

出自《燕书》，用来说明做事要谨慎小心。

## 原文

《燕书》有语：

豚泽之人养蜀鸡，有文而赤翁①。有群雏②周周鸣。忽晨风③过其上，鸡遽翼诸雏，晨风不得捕，去。已而有乌来，与雏同啄。鸡视之兄弟也。与之上下，甚驯。乌忽衔其雏飞去。鸡仰视怅然，似悔为其所卖也。

## 释义

① 翁：鸟类头颈上的羽毛。

② 雏：小鸡仔。

③ 晨风：鸟名，鹞鹰一类的猛禽。

## 故事延伸

豚泽人素来喜欢养蜀鸡，一家农户也不例外。春节时期，这家农户养的蜀鸡孵出了一窝可爱的小鸡，等到天气转暖、小鸡逐渐长大后，大蜀鸡就开始领着小蜀鸡在庭院里四处活动。每次大蜀鸡咯、咯、咯地叫着走在前面时，小蜀鸡也会啾、啾、啾地叫着，连蹦带跳地跟在后面，场面十分温馨。

有一天，大蜀鸡又领着一群小蜀鸡在院子里散步，就在这时，一只凶猛的鹞鹰猛地扑了下来。大蜀鸡一见鹞鹰张开爪子和尖嘴盘旋而下，就知道来者不善，立即张开双翅把小鸡严严实实地遮护起来。与此同时，它又昂起头颈大声鸣叫，眼睛眨也不眨地死死盯住鹞鹰，摆出一副针锋相对的架势。鹞鹰看到大蜀鸡如此作态，不敢轻易进犯，只好在空中兜了几个圈子就悻悻离去。

过了一会儿，又有一只乌鸦飞了过来，落在庭院当中。由于乌鸦平日里只喜欢吃树上的野果、田里的谷物和各种小昆虫，性情又不像鹞鹰那般凶猛，因此大蜀鸡没有丝毫戒备。它让乌鸦飞落到院子里和自己做伴，与小鸡一块儿啄食、玩耍，简直像亲兄弟一样和睦。然而就在大蜀鸡完全丧失警惕，陶醉在这天伦之乐中的时候，狡猾的乌鸦猛然间伸出长长的大嘴，紧紧地叼住一只小鸡，随后双脚使劲往地上一蹬、翅膀狠狠地一扇，如同一阵风似地飞走了。

大蜀鸡这才猛然惊觉，呆呆地站在尘土飞扬的院子里，望着乌鸦渐飞渐远的身影，感到十分痛心、懊悔。然而，一切都已经难以挽回了。

**寓 意**

生活中，我们应谨慎行事，才能趋利避害。

## 杨布打狗

出自《列子·说符》，用来阐述遇到问题应当先从自身找原因。

**原 文**

《列子·说符》有语：

杨朱之弟曰布，衣素衣[①]而出。天雨，解素衣，衣缁衣而反。其狗不知，迎而吠之。杨布怒，将扑之。杨朱曰："子无扑矣，子亦犹是也。向者使汝狗白而往黑而来，岂能无怪哉?"

**释 义**

① 素衣：白衣。

**故事延伸**

杨朱有一个弟弟叫杨布。有一天，杨布穿着一件白衣外出访友，不料当他行至半路上，天却突然下起了雨。雨越下越大，而附近却没有一户人家、客店，因此杨布只得硬着头皮顶着大雨，一路赶到朋友家。当他敲开朋友家的大门时，已经被淋得跟落汤鸡一样，朋友见状大吃一惊，赶忙请他换下被淋湿的衣服，给他换上了一身黑色的外衣。

等到他们吃过饭，两人又开始谈论各种趣闻逸事，不知不觉中，已经到了黄昏之时。看到自己的白衣还没有晾干，杨布只得穿着朋友借给自己的黑衣，趁着夕阳余晖慢悠悠地向家中走去。

空山新雨之后，晚风轻拂人面，杨布轻轻一嗅，就闻到了一阵阵新枝嫩叶的清香，不由得心旷神怡。要不是天色愈发变黑，他还真想继续慢悠悠地在山中继续晃荡。他就这样走着走着，终于走到自家门口，但就在这时，家里的那只狗却没有认出是自家主人回来，从黑地里猛冲出来，对着杨布一阵汪汪。不久后，那狗又突然后腿站起、前腿向上，似乎要朝杨布扑过来。杨布正沉浸在雨后山景的舒畅感觉中，冷不防被自家的狗一顿狂吠，顿时吓得浑身一个激灵。看到狗不但不罢休，反而打算向自己扑过来，杨布感到十分恼火，他马上停住脚向旁边一闪，愤怒地向狗大声吼道："你这只瞎了眼的蠢狗！连我都不认识了吗?"说着他就顺手抄起门旁的一根棒子，打算教训它一顿。

这时，哥哥杨朱听到了声音，立即从屋里出来，一边阻止了他的行动，一边唤住了正在狂叫的狗，对自己的弟弟说："你打它做什么？你想想：你大白天穿着一身白衣出去，这么晚了却穿着黑衣回来，一下子怎么能分得清呢？这能怪狗吗?"

杨布听后沉默不语。他冷静地想了片刻，觉得哥哥杨朱说的话很有道理。此时狗也认清了主人，不再汪汪直吠，反而围着杨布不停地转着，表现得十分亲昵。一家人就这样重新恢复了原先的和睦。

**寓 意**

遇到问题，首先应该反思自己的言行，从自己身上找原因。

# 楚王好细腰

出自《墨子·兼爱中》，用来说明领导者过于主观，便会引发危机。

## 原　文

《墨子·兼爱中》有语：

昔者楚灵王好士细腰，故灵王之臣皆以一饭为节①，胁息②然后带③，扶墙然后起。比期年，朝有黧黑之色。

## 释　义

① 节：节制。

② 胁息：屏住呼吸。

③ 带：束带。

## 故事延伸

从前，楚灵王喜欢在上朝时，看到臣子们如杨柳般婀娜多姿的细腰身，他认为只有这样才叫赏心悦目，能使满堂生辉。有些生得苗条柔弱的大臣还因此受到了楚灵王的赞美、提拔和重用。

这样一来，满朝的文武大臣们为了赢得楚灵王的欢心和宠信，便千方百计地开始减肥，拼命使自己的腰围变小。他们不约而同地开始注意节制饮食，强迫自己一天只吃一餐饭，为此经常饿得头昏眼花也在所不惜；有的大臣更是摸索出了一套快速减肥的绝招，那就是在每天早晨起床穿衣时，首先做几次深呼吸，挺胸收腹，然后将气憋住，再用宽带将腰部束紧。经过这样一番折腾之后，许多人便渐渐失去了支撑身体的能力，往往需要扶住墙壁才能勉强站立。

如此这般，经过整整一年的折磨以后，楚国的满朝文武官员们全都变得面黄肌瘦、形容枯槁、弱不禁风，这又怎么能担当得起治理国家、保卫疆土的重任呢？

**寓　意**

每个人都有自己的喜好，领导不应以自己的好恶来要求属下。否则是不会管理好一个团队的。

## 一蟹不如一蟹

出自《艾子杂说》，用来讽喻一个不如一个。

**原　文**

《艾子杂说》有语：

艾子行于海上，见一物圆而褊，且多足，问居人曰："此何物也？"曰："蝤蛑①也。"既，又见一物圆褊多足，问居人曰："此何物也？"曰："螃蟹也。"又于后得一物，状貌皆若前所见，而极小，问居人曰："此何物也？"曰："彭越②也。"艾子喟然叹曰："何一蟹不如一蟹也！"

**释　义**

① 蝤蛑：梭子蟹。

② 彭越：螃蟹的一种。

**故事延伸**

一天，海潮退了之后天气很好，艾子特意去海滩上散步。忽然，艾子发现自己前面不远处有一个小东西在爬行，他当即走上前去，好奇地蹲下身子去仔细地看它。只见这小东西的身子又扁又圆，周围长着许多脚，爬行的方向是横的。艾子把小动物拾起来放入袖口，见到不远处有位渔夫，当即走过去向他询问："请问您是否知道这是什么东西？"那人看了一眼便告诉他说："先生，这是梭子蟹。"

得到答案后，艾子向渔夫道了谢，然后就在海滩上继续往前走。这时，他又看到一个小东西，身子也是又扁又圆，同样长着许多脚，但形体比先前那个要小些，行动似乎也迟缓一些。于是艾子又拾起这个小动物放进袖口，跑去找之前那位住在海边的渔夫，问："再请问您，这个又是什么东西呀？"渔夫又告诉他说："这是只螃蟹。"

艾子点了点头继续朝前走，不料又看到一只小东西在海滩上爬着。这个小东西的形状、体貌与先前看见的梭子蟹、螃蟹一模一样，只是比前两个更小了。于是艾子又拾起这个小东西，把它放进袖口，再次去问先前的那位渔夫说："您看，这又是什么东西呀？"渔夫仍耐心地回答说："这是彭越，也是螃蟹的一种。"

艾子离开海滩之后，越想越觉得今天遇到的事情有趣。这梭子蟹、螃蟹、彭越都是蟹，而形体却一个比一个小。艾子不觉感叹道："咳！为什么一蟹不如一蟹呢！"

**寓 意**

自知者明。所以，我们要修身克己，不断提升自己。

## 踩虎尾

出自《周易·履卦》，用来讥讽有缺点却不肯正视或改正的人。

**原 文**

《周易·履卦》有语：

眇[①]能视，跛能履，履虎尾咥[②]人。

**释 义**

① 眇：瞎了一只眼，后指双目皆盲的人。

② 咥：吃掉。

**故事延伸**

从前，在一个村庄里有一位视力模糊、瘸了一条腿的可怜人。然而这个人偏偏又有着不服输的性子，即使别人善意地提醒他小心走路，他也会十分生气。后来，整个村庄里再没有几个人愿意搭理他了。

有一次，这人在家中待得久了，想要去大山里转转，但村里的人们正纷纷议论，说山中来了一只大老虎。听说这人想要到山里去，有几个人忍不住出来劝阻，说："你视力不好，走路也不及常人，万一遇到什么危险，那可怎么办啊?"然而这人听后却暴跳如雷，愤怒地吼道："我的眼睛看得很清楚！走路也没什么问题!"说吧，他就气呼呼地一瘸一拐地走了。

这人摸索着走到山里，很快就陶醉在一阵清新的空气中，然而他却没有看到，一只老虎就在不远的地方趴着打盹儿。就这样，他一步一步地慢慢走着，最终一不留神踩到了老虎的尾巴上。正在睡觉的老虎吃痛，不觉"嗷呜"一声醒了过来，这个人听到老虎的叫声后，顿时吓得魂飞魄散。

虽然没有看到老虎，但这人还是听到了一阵老虎的喘息声，他想马上逃跑。然而他的腿脚本就不灵便，眼睛又看不清楚，还没"跑"几步就撞在了一棵树上，紧接着就被扑上来的老虎死死咬住。尽管他一再呼喊救命，但山下的人根本听不到，这人活活被老虎吃掉了。

**寓 意**

有缺点并不可怕，可怕的是不能正视自己的缺点。听不进去正确意见，掩饰自己的缺点，终将自食恶果。

## 哀溺

出自《柳河东集》，用来讽刺那些一味地放纵自己的欲望，最终招来祸端的人。

**原 文**

《柳河东集》有语：

永之氓咸[①]善游。一日，水暴甚，有五六氓，乘小船绝湘水。中济，船破，皆游。其一氓尽力而不能寻常。其侣曰："汝善游最也，今何后为?"曰："吾腰千钱，重，是以后。"曰："何不去之?"不应，摇其首。有顷益怠。已济者立岸上，呼且号曰："汝愚之甚，蔽之甚，身且死，何以货为?"又摇其首。遂溺死。

**释义**

①咸：都。

**故事延伸**

有一天，几个永州人同乘一条小船过江去。一路上，大家谈笑风生。其中，一个人说自己出门去做生意几年了，现在回来看看家人。他带了一个包袱在身边，时刻不离左右。

船到江心时，麻烦的事情发生了。因为一连下了好几天暴雨，江水猛涨，现在忽然起了风，江面上掀起了巨浪。一个浪头打过来，小船立即破了一个大洞，很快就沉了下去。船上的人见势不妙，纷纷跳下水游泳逃命。

那个一直带着包袱的人也在拼命游，尽管他使尽全身力气，还是游得特别慢。他的同伴觉得很奇怪，就问他说："咦，你一向擅长游水，怎么这一次还是落在后头呢？"

那人气喘吁吁地回答说："包袱里的一千枚大钱都被我缠在腰间，特别沉重，所以游起来分外吃力。"

又过了一会儿，这个人越来越游不动了，眼看有沉底的危险。他的同伴为他着急，提醒他说："你把钱解下来扔掉吧！"那人累得话也说不出来，只是拼命地摇了摇头。

过了一会儿，那人实在游不动了，而其他人已经游到了对岸，看着他干着急，对他大声喊道："你怎么这么糊涂啊，眼看命都快保不住了，要钱还有什么用呢？现在丢掉钱还来得及，快扔掉钱，快扔掉钱呀！"

那人还是一个劲地拼命摇头，怎么也不肯把他的钱丢掉。最后，他终于精疲力竭，和他的钱一起沉到了江底。

**寓意**

要树立正确的金钱观。一个人如若太过放纵自己的贪欲之心，就会招来诸多祸端。

## 宋王出逃

出自《吕氏春秋》，用来说明一个人如若太过固执，不听劝告，是难以成事的。

**原 文**

《吕氏春秋》有语：

齐攻宋，宋王使人候齐寇之所至。使者还曰："齐寇近矣，国人恐矣。"左右皆谓宋王曰："此所谓'肉自至虫'者也。以宋之强，齐兵之弱，恶能如此？"宋王因怒诎[1]杀之，又使人往视齐寇，使者报如前，宋王又怒诎杀之。如此者三。其后又使人往视。齐寇近矣，国人恐矣。使者遇其兄，曰："国危甚矣，若将安适？"其弟曰："为王视齐寇，不意齐近而国人恐如此也，今又私患向之先视齐寇者，皆以'寇之近也'报而死，今也报其情死，不报其情又恐死，将若何？"其兄曰："如报其情，有且先夫死者死，先夫亡者亡。"于是报于王曰："殊不知齐寇之所在，国人甚安。"王大喜。左右皆曰："向之死者宜矣。"王多赐之金。寇至，王自投车上驰而走，此人得以富于他国。

**释 义**

① 诎：通"屈"，冤枉。

**故事延伸**

春秋末年，齐国起兵攻打宋国，宋王却没有丝毫警觉。他虽然派了人去了解齐兵进犯的情况，但是对打听消息的人却并不信任。他派的探子回来说："齐兵已经迫近，城里的人都很恐慌。"宋王身边的大臣却说："他这种说法分明是在动摇人心，是一种'肉自生虫'的表现，自己先从内部腐烂了。我宋国这么强大，齐国这么弱小，哪里就会危险到这种地步呢？"宋王听后，立即以欺君之罪杀了那个探子。紧接着，宋王又派一个探子去了解齐兵的动向。那人回来以后说的情况和前一次没有两样。

宋王愤怒之下又杀了这个人。就这样，在很短的时间内，宋王竟一连杀了3个探子。

随后宋王又派了一个人去打探情况。这个人出了城没走多远就发现了齐兵。他在回城的路上碰到了自己的哥哥。哥哥问道："齐国马上就要兵临城下，宋国的都城危在旦夕，你现在打算到哪里去?"这个人回答说："我受宋王之遣出来侦察敌情，没想到敌人已经这么近了。我正想回城报告情况，但是又怕落得如同前几个人那样的下场。讲真话会死，不讲真话被人发现恐怕也会死，所以此刻我不知如何是好。"他哥哥赶紧说："你千万不能再报告实情了。只要不是立即就死，即使齐兵攻破了城池，你还有一线逃生的希望。可你若报告了实情，肯定会比别人先死。"于是这个人就回报宋王说："我走了老远，连个齐兵的影子也没见到。城里的各家各户也都很安定。"宋王听了这话非常高兴。那些粉饰太平的大臣们也说："先前的那几个探子真该死。"宋王听后便赏了这个人很多钱。

不久后齐国大军兵临城下，宋王此时才追悔莫及，只得带了几个侍卫，匆忙跳上马车逃跑了。而那位撒谎的探子却趁着混乱逃离了宋国，后来在别的国家竟成了一个大富翁。

**寓 意**

不听取他人的正确意见，仅凭着个人喜好和主观臆断来判断事情，就容易招致失败。

## 墨子之齐

出自《墨子》，用来说明不能盲目听信他人之言。

**原 文**

《墨子》有语：

子墨子北之齐，遇日者[①]。日者曰："帝以今日杀黑龙于北方，而先生之色黑，不可以北。"子墨子不听，遂北，至淄水，不遂而反焉。

日者曰："我谓先生不可以北。"子墨子曰："南之人不得北，北之人不得南，其色有黑者，有白者，何故皆不遂也？且帝以甲乙杀青龙于东方，以丙丁杀赤龙于南方，以庚辛杀白龙于西方，以壬癸杀黑龙于北方，若用子之言，则是禁天下之行者也。是围心而虚天下也，子之言不可用也。"

**释 义**

①日者：占卜的人。

**故事延伸**

墨子在前往北方齐国的路途中，遇见了一位以卜卦算命为业的阴阳先生。阴阳先生对墨子说："天帝正好是今天在北方屠杀黑龙，先生的皮肤是黑色的，所以千万不要到北方去。"

墨子没有搭理他，毅然继续向北前行。可是在到达山东的淄水南岸后，适逢河水猛涨，无法摆渡，于是只好原路返回。

阴阳先生再次见到墨子时，不无得意地炫耀："我不早就对您说过嘛，先生不要到北方去。现在事实果然证明，我的预言是正确的。"

墨子对此不以为然，反驳说："现在是南方的人不能到北方去，北方的人也不能到南方来。可他们的肤色却各不相同，有的黑，有的白，为什么都不能如愿呢？这只是因为淄水猛涨形成了阻隔的缘故啊！况且依照你的理论，天帝每逢甲日乙日在东方屠杀青龙，逢丙日丁日就在南方屠杀赤龙，逢庚日辛日就在西方屠杀白龙，逢到壬日癸日就在北方屠杀黑龙。如此说来，天下之人就都不能出门远行了。这样做，既违背了人的意愿，又使得天下空虚，一事无成。所以，你的虚妄之言实在是听不得啊！"

**寓 意**

这种装神弄鬼的言论，我们不听也罢。

# 河豚之死

出自《河豚鱼说》，用来讽刺那些犯错而不知自省的人。

## 原文

《河豚鱼说》有语：

河之鱼，有豚其名者，游于桥间，而触其柱，不知远去。怒其柱之触己也，则张颊竖鳍。鼓腹而浮于水，久之莫动。飞鸢过而攫之，磔[①]其腹而食之。好游而不知止，因游而触物，不知罪己，妄肆其忿，至于磔腹而死，可悲也夫！

## 释义

① 磔：撕裂。

## 故事延伸

河里有一种鱼，它的名字叫豚。一天，一只河豚在水里尽情地游，不料却在经过桥墩之间时，“咚”的一声撞在了柱子上。这完全是因为它游得太快而造成的，但河豚却不知反省，反而将所有错误都归咎于柱子。可是柱子又不是活物，无法感受这一切或道歉，因此河豚在气愤之下，也不离开那架桥，就这样愤怒地张开面颊立起鱼鳍，吸了一肚子的气浮在水面上，久久不肯离去。

这时，正好有一只觅食的老鹰经过，它一眼就看到了这个送上门来的愚蠢猎物。于是它“呼啦”一声盘旋而下，伸出一双利爪，瞬间就将这只河豚抓出水面，带回了自己的老巢。很快，这只河豚就被老鹰撕裂了肚子，沦为了腹中餐。

## 寓意

明明是自己的过失却不知反省，反而将责任归结于他人，这种心态是要不得的！

# 剜股藏珠

出自《龙门子凝道记》，用来讥讽那些太过贪求财富而忽视生命，最终一无所得的人。

## 原 文

《龙门子凝道记》有语：

海中有宝山焉。众宝错落其间，白光煜[1]然也。海夫有得径寸珠者，舟载以还。行未百里，风涛汹涌，蛟龙出没可怖。

舟子告曰："龙欲得珠也。急沉之，否则累我矣！"

渔夫欲弃不可，不弃又势迫，因剜股藏之，海波遂平。至家出珠，股肉溃而卒。

## 释 义

① 煜：照耀，光亮的样子。

## 故事延伸

传闻在大海中有一座宝山，山中遍布着种种人间罕见的奇异珠宝，以至于从远处望去，都能见到闪耀的光芒。有个人听说后便雇了一条船出海远行，找到了这座宝山，并挑选了一颗直径约一寸长的大宝珠。但在返途中，海上突然狂风大作，波浪汹涌，隐隐有一条蛟龙浮沉盘旋，令人望而生畏。

船夫战战兢兢地告诉他说："蛟龙看中了那颗明珠！你还是把它丢掉吧，否则，咱们都会被蛟龙害死的！"

那个人想要丢弃珠子却又舍不得，无奈之下，只得在船夫惊愕的眼神中，忍痛把自己大腿上的肉剜开，将珠子藏了进去。蛟龙发现宝珠不见了，只得游弋而去，海面也渐渐平息下来。回到家里，那人赶紧把珠子取出来，可他大腿上的伤口，却因长时间浸泡海水而溃烂，情势十分危急。家人赶紧请医生，医生看后却摇着头叹息说："病入膏肓，已经难以回天了。"不久，那人就因伤重而死了。

**寓意**

世间没有比自己的性命更重要的，但那些贪求财富的人却不能够悟到这一点。为了追求身外之物而丢弃性命，确实是一件可笑的事情！

## 枭将东徙

出自《说苑》，用来说明遇到问题应该先从自己身上找原因的道理。

**原文**

《说苑》有语：

枭逢鸠。鸠曰："子将安①之？"

枭曰："我将东徙。"

鸠曰："何故？"

枭曰："乡人皆恶我鸣，以故东徙。"

鸠曰："子能更鸣可矣；不能更鸣，东徙犹恶子之声。"

**释义**

① 安：哪里。

**故事延伸**

一只猫头鹰大白天不睡觉，在森林里急促而忙碌地飞着，与一只斑鸠擦身而过。这只斑鸠感到十分好奇，便叫住它问道："老兄，你大白天的不休息，这是要去往哪里呢？"猫头鹰气喘吁吁地回答："我在忙着搬家，打算飞往东边去。"

斑鸠疑惑不解地再问："这片树林就是生你育你的故乡，你为什么还要迁移到别处去呢？"听了这话，猫头鹰叹着气说："在这个树林里，我实在住不下去了，这里的人都讨厌我的叫声。"

斑鸠带着同情的口气说："你唱歌的声音实在聒噪，令人不敢恭维，尤其在晚上更是扰人清梦，所以大家都把你当作讨厌的家伙。其实，你只要把声音改变一下，或者在晚上闭上嘴巴不要唱歌，在这林子里，你还是可以住下来的。如果你不改变自己的叫声或夜晚唱歌的习惯，即使搬到再远的地方，那里的人恐怕还是照样会讨厌你的呀！"

**寓 意**

遇到问题首先应该反思自身问题。

## 夜狸偷鸡

出自《郁离子》，用来讥讽那些贪小失大的人。

**原 文**

《郁离子》有语：

郁离子居山，夜，有狸取鸡，追之弗及。明日，从者擭[①]其入之所以鸡，狸来而絷[②]焉。身缧[③]而口足犹在鸡，且掠且夺之，至死弗肯舍也。郁离子叹曰："人之死货利者，其亦犹是也！"

**释 义**

① 擭：装有机关的捕兽木笼，这里作动词。

② 絷：拘囚。

③ 缧：本为捆绑犯人的绳索。这里是"拘禁"的意思。

**故事延伸**

郁离子隐居在山上，山中经常有狸猫在半夜跑来，偷他家的鸡吃。郁离子好几次半夜起来追赶，都没能追上狸猫，于是便安排仆人制作了一个捕猎工具，然后又把一只鸡放入机关中，安置在狸猫的必经之处。

到了夜晚，郁离子和仆人突然听到一阵狸猫的叫声，他们赶紧出门观看，果然发现一只狸猫被困在了机关中。当时那只狸猫已经被死死地束缚住，但它却顾不上反抗，因为它的嘴和爪子，依旧紧紧地咬着那只用作诱饵的鸡。仆人冲上前去一边打一边夺，那只狸猫却死活不肯松口。

看到这一幕，郁离子十分感慨，他叹了一口气说：“为钱财利禄而死的人，大概也像这只狸猫吧！”

**寓意**

世间多有贪求利益之辈，但贪欲一旦过头就会给自己带来巨大危机。做人不能利欲熏心，否则定会招来大祸。

## 芮伯献马

出自《郁离子》，用来讽刺那些不听劝、明知故犯的人。

**原文**

《郁离子》有语：

周厉王使芮伯帅师伐戎，得良马焉，将以献于王。芮季曰：“不如捐[①]之。王欲无厌，而多信人之言。今以师归而献马焉，王之左右必以子获为不止一马，而皆求于子。子无以应之，则将哓[②]于王，王必信之，是贯祸也。”弗听，卒献之。

荣夷公果使求焉，弗得，遂谮诸王，曰：“伯也隐。”王怒逐芮伯。

君子谓芮伯亦有罪焉：尔知王之渎货[③]而启之，芮伯之罪也。

**释义**

① 捐：舍弃。

② 哓：嚷叫。

③ 渎货：贪财货。渎，通“黩”，贪污。

**故事延伸**

周厉王命令芮伯率领军队讨伐西戎，在战场上获得了一匹好马。事后芮伯打算将其献给天子，芮季却极力表示反对。他说：“你还是趁早打消这个念头吧！天子贪得无厌，而且耳根子又软，容易听信身边奸佞的谗言。你现在献上这匹骏马，天子身边的那些小人必然认为你获得的不止一匹好马，到时候一定都会来向你索要。一旦你没法满足他们的欲望，他们就会去天子那里诋毁你，天子一定会相信他们的话。你这不是没事儿找事儿吗？"

可是芮伯就是不听劝，最终还是将这匹马献给了天子。天子身边有一位名叫荣夷公的贪财小人，得知消息后果然派人来索要。可他最终还是没能得到良马，恼羞成怒之下便在天子面前进谗，指责芮伯以公谋私，侵吞了很多财物。天子果然信以为真，一怒之下便将芮伯赶出了国家。

得知这一消息之后，人们纷纷为芮伯感到不平，但一些有识之士却表示反对。他们说："芮伯明知天子贪婪，却还是选择了诱发其贪念、吸引众小人的做法，这是他自个儿的罪过，哪能一味归咎于旁人呢？"

**寓意**

明知自己的做法不妥，却还是一意孤行，只能自食其果。

## 贿赂失人心

出自《郁离子》，用来鞭挞那些贪财夺利之人。

**原文**

《郁离子》有语：

北郭氏之老卒僮仆争政，室坏不修且压，乃召工谋之。请粟，曰："未闻，女姑自食。"役人告饥，莅事者弗白而求贿，弗与，卒不白。于是众工皆惫恚，执斧凿而坐。会天大雨霖，步廊之柱折，两庑既圮[1]，次及于其堂，乃用其人之言，出粟且餋饩[2]以集工曰："惟所欲而与，弗靳。"工人至，视其室不可支，则皆辞。其一曰："向也吾饥，请粟而弗得，今吾饱矣。"其二曰："子之餋馊矣，弗可食矣。"其三曰："子之室腐矣，吾无所用其力矣。"则相率而逝，室遂不葺以圮。

郁离子曰："北郭氏之先，以信义得人力，致富甲天下，至其后世，一室不保，何其忽也！家政不修，权归下隶，贿赂公行，以失人心，非不幸矣。"

## 释义

① 圮：倒塌。

② 饔饩：饔，熟食。饩，赠送。

## 故事延伸

北郭家的老主人去世了，底下的奴仆争权夺利，房子坏了都不修。眼瞅着连房顶都要掉下来了，他们这才找工人来修理。工匠要求发给口粮，这些奴仆说："我现在顾不上这个，你们先吃自己的吧！"工匠又说自己家里无饭。管事的人不但不上报，反而趁机索取贿赂，因为没得到就没有上报。

众工匠都疲惫不堪、怨愤不已，干脆彻底罢工。不久之后天降暴雨，走廊的柱子折了，两厢的房子倒塌了，正房也受到影响。主人这才答应他们的要求，拿出饭菜款待工匠，并表示绝不会吝惜。工匠一看，发现那房子已经不能修好，就都拒绝了。第一个说："当初我饿的时候不给，现在我已经吃饱了。"第二个说："你的饭菜都馊了，不能吃了！"第三个说："你的房子已经糟透了，我无能为力！"于是他们纷纷结伴离去，房子因得不到修缮最终倒塌。

郁离子叹息说："北郭家的祖先，曾以信义得到人心，以此发家致富，闻名天下。可是他的后代却连一座房屋都保不住，差别何等之大啊！究其原因，不外乎家政无人操持、治理，权力落入下人手中，再加上公开索要贿赂，以致人心都失去了。这不正是他的不幸吗！"

## 寓意

放纵贪欲、索取无度，这样的人只能自食其果。

# 梓与棘

出自《郁离子》，用来阐述优势也可能成为劣势，我们做人切勿张扬，否则会招来祸端。

## 原文

《郁离子》有语：

梓谓棘曰："尔何为乎修修而不扬，樠樠而无所容，幽樛[①]于灌莽之中，翳朽箨而不见太阳，不已瘠乎？吾干竦穹崖，梢拂九阳，根入九阴，日月过而留其晖，风雨会而流其滋。鹓雏翠鸾，朝夕和鸣。暖霭晴岚，山蒸泽烘，结为祥云，五色备象，八音成声，绚为文章。抱日浮光，蔚兮若濯锦出蜀江，粲兮若春葩曜都房。是以匠石见而爱之，期以为明堂之栋梁。"

言既，棘倚风而啸，振条而吟，曰："美矣哉！吾闻之：'冶容色者侮之招，丽服饰者盗之招，多才能者忌之招。'今子之美，冠群超伦，名彰于时，泰运未开，构厦无人，吾忧子之不得为明堂之栋梁，而翦为黄肠，与腐肉同归于冥冥之乡，虽欲见太阳，其可得乎？吾长不盈寻，大不逾指，拄疏屈律，不文不理，天不畀[②]之以材，而赐之以刺，使人不敢樵，禽不敢苹，故虽无子之美，而亦无子之忧，则吾之所得多矣。吾又安所求哉？"

## 释义

① 樛：向下弯曲。

② 畀：给予。

## 故事延伸

在森林中，一株梓树与荆棘毗邻而居。梓树对自己高大挺拔的躯干十分满意，非常看不起荆棘。有一天，它讥讽荆棘说："你的身材干枯细小，其貌不扬，叶子一落就光秃秃的，实在太难看了！你生长在草丛中，遮掩在枯枝败叶下不见日头，就不发愁吗？我的枝干高耸在山崖之上，树梢能摸着太阳，根深深地扎入地下，日月经过时我能留下它的光辉，风雨到来时我能承接它的甘霖。凤凰和翠鸾无论早晚，都在我身上鸣叫。暖云淡雾，受山川水泽的薰蒸，凝结成祥瑞的云霓，形成了五色的美景，构成了和谐的音乐，组成了绚丽的花纹，烘托着日头，倒映着湖光，文采华美就像从蜀江刚拿出的蜀锦，色彩鲜艳就像春天的花朵映照着宫殿。所以工匠们都喜欢用我来做大宫殿的栋梁。”

梓树刚说完，荆棘借着清风，吟诗一般地说：“真是美极了啊！我听说过容貌过于艳丽就会招来侮辱，衣饰过于华丽就会招来盗贼，有才华过于出众就会招来嫉妒。现在，你的美貌超群出众，名声显赫一时，可好的时运却没到，没有人要建造大厦。所以我担忧你做不了大殿栋梁，反而会被做成棺椁，和腐烂的骨肉一起深埋在九泉之下，那时你再想见太阳也难咯！我虽然长得又矮又细，枝条弯曲没有花纹，不是什么美材，却拥有一身尖刺，人不敢来砍伐我，飞鸟不敢落在我身上。所以，我虽然没有你那样的美貌，但是也没有你那样的忧愁，那么我所得到的比你多多了，我还有什么需求呢！”

**寓　意**

比别人优秀固然是好事，但也不可因此倨傲，看不起他人。要知道，许多时候越是张扬，就越是容易招来灾祸，又怎么能因一时得意就忘形呢？

## 卫懿公好禽

出自《郁离子》，用来说明领导者不可因个人喜好而废公事，以免招来危机。

**原　文**

《郁离子》有语：

卫懿公好禽，见觝牛①而悦之，禄其牧人如中士。宁子谏曰：“不可。牛之用在耕，不在觝，觝其牛，耕必废。耕，国之本也，其可废乎？臣闻之，君人者不以欲妨民。”弗听。于是卫牛之觝者，贾十倍于耕牛，牧牛者皆释耕而教觝，农官强能禁。邶有马，生驹不能走而善鸣，公又悦而纳诸厩。宁子曰：“是妖也，君不悟，国必亡。夫马齐力者也，鸣非其事也。邦君为天牧民，设官分职，以任其事，废事失职，厥有常刑，故非事之事，君不举焉，杜其源也。妖之兴也，人实召之，自今以往，卫国必多不耕之夫，不织之妇矣。君必悔之。”又弗听。明年，狄伐卫，卫侯将登车，而御失其辔，将战，士皆不能执弓矢，遂败于荥泽，灭懿公。

**释 义**

① 觝牛：斗牛。

**故事延伸**

卫懿公喜欢动物，看到善斗的牛就喜欢，还发给饲养人员等同中等士大夫的俸禄。大臣宁庄子劝谏他说：“您这样做是不行的啊！牛的作用在于耕地而非搏斗，如果众人都去斗牛，农耕之事也就荒废了。耕种是国家的根本，怎么能荒废呢？我听说，统治百姓的君主不能以私欲妨害人民。”然而卫懿公始终不听。于是卫国斗牛的价格，很快就比耕牛高出十倍，养牛的人都放弃耕牛养起了斗牛，主管农业的官员都不能禁止了。

汤阴县南有匹马，生的小马驹不善奔走却善于鸣叫，卫懿公又喜欢上它并将其养在了马厩里。宁庄子又劝谏说：“这是反常的妖物，您要是再不醒悟，国家就会灭亡了！马的作用在于以力拉车而非鸣叫。国君代替上天统治人民，设立官职分派责任，让他们干好本职工作，不作为和乱作为都要惩罚问责。所以不是本分的事，君王是不鼓励去做的，这是为了从源头上杜绝啊！妖魔的兴盛，实际是人招致的。从今以往，卫国必然很多不耕种的农夫、不织补的妇女啊。君王您必定要为您自己的行为而后悔的。”卫懿公仍然不听。

第二年，狄人进攻卫国，卫懿公将要登车指挥，可车手却连缰绳都抓不牢；两军将要进行交锋了，可战士却连弓箭都拉不开。很快卫国军队就在荥泽一败涂地，卫懿公也被狄人杀死。

**寓意**

作为领导者应当知道什么该做、什么不该做，不能因个人喜好而因私废公，否则会引发严重的危机。

## 造舟者操舟

出自《郁离子》，用来说明做人做事要适可而止，切勿好高骛远。

**原文**

《郁离子》有语：

越工善为舟，越王用之良，命廪人[1]给上食。越之治舟者宗之。岁余言于越王曰："臣不惟能造舟，而又能操舟。"王信之，隽李之役，风于五湖，溺焉，越人皆怜之。

郁离子曰："是画蛇而为之足者之类也。人无问智愚，惟知止则功完而不毁，故以子胥之贤而不免焉。夫子胥之入吴也，图报其父兄之雠而已矣。及其入郢而鞭平王足矣，夫复何求哉？乃不去，而沈其身，不知止也。"

**释义**

① 廪人：管理粮仓的官吏。

**故事延伸**

广东有一个工匠善于造船，他所造的船不仅结实，而且十分轻便，在水战中十分占据优势。越王在征用过他造的船后，也觉得十分满意，于是便命令主管官吏供给他上等的伙食。从此之后，这名工匠在国内享有盛誉，广东一带的造船者都把他看作本行业的榜样。

受到众人瞩目后，工匠感觉良好，慢慢地他又不满足于已有的声望，想要获取更多的荣誉。因此，一年多之后，他又主动找到越王说："其实我不光能造船，驾船的技艺也十分精湛。"越王一听大喜，想不到国内竟然还有如此多才多艺的人才，于是当即封他为将。

不久后，吴越两国再次交兵，在隽李进行了一场水战，在交战期间，五湖之上突然刮起了大风。这名工匠尽管努力操控，最终却还是翻船落水，最终淹死于湖中。越国人听到这个消息后，都为他感到可惜。

郁离子知道后评论说："这人的做法，不就是所谓的画蛇添足吗？一个人不管聪明与否，都要懂得适可而止，这样才会建立功业而不毁损。过去就算是像伍子胥那样贤能的人，都难免在这方面犯错啊！当初伍子胥来到吴国，就是想报父兄之仇罢了；等到占领郢都并鞭尸楚平王后，夙愿已经达成，还有什么追求呢？可他却不离开而身陷其中，最终被吴王赐死，这就是因为不知道适可而止啊！"

**寓 意**

有多大能耐做多大事，做人切勿眼高手低。如果一味追求高远，却不顾自身实力，最终只能招致失败。

## 类同窃疾

出自《墨子·公输》，用来讽刺那些放纵自我、不懂克制、行为失德之人。

**原 文**

《墨子·公输》有语：

子墨子见王，曰："今有人于此，舍其文轩，邻有敝舆而欲窃之；舍其锦绣，邻有短褐而欲窃之；舍其粱肉，邻有糠糟而欲窃之——此为何若①人？"

王曰："必为有窃疾矣。"

子墨子曰："荆之地方五千里，宋之地方五百里，此犹文轩之与敝舆也。荆有云梦，犀兕麋鹿满之，江汉之鱼鳖鼋鼍为天下富，宋所谓无雉兔鲋鱼者也，此犹粱肉之与糠糟也。荆有长松文梓楩楠豫章，宋无长木，此犹锦绣之与短褐也。臣以王吏之攻宋也，为与此同类。"

**释　义**

①何若：什么样的。

**故事延伸**

鲁班替楚国造云梯这种攻城的器械，打算用它来攻打宋国。墨子听到这个消息后当即动身，走了十天十夜才从鲁国抵达楚国郢都。在他的劝说下，鲁班好不容易才答应将他引荐给楚王。

墨子见了楚王，说："有这么一个人，扔掉自己华美的马车，却想去偷邻居的一辆破车；舍弃他的华丽丝织品，却想去偷邻居的一件粗布短衣；舍弃他的美食佳肴，却想去偷邻居的糟糠之粮。您觉得这是怎么样的一个人呢？"

楚王回答说："这人一定是得了偷窃病。"

墨子说："楚国的国土方圆五千里；宋国的国土方圆五百里，这就像彩车与破车相比。楚国有云梦大泽，犀、兕、麋鹿充满其中，长江、汉水中的鱼、鳖、鼋、鼍多得天下无比，宋国却连野鸡、兔子、鲋鱼都没有，这就像美食佳肴与糟糠相比。楚国有巨松、梓树、楠、樟等名贵木材；宋国连棵大树都没有，这就像华丽的丝织品与粗布短衣相比。以此来看，楚国进攻宋国不也和这个有偷窃病的人是一样的吗？"

楚王听后无法辩驳，却仍然坚持出兵。于是，墨子又请求与鲁班比试。最终，墨子成功地挫败了鲁班的攻城战术，迫使楚王放弃了用兵的企图。

**寓　意**

贪欲失德，最终会被无度的欲望所吞噬。

# 齐人好诟食

出自《郁离子》，用来说明只有注重内在修养，德行厚重者才能持重守礼，受人尊敬。

## 原文

《郁离子》有语：

齐人有好诟食者，每食必诟其仆，至坏器、投匕箸，无空日。馆人厌之，忍弗言。将行，赠之以狗，曰："是能逐禽，不腆[①]以赠子。"行二十里而食，食而召狗与之食。狗嗥而后食，且食而且嗥。主人诟于上，而狗嗥于下，每食必如之。一日，其仆失笑，然后觉。

郁离子曰："夫人必自侮，而后人侮之。"又曰："饮食之人，则人贱之。"斯人之谓矣。

## 释义

① 不腆：谦词，意指不丰厚。

## 故事延伸

有个齐国人脾气特别坏，吃饭的时候总是喜欢边吃边骂，为人十分刻薄。每次吃饭时，他都要厉声辱骂他的仆人，到后来竟发展到摔碗扔筷子的地步，没有一天消停的。

有一次，齐人带着仆人外出，期间居住在一处旅馆，就连那里的管事也对他的坏脾气十分厌恶，但又不好直接表露，只得苦苦忍受。等到齐人要走的时候，管事趁机送给他一条狗，说："这狗能追逐飞禽，所以我将它作为薄礼送给您。"齐人不知晓对方的用意，便高高兴兴地收下了。

走了20里路后齐人打算吃饭，还特意把狗叫来喂食。那狗先是嗥叫一声才开始吃，吃的过程中也在不停地咆哮。就这样，主人在上边骂，而狗在下面叫，每次吃饭都夹杂着人与狗的叫声，两者“交相辉映”，模样十分滑稽。直到有一天，齐人的仆人终于憋不住笑了出来，他这才发觉。

郁离子知道后说：“人只有不自重，才会招来侮辱。”又说：“这种没有吃相的家伙，必然被人瞧不起。”

**寓意**

一个人只有内心厚道、善良，其行为才会有礼有节，有君子之风。内心多刻薄，行为则多失礼，招来笑柄。所以，做人应当多些厚道，少些刻薄。

## 永某氏之鼠

出自《柳河东集》，用来讽刺那些贪婪懒惰、得意忘形之人。

**原文**

《柳河东集》有语：

永有某氏者，畏日[①]，拘忌异甚。以为己生岁直子；鼠，子神也，因爱鼠，不畜猫犬，禁僮勿击鼠。仓廪庖厨，悉以恣鼠，不问。

由是鼠相告，皆来某氏，饱食而无祸。某氏室无完器，椸[②]无完衣，饮食大率鼠之余也。昼累累与人兼行，夜则窃啮斗暴，其声万状，不可以寝，终不厌。

数岁，某氏徙居他州；后人来居，鼠为态如故。其人曰：“是阴类，恶物也，盗暴尤甚。且何以至是乎哉？”假五六猫，阖门，撤瓦，灌穴，购僮罗捕之，杀鼠如丘，弃之隐处，臭数月乃已。

呜呼！彼以其饱食无祸为可恒也哉！

## 释义

① 畏日：怕犯日忌。

② 椸：衣柜。

## 故事延伸

古时候，永州有一个人迷信得厉害，不管做什么事，总要看看吉不吉利。

这个人生在子年，属相是鼠，于是他就把老鼠当成是自己的保护神，万分敬重。他不但自己敬重老鼠，还定下了家规，不准大家消灭老鼠，将老鼠好好保护起来。所以他家里见不到一只猫，仆人们都小心翼翼的，生怕不经意间伤到了老鼠。

这样一来，老鼠在他家有恃无恐，可猖狂了。粮仓里、库房里到处可见成群结队的老鼠大吃大嚼，爱怎么破坏就怎么破坏，根本没人敢管。这还不说，老鼠们四下里奔走相告，说他家里简直是个天堂，每天吃得饱饱的，什么都不用害怕，于是越来越多的老鼠都闻讯搬到这个人家里来。

有了这样严重的鼠害，这一家子可遭殃了。家里的桌子、凳子、柜子全都被老鼠咬得残缺不全。柜子里面的衣服老鼠也不放过，东一个窟窿西一个洞，没有一件是完整的。食物简直就只能吃老鼠吃剩下的那一点儿。到了夜里，老鼠在屋里东奔西跑，上蹿下跳，"咯吱咯吱"地啃东西，还吱吱乱叫，弄得家里乱七八糟，吵得人也睡不着觉。白天老鼠都不歇着，跟人一块儿出出进进、来来往往，放肆极了，俨然它们才是这家的主人。

过了几年，这家人因为主人职位调动搬到另一个郡去住了，这屋子换了主人。可是老鼠们丝毫不懂得收敛，还是闹得特别厉害。

新主人又生气又奇怪，跟家人说："可恨这帮老鼠，本来只应在黑暗中偷偷摸摸地过活，现在竟然如此嚣张，实在可恶得很！我们应该想办法把它们全都消灭掉！"于是，他向别人家借了好几只凶猛的大花猫，把大门紧闭，又把出路都用砖瓦堵死，还用水浇灌老鼠洞，甚至还专门雇了些人来帮助捕杀老鼠。

老鼠一下遭到了灭顶之灾，死亡不计其数，尸体堆得像座小山。人们把鼠尸扔到偏僻的地方去，臭味过了好几个月才消失。

**寓意**

居安思危，得意不可忘形。

## 畏影恶迹

出自《庄子·渔文》，用来讽喻那些疑神疑鬼的人。

**原文**

《庄子·渔文》有语：

人有畏影恶迹而去[1]之走者，举足愈数而迹愈多，走愈疾而影不离身，自以为尚[2]迟，疾走不休，绝力而死。

**释义**

① 去：除去。

② 尚：还。

**故事延伸**

有一个人在路上走着，突然发现地面上有一个黑影，不论走到哪里都紧紧跟着自己。他再瞧瞧地上，发现自己每走一步，都会留下一个脚印，顿时感到一阵恐慌。不仅如此，他还发现这个黑影总是与脚印连在一起，直直地连到他的脚下，令他十分畏惧。他想要摆脱这个黑影和这些脚印，因此不停地紧走或慢走，然而每次回头时，却发现黑影也紧跟慢跟，始终无法彻底摆脱。

这个人就这样心慌地走着，当他路过朋友家门口时，终于累得受不了了。于是他赶紧敲开朋友家的大门，走进屋子里大口大口喘气。这时他发现影子不见了，这才长长地吁出一口气。

见到他这副神经兮兮的模样，朋友感到十分奇怪，于是便关心地询问他遇到了什么事儿。但是这人偏偏又很要面子，不好意思开口道出实情。于是他只得支支吾吾地回答说："没什么没什么，我只是觉得有些累，想要多歇息一会儿罢了。"

就这样，在朋友家里歇息了半天，和朋友聊了好一阵子后，这人眼见影子早已消失不见，便决定动身返回。然而他刚离开朋友家没多久，就又发现了那个神秘的黑影，顿时吓得惊骇不已。为了摆脱这一切，他当即拼命地奔跑起来，企图以此甩掉黑影，可是不管他跑得多么快，影子始终一步不离地跟着他，地上的脚印也越来越多。这人怀疑是自己跑得还不够快，所以无法甩掉黑影，于是更加拼命狂奔，甚至到了家门口也不敢进屋，生怕将黑影带回家中。就这样，他不停地跑来跑去，最终跑得精疲力竭，一头栽倒在地上，被活活累死。

**寓　意**

世间本无事，庸人自扰之。如果疑神疑鬼，即使是再正常不过的事物也会吓到自己。

## 两坦

出自《笑林广记》，用来说明很多事情都无法两全其美，要懂得取舍。

**原　文**

《笑林广记》有语：

有一女择配，适[①]两家并求，东家郎丑而富，西家郎美而贫。父母问其欲适谁家。女曰："两坦。"问其故，答曰："我爱在东家吃饭，西家去眠。"

## 释义

①适：正好。

## 故事延伸

有一户人家养了一个女儿。女儿渐渐长大，到了婚嫁年龄，她的父母便开始为她选夫婿。

听说这家要嫁女，说媒的人立即找上了门。同时来求婚的有两户人家。其中一户住在东边，家中有田有地，日子十分富裕，可就是儿子长得很丑。另一户住在西边，儿子长得有模有样，十分英俊，可是家境不好，生活十分贫困。

这老两口想来想去，总难定夺。

父亲说："还是把女儿嫁到东家去吧！那边吃喝不愁，房子宽敞，我们也可以跟着沾光呢！"

母亲当即摇头反对："那怎么行呢？那家儿子那么丑，咱们闺女看得中吗？吃穿再好，要是过得一点也不开心，又有什么用？我看还是答应西家吧，那家儿子的相貌，才配得上我闺女呢！"

父亲一听又不乐意了："长得英俊有什么用？连肚子都吃不饱照样过不开心！决不能让咱女儿跟着他受委屈！"

就这样，老两口谁也说服不了对方，只得直接去征求女儿的意见。

老两口把女儿叫出来，语重心长地说："闺女呀，你年龄不小了，该出嫁了。来提亲的这两家的情况，想必你也知道了，愿意到哪一家，就由你自己来决定好了。如果你不好意思说出口，就露出一只胳膊来表示也行。"接着，那位母亲开口问道："你看得上西边那家的女婿吗？"

话音刚落，女儿就露出了右胳臂，表示她愿意嫁到西家。

父亲见了赶忙说："东家十分富有，不愁吃穿，只是那家儿子长得很丑罢了。你真不愿意去东家吗？"

他刚说完，就见女儿又露出了左胳臂，表示她愿意嫁到东家。

老两口被女儿搞糊涂了，异口同声地问道："闺女，你这到底是想嫁哪家啊？"

女儿不慌不忙地说："这还不清楚吗？我想嫁到东家去吃饭，再嫁到西家去住宿，白天夜晚各去一家……”

老两口听了顿时又气又急：“世间哪有这样的道理？哪有这样的道理啊？”

**寓 意**

“鱼和熊掌不可兼得”，凡事都要做出取舍，如若太过贪婪，就会遭人唾弃。